紅黑時代

之光—著

讓光從縫隙照進黑暗裡

　　文學的記憶審美歷來是文學存在的一種偉大依據和基石，而當下中國文學正在不得不失去這些和安然地放棄著，恰在這時候，之光女士捧出了她的《紅黑時代》來。它的價值不僅是一個 70 歲的「人」，醞釀數年、終成其稿，向我們和華語世界獻出了她的泣血之作和記憶之見證，還在於她以中文寫作者已經越來越少的良知讓光從縫隙照進黑暗裡，照進讀者的一角空白和虛無中。《紅黑時代》不是人人必讀的書，卻是你讀了不能不感慨萬千的一本書。

閻連科

閻連科 ————
名作家，卡夫卡及紐曼華語文學獎得主。

直面荒誕青春的反思者

　　長篇小說《紅黑時代》和我有非同尋常的緣分。三年前的春天，新冠疫情正在高峰，我幽居三藩市。從微信的朋友圈看到一則資訊：長篇小說《紅黑時代的青春》由美國龍出版社於 2020 年 1 月出版。書的作者之光，名字第一次看到，讀簡介知道是女性。全書所寫，恰是我的同代人的早年人生。因為作者和我同是北美作家協會的成員，互加微信後，我表達對這本新作的濃烈興趣。她說要郵寄給我，我說不必，已向亞馬遜網站下單。等待書寄達的日子，那急迫，只有三十年前自家處女詩集在國內出版，樣書在郵路之時可比。

　　我對這本出自陌生作者之手的書如此關注，出於一個難以紓解的心結。說來話長，十年前懷舊潮興，我加入了微信一個朋友圈，成員是高中的同班同學。開始時，我天真地認為，既然青春生命完全同步（和老三屆的其他幾屆比，奇特處是六年求學加兩年文革，一待就是八年，自嘲為「太學生」），擁有相同的集體記憶，到了晚年，該有近似的體悟，儘管走出校門以後生活道路千差萬別。然而，我很快發現，相當多數的思維模式停留在少年時期，對自身人生、母國現狀和天下大勢的看法，與我這個「老金山」針鋒相對，價值觀、世界觀和人生觀的分歧之大，遠遠超過文革時彼此鬥得死去活來的保守派和造反派。少年子弟江湖老，老成這樣不堪！於是，極為熱切地盼望，同代人

中出現直面荒誕青春的反思者。

這樣的人物，被我盼到了。之光和我都出生于中華人民共和國成立前後。她成長在東北的大城市，就讀老三屆中的高一。然後是文革、下鄉、被招工回城，這些經歷和我相仿。也有不同，她就業以後進修，拿到大學學位，任一家國家級刊物的總編輯，上世紀九十年代初出國留學，隨後定居紐約。人在天涯，未相逢已在記憶中同氣相應。

細讀全書，感慨萬端。詩人辛波絲卡有詩句：「我為桌子的四隻腳，向被砍下的樹木致歉」。活過了孔夫子稱為「不逾矩」的歲數，被包括荒謬、狂暴青春在內的漫長光陰造就的一代人，要不要像從桌腳追溯樹木一般，以「前人走過的錯路，後人不要再走」為出發點，從追索導致一代人的靈魂傷痕累累的「禍根」著手，對個人生命史作挖掘、梳理、抽繹？這是我們必須面對的課題。這本書，是履行清理、批判「紅黑時代」這一神聖使命的優秀之作。

以書結緣，近年來和作者之光成為可作深層思想交流的朋友。我陸續獲悉，憑藉同城居住的「近水樓臺」，她常常拜訪海外首屈一指的文學大師王鼎鈞先生。敬愛的「鼎公」出於提攜後輩與審視歷史的雙重宗旨，對這部書稿提出一系列修改意見。於是，之光耗費兩年，改寫全書，擴充篇幅，斟酌語句，改書名為《紅黑時代》。比起《紅黑時代的青春》，新版表現特定時代更加豐滿，人物塑造更立體，反思的力度更強，感染力更大，文學和歷史價值更高。

蒙作者信任，2023 年春天，我有幸讀到《紅黑時代》全書。不好意思地承認，七十好幾，本已淚腺乾涸，但套用古人句式，「為之泫然流涕者」多處。在本人晚年的讀

書紀錄上，這是絕無僅有的。它為什麼如此感動我？想出三個理由：

一、讀這本書，反芻自己的人生

此書屬半自傳式，作者比我小一歲多，也當穩了以資歷雄視後輩的「老人」。一如克羅齊的名言——「一切歷史都是當代史」，一個人的「當下」可視為一生的總和。我和之光有過的「紅黑」分明的青春，儘管住地有南北之分，還有男女之別，但書中所有和當年相關的關鍵字，反右派、政審、家庭成分、階級鬥爭、高考取消、大字報、紅衛兵、破四舊、抄家、派鬥、革委會、專政、忠字舞、插隊落戶、回城、摻沙子……每一個所涵蓋的血腥、苦難、哀愁、不平、不甘、無望以及掙扎，反思、抗爭，若大而化之，都只是歷史長河中的一片浪花，即電腦螢幕上的「點」。可以「不堪回首」輕易打發掉；但在這本書裡，被一一還原。荒唐歲月的場景、氣氛、人物的言行舉止、心理活動，鮮活地呈現於精準生動的筆觸，讓我重新觸摸早已消失的脈搏，返回長久地不忍逼視的歷史現場。

實在慚愧，我們的青春比之以後的幾代，特別是享受改革開放紅利的 80 後、90 後，最大的區別在於：我們物質上的貧困、饑寒和思想上的囚禁，他們難以想像。這本書所披載的，並非如祥林嫂一般逢人嘮叨「孩子給狼吃了」；而是通過劍及履及的陳述，諸多人物形象的對照，深層的身世背景和心理剖析，挖出苦難的根源。不難發現，它是作者從中年至今的思想沉澱，複參照以自由為根基的異國文化，厚積薄發的結晶。

二、女主角個性獨特，又具廣泛的代表性

從近年所讀的一些題材近似的長篇小說，極少看到像本書的兩個女主人公──余爾娟和陳培敏一樣，具典型意義又處處可見身影的女性。這兩個女子，是年齡相同的第一「閨蜜」。余爾娟的童年，家境優裕，備受父親寵愛。第一場橫禍來自1957年的反右派運動。擔任總工程師的父親被劃為右派，不堪凌辱，上吊身亡。從此，這位天生麗質、自律、勤奮的少女處處碰壁，在學校受歧視，報考兒童藝術劇院，各項成績出色，本校考生被淘汰後只剩她一個，本以為十拿九穩，不料「政審」過不了關，從此父親之死成為檔案的永久性污點。她陷於絕望，稱自己是「不該出生的人」。更加沉重的打擊是文革後期，爾娟的繼父因積極參與造反，遭對立一派秋後算賬，罪名是搞女人。爾娟也被無中生有地列在「被搞」名單上。作為黃花閨女如何抵擋這致命的汙蔑？一連串心理創傷導致的「政治賤民」的思維定勢，長期主宰她的言行。離開學校後，爾娟和培敏都下鄉當了知青，培敏因生存條件惡劣，前路斷絕而沮喪無比；爾娟卻相反，為了在鄉村無人知道「黑底細」，和農民取得表面的「平等」而快樂。特別是準備憑一技之長投考樂團之後，日以繼夜苦練小提琴，把手指磨出了繭。

接下來，出現匪夷所思的一幕：

看到知青點的燈亮了，怕爾娟愈追問愈痛苦，培敏轉移了話題，問爾娟：「你們下河泡也通上電了吧？」

爾娟點頭：「我不喜歡通電！」

什麼意思？怎麼又開始胡言亂語了？電線通到農村，晚上可以有電燈照明，大家都高興死了。她怎麼還不喜歡呢？

爾娟蔫蔫地，似乎渾身上下沒點氣力，懶洋洋地說：「有電了，農民就會去買收音機聽廣播。現在農民喜歡你就是喜歡你，我跟大娘說我爸爸被打成了右派，她照舊喜歡我。可有了收音機以後，大家的想法就跟報紙社論說的一樣，知道我是地富反壞右的子女，就會恨我、煩我、歧視我。」培敏眼睛直直地看著爾娟，說得對啊！

這獨白所袒露的畸形心態，至今讀來依然震撼。爾娟直到青春期將耗盡，才有幸進入改革開放的新時代，不但找到意中人，在上海結了婚，還圓了少女時的夢——考進復旦大學中文系。到這一步，愛情事業均有著落。然而，幾年後，她拋棄已有的一切，跟隨去美國留學的丈夫，當陪讀去了。去國前，爾娟給在國內的陳培敏寫了「絕交信」，宣告「那個爾娟已死」，「唯一想做的就是把過去的一切永遠關在門外」，連同半生同甘共苦的友情。

這封信置於本書的開頭，作為牽引全書的最大懸念。到末尾，懸念解開——爾娟和與「紅黑時代」連結的一切均作徹底切割，開始新國度的全新人生。

陳培敏是另一位女主角，全書對她由幼年到青春的心理曲線、人生際遇的描寫，絲絲入扣，直達人性深層。她近於「虛擬」的初戀，充滿「出身歧視」時代的辛酸。她狂熱地戀慕外貌「像電影《南征北戰》的高營長」的同事趙長春，卻出於矜持，深藏不露。同樣，喜歡培敏的趙長春以「曲筆」表達愛慕——將《少年維特之煩惱》一書中和愛情有關的句子劃線，書頁折角，讓培敏看到。還為了培敏說他是「左撇子」，而苦練從右側上自行車。「愛」的窗戶紙行將捅破之際，趙即將被組織部門列入「第三梯隊」，進入仕途。若然，培敏絕不能選擇和他在一起，因

為自己是低人幾等的「黑五類」。培敏探知他無法割捨名利之後，毅然斬斷情絲。

三、親切、從容的敘事

　　這本書開頭的「絕交信」，本來是吸引我追讀的「包袱」，可是，越往下讀，越把「為什麼絕交」這一謎團淡忘，轉而完全受故事情節的推進所操控。為什麼呢？原來，我的好奇心在不知不覺中轉移到樸素、綿密、生動的敘事。我們這一代在可塑性最大的成長期，飽受壓迫和欺騙，從靈魂到語言都遭暴力的污染，不少人到老，一個不小心就露出「紅衛兵」的馬腳，然而，處於成熟狀態的作者業已免疫，全書的風格屬「靜水流深」類型。作者已跳出時代的局限，站在中西文化的結合部俯瞰往昔的紛擾塵寰，找準癥結，富有說服力地展開這樣的主題：悲劇因何產生，怎樣演出，留下什麼？

　　之光和我這一代人的青春，已留在歷史的遙遠處。反思這一段現代史上絕無僅有的歷程，固然是對此生的交代。把它赤裸裸地攤開來，讓後人知道，什麼樣的人生是悲哀的、不合理的、絕望的，從而避免再度誤入；而重溫本身，也是靈魂修煉的功課。感謝作者之光，讓我再年輕一次。

　　　　　　　　　　　劉荒田 2023 年夏日於美國舊金山

劉荒田 ————————————————————————

美國華文文壇公認的散文名家，他在舊金山生活了四十多年，十多年來僅在中國就出版散文集三十八種，作品屢入中國的散文年編和多種選本及暢銷書榜。

自序

　　我是共和國的同齡人，生於 1949 年，陰曆十月，陽曆十二月。真正是「紅旗下的蛋」。

　　在我十六歲時，既是風雲突變，也是歷史的必然，1966 年史無前例的文化大革命爆發了。

　　此前十六年的洗腦，已使紅旗下的蛋，裝滿了革命理想和英雄情結，崇拜著黨樹立的各式戰鬥英雄，極度渴望著投身到革命的洪流中去。

　　正當紅旗下的蛋躍躍欲試，等待召喚之時，萬眾崇拜的領袖發出了「砸爛舊世界！」「橫掃一切牛鬼蛇神！」的號令，即刻熱血沸騰，以摧枯拉朽之勢大破「四舊」。

　　當絕大多數的上層人物被本不起眼的小人物打倒，紛紛給定為「走資本主義道路的當權派」「反動學術權威」「反動文人」，遭到輪番批鬥之時，成千上萬的年輕人被授予紅衛兵的稱號，整齊劃一地執行著紅司令的號令，他們不再渺小。

　　法外的權力、時代的光環、媒體的讚美，令他們激情四射，幻覺中已成為叱吒風雲的英雄，在「好人打死壞人活該」的狂歡氛圍中，他們雖然擁有革命之名，實則已淪為施暴者。

　　這部小說之所以取名《紅黑時代》，是因為那個時代的人按「出身」被嚴格分類，並被貼上「紅五類」與「黑五類」的標籤。前者不可一世，後者則僅僅因為「血統」

不見容於當世，受盡歧視和迫害。

　　小說中的主人公爾娟及培敏屬黑五類的子女，正是在這樣瘋狂的歷史背景下，在人性至暗的隧道中走完自己的青春歲月。書中描寫的正是這兩位帶著黑色標籤的少女，在紅色的驚濤駭浪中的掙扎沉浮。

　　小說是從 1957 年反右運動起筆，那一年是時代的一個拐點。此後，歷史的列車向左急速開去。大躍進、人民公社、三年大饑荒、四清……階級鬥爭之弦愈繃愈緊，道德一路滑坡，直至文化大革命，殘忍的狼性被激發至巔峰。「砸爛××狗頭」「叫××粉身碎骨」「把××打翻在地，踏上一萬隻腳，叫他永世不得翻身」的口號，堂而皇之被人們振臂高呼著。國民性格在口號聲中發生了可悲的蛻變。

　　正是這種人性的墮落，紅與黑的衝突，教我這個親歷者在半個世紀後拿起了筆，儘管「歷史是個任人打扮的小姑娘」，但掌握第一手證據的人都知道，那是「人類歷史上的一場浩劫」。曠世的民族悲劇，是頂層的絕對權力與底層暴民的合力所致。

　　我們從小就被賦予一個偉大的理想——作革命事業接班人。直到親自品嘗了「革命」的果子，方知它的真正內涵。

　　我已年逾 70，生命幾經斷裂，當我重新審視留存在記憶中的過去，那些時代的畫面一一生動浮現。雖然書中人物是那個時代多個人物的合成，但所述事件均屬實。

　　我書寫此書的目的，是希望文化大革命如小說結尾處的最後一句：「但願它絕版，永不再被複製。」

　　希望那個「紅黑時代」藉著眾多親歷者的文字見證，

永遠留存於集體記憶中。

之光　2023 年 8 月 3 日

目錄

引子──一封絕交信

　　用完餐，陳培敏走出研究院的食堂，大約二十幾步後上外樓梯，沿著外走廊向二樓她的金相實驗室走去。

　　這是一座 L 型的簡易樓房，兩層。樓房由水泥罩面，落成三四十年後，這件「外套」已明顯褪色，破舊邋遢。

　　培敏打開門，沒有立刻進去，轉過身來向天空望去。黑雲遮蔽著陽光，雲層低厚，悶熱的空氣中似有霧狀的水氣彌漫，大雨隨時會降臨。

　　進入實驗室後，昏暗的光線及低沉的氣壓讓人有些透不過氣。培敏掃了一眼樓下幾棵無精打采的楊樹，感覺腦袋昏沉，索性放鬆身子，往辦公椅後背一靠，半睡半醒間隱約聽到自己輕微的鼾聲。

　　突然，門被拉開，培敏彈開眼，看到給她送信的同事。接過信，見到爾娟那清秀的字體。往常，她的信都要五、六頁。培敏疑惑這封信怎麼這麼薄？趕緊撕開信封，瞬間，睡意全無。

　　培敏

　　你看到這封信時，我已踏上了大洋彼岸的土地，前景會是怎樣，我無法預測。在即將開始新生活之際，我和明達唯一想做的，就是把過去的一切，永遠地關在門外。

　　明達說，他不想讓他未來的孩子聽到有關他媽媽過去的任何汙言穢語，也不想讓以前的汙泥濁水攪入新的生活。但

是，把你也關在門外令我非常不捨和心痛，也異常糾結。是明達幫我下了最後的決心。他說，既然關門，就別留門縫兒，否則，朋友們向培敏要我們的美國通訊地址，她給還是不給，這只會給她增加麻煩。他說的有道理。

培敏，真不知過去那些不堪的歲月，沒有你的陪伴會是什麼樣子，在我給你的最後這封信裡，我要鄭重地向你說一聲「謝謝！」

我希望你能理解我這個決定。就把這封信當作死亡通知書吧！那個爾娟已經死了！對不起，培敏。原諒我，原諒我，原諒我！

永遠深愛你的爾娟

一九八二年七月十七日 於上海

希望理解？

怎麼能理解?!

相識二十五年，近四分之一世紀風雨同舟的友誼，就這麼用一封信結束了？

爾娟的決絕讓培敏震驚，甚至感到委屈和氣憤。她實在不相信，這封信出自爾娟之手。爾娟一直驚嘆她們之間緣分的奇巧，認定這童年結下的友誼，是寒夜中的燈，雨中的傘。

雖然幾年前，爾娟已隨夫去了上海，但頃刻間，空蕩蕩的感覺還是淹沒了培敏。信紙在手中輕輕抖動。

培敏忍不住把信從頭再看了一遍，並仔細地辨認字跡。她太熟悉爾娟那圓軟的字體，千真萬確出自她手。在信下方的空白處，她看到一灘灘清晰的淚跡，培敏的淚水立刻奪眶而出，她感受到了爾娟寫信時的感覺，那種訣別的悲

傷、糾結、不捨，她甚至感受到她的心在痛苦地顫抖。

　　她想到那些足以致命的汙衊之詞，儘管長大以後，爾娟一直是蜚短流長的焦點，但她實在無法忽視傳得紛紛揚揚的她與繼父亂倫的謠言。那是任何自尊、自愛的人都無法背起的黑鍋。培敏的目光又回到這一行──「真不知道過去那些不堪的歲月，沒有你的陪伴會是什麼樣子。」

1 ▼ 初遇爾娟

　　一九五六年夏末，培敏家從天津市搬到了瀋陽市鐵西區。對於這次搬遷，培敏媽是不願意的，畢竟天津市是北方最大的港口城市。但培敏的爸爸看好瀋陽，那時國家學習蘇聯正在大力發展重工業。而瀋陽的重工業企業都是國內最頂尖的，全國各地的人才紛紛來到瀋陽。培敏爸爸作為俄語翻譯，更看重的是工作機會，很多蘇聯援建項目在瀋陽，那裡的蘇聯專家正急需俄語翻譯。

　　這個機緣讓培敏結識了幾乎是半生緣的閨蜜余爾娟。

　　說來也巧，爾娟和培敏不但同年、同月、同日生，而且出生地同是天津，現在又都到了瀋陽。作為共和國的同齡人，兩個人的命運必然要隨著時代的風雨一起沉浮飄搖……

　　培敏和爾娟最初的緣分來自一輛童車。那時培敏家的院子和她姨家的院子離得很近，走路不到十分鐘。因為姨家有一個小她一歲多的表妹，因此她常去姨家玩。她們那一片住宅幾乎都是滿洲國時期日本人建造的，當地人稱為蒙古包，其實是一片片的連體別墅。解放後這些房子都歸幹部們居住。不同的是，日本人住時，一幢別墅只住一戶人家，而現在住兩戶。爾娟家和培敏姨家是同一個院子的鄰居。那個由十幾個連體別墅圍成的口字狀的院落，裡面住的都是變壓器廠的幹部。

　　姨家住在院門口，爾娟家則在院子的深處，也就是說，

爾娟家的人進出院子都得路過培敏的姨家。

　　一天傍晚，夕陽中，培敏正在姨家門前畫「跳房子」的格子。忽然，一道金光射入培敏的眼睛，她抬頭一看，一家人推著嬰兒車從外面走進院子。

　　培敏第一次看見嬰兒車。那年代，小嬰孩要麼用一塊布兜著，馱在媽媽的後背上；要麼被媽媽抱在懷裡，沒見過誰家買輛車推孩子的。

　　嬰兒車很氣派，暗紅色的船狀車身，前面兩個小輪子，後面一個大輪子，上面還帶著個棕色的遮陽篷。耀眼的夕陽照在三個輪子的鋼箍上，金光閃閃，一個男孩子的腳正伸出車箱。

　　培敏的好奇心很快地由嬰兒車轉向車子後面的四個人。推車的女人身穿寶藍色法蘭絨旗袍，腳踏高跟鞋，鴨蛋形臉白白淨淨，燙著頭髮，十分美麗。她旁邊的男人，高高的個子，一套深灰色西裝，戴副眼鏡，看起來文質彬彬，長方的臉本來很帥，卻被密密的麻子給破壞了，連那筆直的鼻子上也是坑坑窪窪的，眉毛時斷時續。他一手牽著一個女孩兒。那該是他的女兒們。他正滿臉寵愛地低頭跟大女兒說著什麼，女孩突然笑了，笑容燦然生光，兩隻大大的眼睛漾著笑意望著爸爸，一副自豪狀。

　　培敏也跟著她咧開了嘴。覺得她太好看了，圓圓的面孔、大大的眼睛、長長的睫毛，皮膚雪白、細膩、明亮，讓她想到白麵饅頭那層皮。紅色的小盆帽、紅色的小皮鞋，讓她想到童話裡的小公主。培敏不由自主地低頭看看自己，褲子膝蓋處的補丁變得格外扎眼，她下意識地撣了撣自己身上的灰，似乎這樣會讓自己有點樣子。

　　培敏從小就很淘氣，讓培敏媽很眼饞那些文靜的女孩，

媽媽常拿別人家的孩子作榜樣來教育培敏。使得培敏對文靜的女孩特別高看，覺得她們有模有樣。她的爸爸拉著女兒手的樣子也讓培敏羨慕不已，培敏的爸爸就從來沒有這樣牽過她的手，也從來沒這樣陪過媽媽。那時的風氣，好像所有的爸爸都不跟老婆孩子一起走。所以，她們一家五口，這樣夫妻相伴、兒女相隨，在培敏眼裡是一道非同尋常的美麗景觀。

不過院裡很有一些人看不慣，說她家盡是洋範、外國作風。

培敏姨就不喜歡爾娟的媽媽，說她長得是好看，但沒文化，卻總是一副凡人不理的模樣。其實這女人的娘家窮得很，看上余家是資本家，才肯嫁給麻子，攀高枝攀到余家。沒想到剛嫁過去沒幾個月，天津就解放了。

培敏姨對爾娟爸爸倒是讚賞有加，說這位副總工程師人好，留學美國回來的，看英文就像看中文一樣，沒架子，技術也好得很，廠裡總工程師的水準趕不上這位副總，要不是小時候得天花鬧下一臉麻子，怎麼也得娶個大學生吧？

每次談到余家，培敏媽總會情不自禁地誇兩句孩子：「那個大女兒真招人喜歡，有個雅氣勁。」培敏姨說：「聽說這麼小就會彈鋼琴，余總天天在家教她。」培敏媽說：「難怪，從不見這孩子在院子裡玩，哪像咱家的野丫頭成天在外面瘋。」

就這樣，每當培敏去姨家，只要爾娟全家推著嬰兒車走進院子，她都會停止玩耍，目不轉睛地看著，直到他們走入家門。

2 余麻子之死

　　轉眼到了一九五七年的冬天，培敏已陞入小學二年級。雖然，天氣經常陰沉壓抑，西北風颳得人不願出門，她仍舊常去姨家玩。好像很久沒有看到那個美麗的女孩和那一家人了。培敏感到很失落，仿佛想像中的童話世界消失了似的。她問媽媽，媽媽便問自家妹妹。

　　「他們家啊，」培敏姨搖著頭說：「不可能再推著嬰兒車出來了。余麻子被打成右派①了。想自殺，沒死成，從他二樓辦公室跳下去摔成個癱子。」

　　「啊！那該多疼啊！」培敏齜牙咧嘴地叫著，一副無法忍受的樣子。

　　「罪遭大了！」培敏姨晃著頭，不無同情。然後湊到她姐姐的耳邊說，「余麻子被廠裡那個孫書記給糊弄了。開始時，孫書記一個勁地鼓勵大家給黨提意見，說得可好聽了，什麼『知無不言，言無不盡；言者無罪，聞者足戒』；結果這個提意見、那個提建議，余麻子就跟沒事人一樣，一言不發。孫書記不點名地批評了余麻子，什麼不能走『白專道路』，要『又紅又專』啦，要與黨同心同德，關心黨和政府的建設啦，非逼他說出自己的意見。許是余麻子怕戴上『白專』帽子，第二天，在大會上對中美在變壓器方面的差距提出了自己的看法。這個孫書記還大會、小會地表揚余麻子提得好。沒過幾天，孫書記突然變臉，說余麻子反黨、反社會主義，給定成右派了。你說他能不覺得冤

嗎？能不跳樓麼！」

　　培敏姨想了一會兒，把鍋甩給了爾娟媽：「唉！要我說，也是余總媳婦剋的！聽余總的嫂子說，老余家自從娶了這個媳婦，日子就沒好過，倒楣事一件接一件。先是一九五二年的『五反運動』，公公是資本家，被揭發偷稅漏稅，嚇得從天津市一家飯店的樓上跳下去自殺了，後來工廠又被公私合營了。她進門沒幾年的功夫，老余家就人財兩空了。現在又把自己丈夫剋成瘸子。」

　　只要提到余總的媳婦，培敏姨就嫌棄得不得了：「余麻子這個老婆真讓人受不了，好的時候跟人家吃香的喝辣的，這會兒看人家是右派了，立馬劃清界限，非要離婚。我早說什麼來著，找媳婦不能找太漂亮的，余總找的這個就是敗家精。」

　　培敏媽說：「不都說女子無才便是德麼？看丈夫時運背了，就要離婚，真真是無才又無德。」

　　「人家這才叫德呢！別看沒文化，可知道見風使舵了。能與反黨分子劃清界限，表明自己的階級覺悟高啊⋯⋯」培敏姨拉著長音說著那個「高」字。

　　培敏媽不無遺憾地嘆氣道：「唉！可惜這三個孩子了，多幸福的家呀，兒女雙全的。」

　　「啥事就不能太全了，沒準沒這個兒子，老子還打不成右派呢。這一家子誰看著不眼熱？可能余麻子兩口子心裡也打鼓，特意給兒子取名叫祥瑞，沒管用啊！照樣從天上掉下禍來！」

　　「兒子叫祥瑞，兩個女兒叫啥名？」

　　「大女兒叫爾娟，二女兒叫爾南。」培敏姨說完後對著培敏說：「這些話只能在屋裡說說，到屋外說就是為右派

喊冤叫屈。」

　　培敏媽趕緊用食指戳著培敏的額頭說：「聽見沒？」

　　培敏不懂「喊冤叫屈」這四個字，她用傻傻的眼神愣愣地瞅著媽媽。培敏媽轉頭對妹妹說：「你看這孩子傻呼呼的，出門還真不亂說話。」

　　培敏又去姨家時，剛一進門，就聽姨對媽說：

　　「死了，這回余麻子真死了。上個週五半夜在家上吊的！這回不用離婚了！不過罪名更大了，不光是右派，反黨、反社會主義，又加個『自絕於黨和人民』。他死了不再遭罪了，老婆孩子可倒大楣了。連房子都保不住了，這不，老婆、孩子過兩天就得搬走。」

　　培敏媽說：「不管外面多不順，要是家裡能讓他感到一點點溫暖，也不至於自殺！」

　　培敏姨說：「就是啊，自從打成右派起，他老婆就沒有好臉，成天鬧著要離婚。這下可好，大錢垛子倒了，每個月 180 元啊，余麻子的工資是工人工資的三、四倍都不止。過去他家想買啥就買啥，家裡連鋼琴都有。孩子吃的、用的，誰家能趕上？」

　　一提到孩子，培敏媽嘆口氣說：「唉！這麼好的仨孩子，多可憐啊！要說那大女兒長相也不薄，你看她小下巴往上翹翹的，小鼻頭往上翹翹的，連那睫毛都往上翹翹的，這孩子俏得喜性，不輕薄，小小的年紀咋就遭這麼大的難呢！」

　　培敏明白了，美麗的「瓷娃娃」要遭罪了，心裡覺得可憐，著實難受了一陣子。

3 又見爾娟

時日如飛，又五年過去，野淘野淘的培敏，在小學升初中的前半年，大夢初醒般知道了用功，考進省重點中學。

開學那天，老師給全體新生點名，點到誰就得站起來。老師點到余爾娟，培敏嚇了一跳，不會是同名同姓吧？爾娟站起來，就在她的前兩排。培敏伸長脖子望去，儘管只是個側影，培敏認定就是她！爾娟怯怯的一聲「到」，然後落座。

培敏腦海裡立刻浮現出爾娟的爸爸抱著爾娟進院兒，爾娟兩隻大眼睛下有淚珠掛著。「都是石頭不好，把娟娟絆倒了，都是石頭不好，把娟娟絆倒了……」儘管她爸爸時不時地與她貼著臉，但她的小嘴還是撅著。

「陳培敏！」老師叫第二次，前排的同學都扭過頭。培敏看到了爾娟在望她，才意識到是老師點自己的名字，慌忙站起，大聲喊著：「到！」全班同學都笑了，爾娟也笑了，莞爾，很動人。

下課了，培敏迫不及待衝到爾娟面前，雖然她個子長高了很多，但那上翹的小下巴，又黑又亮的大眼睛，微翹的睫毛，還有嘴唇上方那顆痣，還是原來的樣子，只不過圓形臉變成鴨蛋形了。培敏知道爾娟不認識她，因為從未在院裡一起玩過，也從未說過話。培敏問：「你是住在變壓器廠幹部院的爾娟吧？」爾娟似乎有些緊張，左右看一下，尋思一會，方才輕得不能再輕地點了一下頭。

不知從什麼時候開始，爾娟就怕別人提到她爸爸，她早已把爸爸和恥辱兩個字等同起來。她真不想承認爸爸是變壓器廠的那個人。

七歲那年發生的所有事情她都搞不明白，爸爸為什麼要跳樓，難道不知道跳樓會摔斷腿麼？從來和和氣氣的爸爸媽媽為什麼經常大吵大鬧？不明白頭一天爸爸拉著她的手，流著眼淚說：「爸爸應該保護你們，爸爸應該保護你們。」結果第二天就用一根繩子結束了自己的生命。

她記得爸爸走的那天清晨，天剛矇矇亮，她被媽媽一聲慘叫驚醒。只聽媽媽惶惶然說：「在床上待著，不許出來！」之後是重重的關門聲。門再次被打開時，媽媽帶著姨和舅舅一起進來。

媽媽仍然慌張地命令：「在床上待著，不許出來！」屋外劈里啪啦的聲音吸引著她，她打開門縫瞅，發現爸爸躺在地上，立刻衝出去，跪在地上喊著：「爸爸——爸爸——」爸爸已不是原來的爸爸，鐵青色的臉，伸出的舌頭教爾娟驚恐無比，她大哭大叫。爾娟姨對爾娟媽說：「不能哭啊！怎麼能為大右派哭呢？」爾娟媽立刻對爾娟說：「不哭！不哭！不可以哭！」爾娟反而哭得更凶。姨憤怒地呵斥：「咽回去！不許哭！」接著鄙夷地嘟噥道：「哭什麼哭，一個反黨反社會主義的右派！」

從來沒有人這樣呵斥過爾娟，才七歲，根本不懂什麼是反黨，什麼是反社會主義，什麼是右派，但姨臉上那種厭惡、嫌棄的表情讓她想到姨厭惡老鼠的樣子，她明白了爸爸是那隻醜惡的老鼠。

她實在不願多看姨一眼，姨的表情太可怕，她把眼神投向窗外，打那一眼之後，天空就沒再透亮過，永遠是早

晨矇矇亮的狀態，哪怕在夏日的晴天裡。

　　培敏和爾娟隨著同學向操場走去，她看著眼前的爾娟，不得不說，印象中那個穿著紅皮鞋的驕傲小公主，連影兒都沒了。和大家一樣，穿著打補丁的褲子、媽媽手納的布鞋。不過，還是隱隱約約地覺得她有什麼地方和大家不同。後來弄明白了，原來是她身上那種「範兒」，她的眼神雖然透著憂鬱，但長長的脖子總是挺著、頭微揚；走路時腳尖著地，富有彈性；即使站著，全身肌肉也繃著。這讓培敏想到媽媽經常的教訓：「站要有站相！坐要有坐相！」

　　很快，同學們察覺出爾娟與他們的不同，都看不慣。有人背後議論說，念課文拿腔作調的，走路一竄一竄地，不知道神氣啥？培敏不願聽，不假思索地當場反駁：「就你好？你念課文結結巴巴的，還笑話人家！」不知和同學吵了多少回。從此，同學們都因為顧忌培敏，不敢隨便嘲笑爾娟。爾娟也漸漸地與培敏形影不離起來。

4 好演員的料子

　　非常奇怪的是，一九六二年全國還在鬧大饑荒，人人都餓得皮包骨，聽說鄉下已餓死了很多人，但是高中部的學生每到週六下午三點，照例搞文藝活動，這是當年學校學蘇聯一直延續下來的。每到這個時候，爾娟總要把培敏從操場上硬拉到大禮堂裡，靜靜地站在角落看著高中生唱歌、跳舞。一位女生站在麥克風前，兩手在胸前握成拳狀，動情地唱著蘇聯歌曲。臺下男生與女生一對對旋轉起舞。

　　培敏不明白爾娟為什麼愛看這些，更不明白他們怎麼有閒心唱歌跳舞？培敏那時成天想的是挖野菜，心裡籌劃著明天和爾娟到渾河邊去挖甜根。

　　渾河是瀋陽市唯一的河，位於瀋陽城區的最南邊，曾被人叫作瀋水，水之北為陽，故城市得名瀋陽。不知誰有先見之明，將瀋水改名為渾河。不過，一九六二年的渾河，水還是很清的，尚未遭到汙染。

　　河的南岸是一望無際的農田。北岸沿著河則是一大片寬寬的空地，上面長滿了野花、野草和野菜。培敏琢磨，在那裡應能挖到很多甜根，甜根是竄根植物，只要找到一根就能找到一片。現在挖的人太多，甜根愈來愈難找。但願渾河邊那片地沒人動過。不管怎樣，一邊挖一邊吃甜根是件很幸福的事。

　　第一次挖甜根，因為甜根那種蘊藉的甜勾著飢腸轆轆的培敏一邊挖一邊吃，卻不知甜根吃多了會上頭，結果頭

暈得站都站不起來。索性躺在地上，沒想到卻睡了過去，很晚才回家，培敏媽已急得坐也不是站也不是。

培敏又想到槐樹上的葉子，那是她最驕傲的事，別人家已經開始吃樹皮了，可她家還能吃到槐樹葉子。培敏總能把別人夠不到的樹葉摘回家。培敏媽常對別人說：「我家三個兒子加起來沒這一個閨女淘，沒一點兒女孩樣，整天爬樹又爬牆的……」沒想到這回培敏媽可得著女兒的力了。

正想著這些能吃的東西，爾娟居然合著人家的歌聲小聲哼唱起來。

「這歌你都會唱啊？」培敏詫異地問。

「只要她們唱一遍，我就能順下來。」爾娟說。原來，她一邊聽一邊能記下曲子，她還說男女生在一起跳的是華爾滋舞。這方面，培敏真的佩服爾娟，不知道她怎麼懂得那麼多？

可惜好景不長，一個週六的下午，培敏和爾娟照例來到大禮堂。裡面空無一人，這種高年級舉辦的活動停止了，據說是屬於「修正主義」。她們倆第一次接觸到這個政治名詞，一時沒弄明白，只好死記。直到學校開始每天學習「九評」②，一評接一評地學習下去，這個名詞就像鍋碗瓢盆的名字一樣，耳熟能詳了。

不過，歌頌黨、歌頌社會主義、教育人民的節目還是要繼續。不知是因為爾娟長得好看，還是因為她說話的聲音好聽，老師委任爾娟為班級的文藝委員。這下爾娟有了施展才華的機會。四中的各種演出活動一向比較多，文體活動在市裡都是有名的。班級因為爾娟是文藝委員，很快成了文藝明星班，爾娟也因此嶄露頭角。

初二上學期，爾娟領著幾個文藝骨幹排練小合唱《媽媽娘你好糊塗》，歌詞內容是五個女兒用不同的理由批評媽媽打算殺豬的行為。宣揚的是勤儉持家的道理。爾娟當然挑大樑，飾演媽媽這個農村家庭婦女。

　　她臉上畫著皺紋，陰丹士林藍布褂子罩身，同色粗布三角巾包頭，一副老太婆的模樣。雖然結尾都是同樣一句唱詞：「媽媽娘我不糊塗，哎嘿哎嘿呀……媽媽娘我不糊塗……」當一一反駁五個「女兒」時，爾娟唯妙唯肖地表演出各種不同的表情，每一次的腔調和動作的變化都引起一片笑聲及陣陣掌聲。

　　一天午後，爾娟問培敏要不要去解放大戲院，培敏一口回絕：「不去。我家沒錢看戲！」爾娟眼睛盯著培敏，眼球左右來回轉了兩圈，憋著笑說：「不是去看戲，是到大戲院做好事！」

　　那時，毛主席已向全國人民發出「向雷鋒同志學習」的號召，整個社會都在學雷鋒做好事，學生們每天都在琢磨還能做點什麼好事。培敏記得一次和媽媽去一位阿姨家，過羅鍋橋（拱橋）的時候，一位五十多歲的老漢拉著裝滿重物的架子車，怎麼使勁也上不了坡，培敏想都沒想，便跑過去在車後面推。平時見到這種情況，學生們都會這樣學雷鋒。可這次把培敏媽嚇壞了，趕緊招呼周圍的人幫著推。事後培敏媽訓培敏：「說你傻，你還真傻！這車若拉不上坡去，往後一倒，順著坡下來，第一個壓死的就是你。」

　　聽爾娟說要去大戲院做好事，培敏當然高興。到了那裡，她們直言：「我們是響應毛主席的號召，到這來做好事的。」一位領導模樣的人說：「這裡可沒什麼好事讓你們

做！」培敏嘴快：「那幫你們掃地吧！」領導看著她們懇切的樣子，就對身邊的一個人說：「找點事給她們吧！先讓她們把所有蘋果上的包裝紙拿掉，再給她們兩把掃帚。」

蘋果上的黃色劣質包裝紙很快被剝掉。培敏和爾娟便一人拿著一把掃帚走進劇場。沒想到演員們正在彩排。她們一邊心不在焉地劃拉著，一邊目不轉睛地盯著戲臺，爾娟看了一會兒告訴培敏，彩排的劇目是《兵臨城下》。眼見四下沒人，她倆便放下掃帚，跑到樂池前，胳膊搭在樂池的矮牆上，手撐著臉，偷偷地看。這是培敏第一次看話劇。

忽然，一個女子從後臺輕盈而緩慢地向她們飄來，白皙、高挑，大眼睛帶著光芒，有如仙女下凡。她走到爾娟面前，沒有蹲下，居高臨下地略彎著腰問：「小姑娘，叫什麼名字啊？」爾娟一下子漲紅了臉，說不出話來，又是害羞又是求助地把臉轉向了培敏，培敏說：「她叫余爾娟。」「長得這麼漂亮，長大來當演員吧！」爾娟沒說一句話，兩隻大眼睛卻充滿崇敬與感謝。

培敏想，這位演員一定在後臺注意到這兩個偷看的孩子，觀察很久，是爾娟吸引她走過來的。她說了一句：「非常好的演員料子！」轉身又慢慢飄回後臺。

培敏和爾娟生怕被人誤會，藉做好事之名行不花錢看戲之實，不敢再看下去，趕緊掃地。

走出劇院，一路聊天。那位演員的美仍震撼著培敏：「那個女的長得也太漂亮了！」

「她叫白雪，是人藝劇團團長的老婆，特別有名，永遠扮演主角，據說演技棒極了。」爾娟如數家珍般地說道。

培敏很不解地看著爾娟：「你咋知道的吶？」

「聽我表姑說的。」爾娟的表姑是遼藝（遼寧人民藝術劇院）的演員。爾娟常去她表姑家，常聽表姑講文藝團體的事。

培敏羨慕地說：「咱家咋一個這樣的好親戚都沒有呢？」

爾娟顯然很受用：「你千萬別對別人說，孫道臨（著名話劇和電影演員）是我家的遠房親戚，沒出五服③。」

「啊？就是演《永不消逝的電波》那個李俠的？」培敏羨慕不已。

爾娟接著又說：「不知道我的親姑姑現在是不是演員，她在美國，失去聯繫了。不過，她當年去美國留學，學的是歌劇。」

看來，文藝天份真能遺傳，不怪那麼大牌的演員只看一眼爾娟，就斷定她是塊「料子」。培敏也覺得爾娟將來一定會成為演員。

演員在他們這些孩子的眼裡就是神，社會地位非常高，被譽為塑造人類靈魂的工程師。不要說名演員，就是一般演員，也很了不起。培敏想到這裡，很是激動，鄭重地對爾娟說：「等你日後成了演員，一定要讓我免費看戲！」

白雪的激勵果然起了作用，爾娟做文藝委員愈發起勁。為新年文藝匯演，爾娟組織班級十幾個人跳《草原女兵》舞。不知是學來的，還是她自己編的，這舞跳起來太難了，又下腰又劈叉，不是學不會，是壓根兒做不到。一到難度大時，大夥就不跳，聚到窗臺邊聊天。有的人冷嘲熱諷：「啥意思啊？這舞編的，就是為了顯擺她的柔韌性唄！」每到這時，爾娟就一個人練倒踢紫金冠等高難動作，好像沒看見大家的臭臉。培敏知道爾娟會跳舞，但不會管人。她

和爾娟正相反，敢管人，但跳舞不行。培敏索性出主意：「爾娟，大家都學不會，不如你跳難的，我們跳容易的，全當給你伴舞，行麼？」這個主意得到了大家的擁護。

演出那天，爾娟的舞姿獲得陣陣驚嘆，以至很多天以後，只要有人能跟她搭訕上，都會說「你的舞跳得太好了！」培敏納悶，全班同學，每個人一上舞臺就緊張，反而平常有點羞答答的爾娟一上舞臺就神采飛揚。培敏愈發認定爾娟是當演員的料。不光培敏，似乎全校的人都認為爾娟將來一定會成為一名演員，有的人直接就對爾娟說：「你將來一定是明星！」

爾娟還真有福氣，遼寧兒童藝術劇院真到學校初中部來物色演員了。老師最先推薦的是爾娟，同學們扒在窗戶外偷看，她先是唱歌，雖聽不到，但大家早知道她唱歌好聽。然後，考官給她一本薄薄的冊子，應該是朗誦。接下來是表演，只見她一會兒洗臉、一會兒揉麵，一會端著像盆一樣的東西往前走，像是給誰送東西……

爾娟結束面試出來，培敏問她：

「幹嘛一會洗臉一會揉麵的？」

她說：「考官跟我說，現在你手裡有個盆，開始表演吧！我當時靈機一動就先想到洗臉……」

培敏又問：「他們給你塊糖是啥意思？」

她說：「他們讓我編個故事，我就把王二小放牛的故事給改編了。」

「怎麼編的？」

「日本鬼子大掃蕩時，看見一個放羊娃，給他一塊糖，讓他帶路。王二小假裝很高興，帶著鬼子在山裡轉來轉去，愈轉離共產黨駐地愈遠。鬼子明白過來，就把他殺了……」

爾娟問培敏她表演得如何？

培敏說：「我注意考官的反應了，看那眼神好像很欣賞你。」

爾娟滿臉興奮地說：「知道嗎？我的夢想就是當演員，只要能在舞臺上表演，多苦多累我都願意。」

第一輪初試有十幾個人，第二輪只剩下三個人，等第三輪即最後一輪筆試後，整個鐵西區只剩下爾娟一人。一天，老師很驕傲地在班上宣佈：區裡唯一通過全部考試的是我班余爾娟，大家為她鼓掌！爾娟羞紅著臉、低著頭，同學們無不羨慕地看著她，為自己的班級能出現一名演員而驕傲。

那幾天的下午自習課，經常有外班的同學趴在玻璃窗外看爾娟。在操場上，回家的路上，常常看到三兩人私語，然後目不轉睛地看著她。每個人都認為爾娟已經是演員了，連她自己也這麼想。

爾娟像怒放的花朵，鮮豔亮麗，走到哪都能感受到人們欣賞的目光。她喜歡受關注，就像植物喜歡陽光。

十四五歲的初中生，並不知道政治審查是怎麼一回事。爾娟接到兒童藝術劇院交給她的政治審查表格樂壞了，因為全校只讓她一個人填，以為是板上釘釘了，在表格裡填寫了媽媽 —— 工人及工作單位，爸爸 —— 已亡及原工作單位。

爾娟忙著考演員那陣，這個年級正面臨著分班，上級指示學校進行「廢除中考」的教改實驗，內容是這樣：組建個實驗班，由初中部直升進高中部，不必再參加初升高的中考。

這好事沒有輪到培敏。實驗班的班主任恰恰由培敏和

爾娟所在班的班主任擔任，她負責從初中部的四個班挑出一個班的學生進實驗班，握有生殺予奪的權力。培敏不守紀律，甚不得班主任的歡心。一次課間休息，培敏爬樹，本來只是玩玩。不知什麼時候，樹下圍了一群同學，個個大呼小叫：「別再爬了，不要命了？」「嚇死我了，快下來吧！」「小心啊！」他們越喊，培敏越起勁向上爬。上課鈴聲一響，同學們作鳥獸散，跑回教室。培敏往下一看，慌起來，太高了！但培敏還是穩住自己，遲到就遲到吧。正踩著枝丫往下挪，歷史課老師領著全班同學來到樹下，這讓培敏極難為情，因為培敏是歷史科代表。

　　老師唯恐她摔下來，讓大家圍著樹站一圈。眾目睽睽之下，培敏終於落地。耽誤了十來分鐘的上課時間，歷史老師沒有責備一句。班主任卻抓住不放，把培敏叫到教研室，劈頭蓋臉地批評一頓，還列舉了過去一系列類似的「罪行」，培敏讀懂了老師的臉，媽媽每次罵她：「我哪輩子作孽，生出你這個玩意兒！」也是這種表情。她知道，老師為攤上她這樣的「麻煩」學生而自認倒楣，說不定提心吊膽，怕哪天出事！

　　爾娟不同，安靜、守紀律，又有才華。她順理成章地給分到實驗班，培敏則到另一個新的班級。對於分開，爾娟比培敏傷感，誇張地說：「離開你，我都不知道怎麼活了。」

5 ▼ 政審不合格

　　分完班後大約半個月，「兒藝」終於來了消息，爾娟因為政審不合格，落選。

　　對爾娟來說，前一刻豔陽高照，後一刻冰雹蓋臉。落選的原由，實在不是孩子們所能理解的。不知誰從哪裡聽來的，各種閒言碎語像子彈一樣地射向爾娟：她爸爸是個大右派，是個反黨分子；她爸爸畏罪自殺，是自絕於黨和人民的大壞蛋；她爸是剝削階級出身，資本家的兒子。這些話中的任何一句都夠把人壓得抬不起頭來。

　　第一輪及第二輪考試被淘汰下來的人，個個面帶喜色，有的還火上澆油，逢人便說，爾娟為了混進兒童藝術劇院，竟隱瞞爸爸是大右派，爺爺是資本家的身份。家庭這麼反動，還想混進黨的神聖的宣傳機構。

　　班裡同學仨一群倆一夥議論著爾娟「欺騙組織」，培敏實在聽不下去，騰地站起來，筆直地走過去，一臉忿怒地問道：「你們說誰是騙子啊？什麼叫欺騙？你們懂不懂啊？她爸爸的事她上哪兒知道啊！她已經夠倒楣的了，別這樣行不行？當初是誰趴教室窗戶偷看人家的？」

　　一天，培敏和爾娟在走廊說話，聽到有人捏著嗓子，用假音兒喊一句：「臭魚！」語調打個彎拖得長長的。爾娟一聲不吭，一下子眼圈紅了，強忍著，淚水還是滾了下來。培敏一看，氣不打一處來，立刻回過身沒好氣地喝問：「誰罵的？罵誰呢？」

背後走過來的三個人，其中一個表情很不自然，眼睛盯著牆不敢正眼瞅培敏，另一個一邊似有暗示地瞄了一眼爾娟，一邊討好地對培敏說：「沒罵你。」

「罵誰都不行！」培敏衝著盯著牆的那位說：「下回再罵試試！」

大家都知道培敏愛打抱不平，敢打架，索性就沒接茬。

培敏回頭對爾娟說：「四班的楊兆寧，第一輪就被淘汰下來那個，妒忌你唄！你當初太亮了，把他們晃得啥都不是。」接著培敏胸有成竹地告訴爾娟：「人都怕橫的，下回他們再罵你，你就罵回去！」

爾娟說：「我媽不讓，她不許我們再給家裡惹事了，媽說，什麼事忍一忍就過去了，讓我們學會忍，誰讓我出身不好吶！」

隔天，爾娟突然約培敏去小公園。說是公園，其實什麼設施都沒有，只有幾棵小楊樹稀稀拉拉地站在用土堆出的假山上。那是人人都以閒情逸致為恥的時代。公園裡沒有遊人，人們只把它當作捷徑從中穿過。

爾娟拖著培敏躲到假山後，假山與公園圍牆之間有一條窄窄的夾道，除了男人常去那裡小便以外，白天絕對沒有人。培敏嫌尿騷味刺鼻，想換個地方，可看到愁眉淚眼的爾娟，閉上了嘴，隨便選了塊石頭坐下。爾娟沒開口說話，眼淚先簌簌地往下掉。培敏不解，問：「怎麼啦？又有誰欺負你了？」爾娟搖搖頭，培敏看得出，她是努力想止住眼淚。爾娟幾次想開口，都哽咽地說不出話來。

培敏心裡著急，也只能默默地看著她，等待她情緒平復一些。

終於，爾娟收住淚水，告訴培敏，她偷聽到她姨跟她

媽媽的一番對話。

爾娟政審不合格沒當上演員，爾娟媽媽也很鬧心，便找來親妹妹訴說衷腸。這個妹妹嫁的是軍官，加上出身好，已一路陞到教育局人事科副科長，她消息靈通，幾乎成了爾娟媽媽的主心骨。

聽完爾娟未被錄取的事後，妹妹告訴姐姐，現在政治審查越來越嚴，每個人都有個檔案袋，保留在人事科，裡面裝著你平時的表現及家庭政治背景等材料。檔案是保密的，本人看不到，但政工管理人員可以隨時查看，其他單位的各級組織也可憑介紹信調看。她說，兒童藝術劇院只要去一趟變壓器廠政工科，就掌握了爾娟的全部情況。

她提醒爾娟媽媽，「對外講是『不唯成份論，重在政治表現』，其實，地富反壞右黑五類④的子弟根本進不了大學，他們的檔案袋早已蓋上『不予錄取』的大印。別讓爾娟太要強了，她根本沒資格進大學，這是命！」

爾娟說完，絕望地喊著：「培敏，我可怎麼辦啊？做不成演員就算了，連大學也上不了，我這輩子不就完了嗎？」她嗚嗚地哭。培敏站起來，準備坐到離爾娟近一點的一塊大石頭上，卻發現石下的一片茸茸的綠色，不知是什麼植物，已被石頭壓得無法伸展，她便縮了回去。

培敏又坐回原來那塊石頭上，雖然距離遠，還是把手儘量伸過去，拉起爾娟的手，不知說什麼好。這一刻，培敏感覺自己瞭解了爾娟，她對自己一生的期許非同一般。培敏在院裡傻玩時，爾娟在練鋼琴；老師在課堂上讓同學朗讀課文，別人只會照本宣科，爾娟偏要念得字正腔圓、聲情並茂；跳舞時，難動作大家不跳，可她一遍又一遍地練。

培敏不知爾娟心中的人生樣板是什麼樣的，也不知她期許的未來是什麼樣的，但是明白她是一隻決心高飛的鳥，正要展翅，卻發現腿上拴了塊大石頭。想到石頭，培敏又看了一眼爾娟旁邊的那塊石頭及石頭下的綠色。爾娟的絕望，她完全能夠體會。培敏自己的大哥，報考清華大學就是因為政審不合格而落榜的。

　　過了許久，爾娟語氣輕飄地說了一句：「那活著幹嘛？不如死了算了！」

　　「死」字，像雷一樣在培敏心裡炸開，她不假思索地回答：「死？千萬千萬不能想到死啊！大饑荒那年，咱們吃錦洲淩河裡的泥、吃野菜、吃樹皮，那麼多人都餓死了，咱沒餓死，咋為個上不了大學就想到死呢？」

　　培敏轉念一想，爾娟很愛她的媽媽和弟弟、妹妹，便說：「你死了，你媽媽怎麼活？到時，你的弟弟、妹妹填表又多了一項：姐姐余爾娟自絕於黨和人民。」

　　軟硬兼施一嚇唬，爾娟傻了，擰著眉頭，糾結了半晌，突然爆出了一句：「我恨死他了！」

　　爾娟臉上露出的猙獰嚇了培敏一跳，忙問：「恨誰？」

　　「余尚軒！」培敏一時反應不過來，猛然意識到，該是她爸爸的全名，這太不可思議了，培敏試探著問：「是你爸？怎麼可以恨自己的爸爸呢?!」

　　爾娟說：「把我害慘了，活不能好好活，死又死不得！如果當年他不提意見，如果當年他沒自殺，我會是現在這個樣子麼？我們家會是現在這個樣子麼？」

　　培敏眼前晃動著爾娟小時候騎在她爸爸肩膀上的鏡頭，咯咯的笑聲響在耳側。培敏為爾娟的爸爸感到心痛，但不敢對爾娟說她爸爸有多愛她，因為她姨諄諄告誡不能

說右派的好話。她趕緊把爾娟這話接過來：「你也一樣啊！你自殺，你的弟弟妹妹不也會像你恨你爸一樣恨你嘛！」

長久的沉默。

最後，爾娟說了一句：「我才是那個不該出生的人⋯⋯」這話出自她們最近看的一本小人書，書名叫《不該出生的人》，寫的是一個黑人愛上一個白人女孩的故事。

打這以後，每次考試排榜，爾娟成績的名次都往下走。培敏很奇怪地問爾娟：「你是故意考壞的吧？」

爾娟很不以為然：「反正我是肯定考不進大學的。」

她像一隻膽怯的綿羊縮到了羊群中，無人再注意她，流言蜚語平息了。那個顧盼生輝，渾身洋溢著青春活力的爾娟消失了。培敏媽以前常誇爾娟的嘴長得好看，「一笑鼻窩嘴角處便形成一個括號。」培敏再也見不到了，爾娟原本就寡言，現在幾乎不說話。整個人被絕望吞噬著，蔫蔫的。每當培敏看到她愣愣地望著前方，眼神裡藏著無盡的憂傷，鼻子便會發酸。

6 ▼ 文革前最後一次中考

　　培敏由於沒有被分配到實驗班，心中十分不服，決心一雪前恥，憋著勁兒拼命看書學習，活動的場地從操場轉到了圖書館。心裡就一個想法，讓實驗班的班主任後悔，當初幹嘛不選她這樣的好學生？

　　培敏每次考試都名列第一第二，很快就名聲鵲起。那時的女生必須在家裡承擔繁重的家務，學習時間遠比男生少。但培敏不必做家務活，一則因為媽媽是老師，重視學習，二則培敏天生笨手笨腳，是燒香碰倒佛的主，媽媽知道自己雖有女兒，但決指望不上。

　　一九六五年，八月是瀋陽最熱的月份，中考發榜了。培敏正坐在院子裡，媽媽給她剪頭髮。那時，女孩子時興梳兩根大辮子，又黑又亮的大辮子拖到屁股會收到無數讚美。培敏沒那麼走運，頭髮多，還攬梢（東北話，髮梢打結的意思），媽媽只能給她剪成短髮。

　　培敏出生時就把接生的老大夫嚇一大跳，濃密的頭髮長至肩膀！接生大夫說接生了無數嬰兒，從未見過。

　　媽媽一邊揮著剪子，一邊和站在旁邊的居委會主任王嬸和她的女兒楊招弟數落女兒的頭髮如何難弄，還發揮說，不光頭髮不順溜，人也不順溜。培敏媽說她前兩胎都是男孩，就盼著第三胎是女孩，生下後，高興得兩宿沒合眼。哪曾想，女孩沒有女孩樣，比男孩子還要淘上幾倍。掌燈熬夜把自己年青時穿的衣服改成女兒能穿的，第二天不是

刮個大口子，就是玩「佔城」把袖子撕掉。

　　培敏媽數落女兒正起勁時，同學李鳳娟陪著班主任趙老師出現在院門口，培敏感到渾身不自在：「媽！班主任趙老師來了！」培敏的聲音急促，帶著幾分恐懼。

　　培敏媽立刻住嘴，放下剪刀，急急向院門口走去，把老師迎進家。培敏沒有跟過去，她不喜歡這個班主任。不到十分鐘，培敏媽陪著趙老師從家裡走出來，把客人送到院門口。

　　往回走時，培敏媽臉上充滿喜悅。「考上了！」媽媽對王嬸說。培敏並不以為然，她數學題全答對，那年教學改革，中考試卷多了一道加試題，20分，培敏用兩個定理解出了答案，共得了120分。語文本來就是強項，怎會考不上呢？培敏媽對王嬸說：「這個班主任樂壞了，跟我說，所有報考四中的學生排榜，男生第一名，女生第一名都出在他的班。」

　　培敏媽輕輕戳了一下培敏的頭，說：「你看這個傻樣兒啊，還是女生第一名呢，男女生混排第二名。」培敏媽的話剛落地，王嬸的話來了：「哎喲，這孩子學習這麼好呢！以後啊，你妹妹招弟學習的事就歸你了。」又回頭對招弟說：「以後有什麼不會的題，你儘管問你培敏姐吧！」

　　培敏學習好，院子裡的人從來不知道，只知道她又傻又笨，那是培敏媽長期宣傳的結果。有一次，培敏媽逼她學用縫紉機縫內褲，培敏心不在焉，把內褲縫成了一條腿，縫完了看也沒看，跑出去找同學玩。培敏媽把這一條腿的內褲拿出去示眾，以此證明她這個女兒有多笨。

　　高考的成績使培敏獲得了王嬸及楊招弟的尊重和信任，招弟常拿著不會做的題來問。培敏很樂意解答，這麼

一來，兩家關係更好了。

　　培敏媽老說王嬸有福氣，白揀個城市戶口。王嬸全家是一九五七年年底在丈夫分到房子後從農村遷來的。住下沒半個月，國家就實行了戶籍制度，不許農業人口遷入城市。

　　培敏媽是居委會主任，對兩眼一抹黑的王嬸，傾注了全部的熱情，帶著王嬸認識糧站、副食品店、百貨公司，王嬸沒見過煤氣爐灶，培敏媽教她如何用它炒菜、蒸饅頭。後來，越來越講階級路線，連居委會主任這樣最低層的民選職位也必須由紅五類⑤擔任。培敏媽立刻推薦王嬸接替。因此，王嬸對培敏媽很是感恩，十分敬重。

　　培敏進入高中後不到一年，史無前例的「文化大革命」爆發了。

7　1966年夏季，大字報海洋

　　一九六六年是註定要寫進中國歷史的。這一年的中國，發生了歷史上千古未有的浩劫。

　　剛剛進入六月，太陽還沒有跋扈到像八月那樣，天氣不冷不熱，日光朗煦。下午的自習課，教室裡掉根針都能聽到，同學們全神貫注地寫作業，享受著暴風雨前的寧靜。培敏很奇怪，每天下午自習課，教室都很寧靜，但唯獨那天下午，她明確收到了這種寧靜帶給她的舒泰感覺。

　　但下課鈴叮鈴鈴響起來，格外震耳，同學們紛紛起身走出教室。誰也沒想到，這一次的鈴聲竟成為他們生命中的分水嶺。

　　從此正規的校園生活結束，所有人別無選擇地被裹進「文化大革命」的洪流。在國家領袖作導演，人民作演員，國家做舞臺的各種協同「演出」中──或為荒誕劇，或為鬧劇，或為悲劇。他們劇裡劇外地整整耗了十年。

　　培敏收拾書本，背起書包準備回家，發現爾娟在拐彎處等她。

　　「大禮堂貼了很多的大字報，去看看不？」

　　「大字報？」培敏那時還不知道什麼是大字報。

　　「走！」培敏對任何新事物都感興趣。

　　最近新鮮事接二連三，前幾天，學校召開「聲討鄧拓的反黨反社會主義罪行」大會。培敏已有些矇頭轉向，搞不清楚鄧拓做為黨的喉舌《人民日報》的社長，為什麼要

反黨反社會主義。

　　會場主持人說，想發言的人可以傳條子給他，他會盡量安排。果真很多同學遞了條子，也都被叫到臺上，表達自己的憤慨，用的時髦語言是培敏聞所未聞的，諸如：「是可忍孰不可忍！」「爾曹身與名俱滅，不廢江河萬古流！」。過去，發言的人都是老師或團組織事先指定的，發言稿均需老師審查，現在居然可以憑條子就跑上臺放炮，這變化太大，培敏感到了，卻跟不上。

　　進到大禮堂，培敏明白了，大字報就是用毛筆寫在大大的白紙上。一張張貼滿了大禮堂東西兩面牆壁。禮堂中間擺的是沒有靠背的長木凳子，三排長木凳之間是兩行過道。前些天召開批判鄧拓的大會，很多同學就從這個過道跑上舞臺的。舞臺很大，佔了禮堂整個北面。

　　第一張大字報抄的是《五一六通知》，培敏看到「混進黨裡、政府裡、軍隊裡和各種文化界的資產階級代表人物，是一批反革命的修正主義分子，一旦時機成熟，他們就會奪取政權，由無產階級專政變為資產階級專政。」

　　培敏回頭對爾娟說：「太可怕了！真的嗎？」

　　爾娟說：「你不看報，《人民日報》登了。」

　　「啊？前一陣子開會批判的鄧拓自殺了？」當培敏看到下一張大字報時，幾乎被驚到大喊。爾娟把手指放在嘴唇上，眼睛瞄向旁邊看大字報的同學們，示意培敏別嚷。

　　又一張大字報，抄的是中央批示：目前中學所用教材，沒有以毛澤東思想掛帥，沒有突出無產階級政治，違背了毛主席關於階級和階級鬥爭的學說，要中小學停開歷史課。培敏很氣惱，遺憾地嘆道：「幹嘛停開？我最喜歡歷史課！」

　　培敏每看完一張大字報都要發點感慨。爾娟已習慣她

的心直口快，培敏也習慣爾娟的沉默不語。兩個人就這樣一張張看下去。

六月一日《人民日報》發表社論〈橫掃一切牛鬼蛇神〉；六月二日《人民日報》又發表社論〈觸及人們靈魂的大革命〉，還有評論員文章〈歡呼北大的一張大字報〉，旁邊附上了北京大學哲學系聶元梓等人寫的大字報〈宋碩、陸平、彭佩雲在文化大革命中究竟幹些什麼？〉。

受聶元梓大字報的影響，學校一些學生也貼出了大字報，主要是表決心：絕不容忍資產階級專我們無產階級的政，一定要把權奪回來。要用生命和熱血捍衛毛主席、捍衛黨中央等等。培敏看看落款，弄清楚是誰寫的，不看內容便走過去。

一張大字報揭露：北京市長彭真公然下令，北京報刊一律不得轉載姚文元的文章，把首都變成針插不進、水潑不進的獨立王國。還指出，如果彭真復辟了資本主義，不僅中國千百萬人頭落地，全世界無產階級革命的勝利也要推遲幾百年甚至幾千年。培敏歪著頭，用不解的眼光看著爾娟，爾娟瞪了一眼培敏，沒吱聲。

培敏看到一張抄錄的周總理（當時的國務院總理周恩來）講話，很是興奮，中學生居然可以直接看到這些秘密資訊了。過去，上級的講話都會形成文件，逐級傳達，不同的文件傳達至不同的級別。培敏家有個遠房親屬，行政18級的科長，是官員中的較低級別。看完什麼文件都會神秘兮兮地告訴培敏媽，最後必叮囑：文件只傳達到科級，不得外傳。

在另一面牆壁上，培敏和爾娟看到了偉大領袖毛主席的批示：「現在學校課程太多，對學生壓力很大，講授又

不甚得法,考試方法以學生為敵,舉行突然襲擊……」培敏激動地對爾娟說:「毛主席太偉大了,說得太對了,就是嘛,以學生為敵,課上著上著突然讓我們把書本收起來,說要考試。這就是搞突然襲擊!」

大禮堂裡人越來越多,大家都聚在這張大字報前,別的大字報前已沒幾個人了。有的人說:「沒想到主席日理萬機,居然還知道學校是怎樣對付我們學生的!」還有的人說:「毛主席真是我們最親的親人,看不得我們承受這麼大的課程壓力!比親爹親媽還親!」

數十年過去,中年的培敏在營銷課上,聽到老師讚佩當年「打土豪,分田地,睡地主小老婆」的口號,說這十二個字太厲害,成功地抓住了貧苦農民的心,激發大眾擁護革命,送子當兵,讓中共贏得解放戰爭;還說它是「地球上最成功的廣告詞」時,想起了當年的這張大字報。毛主席這段講話真真地迎合了學生怕考試的心理,把千百萬紅衛兵的造反積極性刺激起來。

六月十三號,中共中央、國務院發出了通知,一九六六年高校招生工作推遲半年進行,以便徹底改革招生考試制度。正極度緊張準備高考的高三學生無不拍手稱快。

從這一天開始,無人再坐在教室裡了,大家都湧到大禮堂看大字報。

沒出一週,《人民日報》發表社論說,現行高考制度不是無產階級政治掛帥,而是資產階級政治掛帥,分數掛帥;嚴重地違反黨的階級路線,把大量優秀的工人、貧下中農、革命幹部、革命軍人和革命烈士的子女排斥在學校大門之外,為資產階級造就接班人,大大阻礙青年的思想

革命化，鼓勵青年走資產階級個人奮鬥、追逐個人名利地位的白專道路。歸結到一點，就是「對工人、貧下中農子女實行專政」。看完這段話，培敏感到當頭吃了一棒，渾身不舒服，意識到這下出身不好的學生甭想進大學了，但她沒跟爾娟說，怕挑起她的心病。

　　培敏和爾娟每天看大字報看上了癮，難以想像，京城裡那些頂尖的大人物，種種隱私像鄰居家瑣事一樣，統統被揭了出來。培敏因多次閱讀《論共產黨員的修養》而無比崇拜它的作者——國家主席劉少奇。大字報說他娶了四個老婆，還貪汙過一個金子做的鞋拔子（那是別人交的黨費），這些行為和他書中講的南轅北轍。還有，鄧小平如何愛打橋牌，搞大比武名震天下的羅瑞卿如何篡軍反黨，挨批判後跳樓自殺未遂……

　　培敏無法理解，走出大禮堂，急不可待地問爾娟：「咋回事啊？爾娟，劉主席在我心目中老崇高、老崇高了，他咋能呢……」爾娟嘴張開，遲疑一下，又合上。她覺得培敏膽子太大，居然敢議論國家領導人。爾娟自從爸爸去世後，總感到有什麼倒楣的事會落到自己頭上。她情緒低沉地說：「培敏，知道我爸因為什麼死的麼？就是因為給黨提意見，我媽告誡，千萬千萬別議論國家大事。前幾天，我媽對我說，運動又來了，讓我發誓，不摻和進去。咱們千萬別亂說話，不然，怎麼死的都不知道，我爸是前車之鑒！」培敏盯著爾娟。手撓頭皮，心想：「唉！讓你媽害得膽子愈來愈小。」

　　漸漸地，大字報的矛頭轉了方向。一個高三學生率先揭發學校的反動學術權威——語文老師陳明。列舉他的反動言論，逐條批判。陳明是老教師，有個毛病，年年重複

舊說法。從前，蘇聯是我們的老大哥，他吹棒俄羅斯文學偉大，現在，蘇修是國家的敵人，他仍是「外甥打燈籠」，照舊吹棒俄羅斯文學。

陳明老師經歷過反右，早已成驚弓之鳥。第二天貼出認罪大字報，徹底放下老師的身段，承認用修正主義思想毒害無產階級革命接班人，罪惡滔天，向所有教過的學生賠罪。

這下可炸了鍋。向來，學生們對老師是三分敬七分怕。尤其是陳明老師，高高的個子，一臉的威嚴。不管聽沒聽過他的課，都知道他文學造詣深。每次碰上，培敏總是低著腦袋，小聲說「老師好！」趕緊從他身邊走過。如今把威嚴的老師嚇成這樣，學生們怎麼能不洋洋得意。各班開始紛紛仿傚，都把自己班的語文老師當作反動學術權威揪出來。

一天，培敏和爾娟去禮堂，發現禮堂中間的長木凳全被搬走了，由南向北拉了很多條繩子，不消一天，很多條繩子掛滿大字報。培敏和爾娟在鋪天蓋地的大字報中鑽來鑽去。突然，培敏聽到爾娟小聲地喊她，循聲過去，爾娟指著大字報的落款：「高一一班橫掃一切牛鬼蛇神戰鬥隊」。

問：「你知道麼？」

「不知道啊！」培敏大吃一驚。咱班啥時候有了戰鬥隊啦？看內容，是揭發語文老師尚思吟的。指控她每堂課都要擠出五分鐘來宣揚封資修，罪證是一個關於銀頂轎和金頂轎的故事。

尚老師是印尼歸國華僑，是培敏最喜歡的老師，小小的個子，很瘦，皮膚有些黑，按世俗標準五官不算好看，

但培敏覺得她美，尤其是不露齒的微笑，自信中帶著些許調皮，無比親切。

培敏沒有像往常那樣對被揭發的人恨得咬牙切齒，她覺得不公平，不實事求是。她瞭解這事，起因是兩個同學上課小聲說話，尚老師笑著說：「我不想浪費時間來整頓課堂紀律，如果大家上課不說話，不做小動作，精神不溜號，我就用省下的時間講故事。」同學們高興地鼓起掌來，就這樣，尚老師每臨下課前都接上一堂的故事往下講。鈴響了，同學們不願下課，央求老師「再講一會兒」。如果是毒害，也是你央求人家「作惡」呀。

培敏對爾娟說：「不知道我班同學這麼壞，老師講的是與人為善的故事，怎麼變成宣揚封資修⑥了呢？」

爾娟說：「老人們傳下來的，自然是封建時代的故事，現在提倡的是鬥爭，不是善良。」

她又眯著眼睛看大字報，問培敏：「知道是誰寫的嗎？」

培敏想了一會兒說，「昨天快放學時，看見劉慶梅幾個人在牆角嘰嘰咕咕，桌子上有白報紙，準是他們寫的！這個德行！」

「小點兒聲！」爾娟的上牙咬緊嘴唇，嘴使勁往外咧著，握緊的拳頭緊張地晃，「回班裡可什麼都別說，就當沒看見。」她壓低聲音提醒著培敏。

8 血統論

八月中旬一個中午，太陽已經很毒，雲彩不知躲到哪裡去了？培敏和爾娟在小公園一棵歪脖樹下坐著，頭上的細樹幹只有一個 Y 字形的枝丫，樹葉被曬得蔫蔫的。昨天下午，爾娟和培敏在大石頭上坐過，今天又來了。

培敏不想再看大字報了，覺得說的不是人話。大字報轉抄北京工業大學文革小組組長譚力夫的大字報，把革命幹部、革命烈士、革命軍人、工人和農民稱為紅五類，把地主、富農、反革命分子、壞分子、右派劃為黑五類，公開宣揚「龍生龍，鳳生鳳，老鼠的兒子會打洞」的血統論，還有殺氣騰騰的戰歌：「老子英雄兒好漢，老子反動兒混蛋。要是革命你就站過來，要是不革命，就滾他媽的蛋！」經他一鬧騰，全國迅速掀起一股公開歧視風，赤裸裸地罵黑五類子弟為混蛋、狗崽子。

面對戴紅袖標的同學投出的厭惡及藐視的目光，培敏受夠了，也已明白她沒有講道理的權利，只能逃，她倆便躲到這裡，反正沒人管。

培敏手握小樹枝在土坡上劃拉著，寫下「不」字，劃掉，又寫。偶爾抬頭看天。

爾娟看她愁眉不展，心想：「這是培敏麼？從前可是大大咧咧、萬事不走心的。」培敏仗著自己學習好，嘴巴不饒人，愛打抱不平。遇到男生欺負女生，總是一馬當先替女生解氣，三句、兩句就把男生噎住。全班同學怕她，

又擁護她。選班幹部她都是高票當選。老師卻不讓她當班長，因為不聽話。教室後牆的牆報欄，每個星期需更新一次，這個任務是宣傳委員的，老師讓培敏作宣傳委員。

看到同班很多人戴上了「紅後代」的袖標，培敏昨天上午拿著戶口本去報名，培敏不像爾娟，黑五類子弟的身份早就暴露。她家戶口本上「家庭出身」一欄寫的是「市貧」，「貧」字教培敏心裡特別高興，城市的窮人啊！戴「紅後代」袖標的高三學生看了培敏遞過去的戶口本，扔了回去，「你哪是紅後代啊？」帶著一臉的鄙夷。培敏指著貧字，提醒對方。

「知道麼？『市貧』多數是逃亡地主，沒法劃成份的，都統一為市貧。」

放在過去，培敏一定會爭辯兩句，此刻只感到羞愧，拿起戶口本一言不發，走開。

曾幾何時，培敏是為「出身」自豪的，爸爸生前是翻譯，媽媽是老師。可幾個月前，四清工作組[7] 進駐學校，工作組成員向培敏瞭解家庭情況。培敏如果說爸爸去世早，不瞭解情況，那就好得多。偏偏傻呼呼地把爸爸寫的自傳從家中柳條包裡翻出來，交了上去。工作組的同志一看，家有土地「多少多少公頃」，咬定是地主，而且是大地主。再瞭解，是北大荒的地，才不再說話。

十幾天後，政治輔導員還是找培敏談話了，主題是「出身不由己，道路可選擇」，明擺著把培敏歸入黑五類。

「唉！咱倆怎麼這麼慘啊，生在這樣黑的家庭裡。我真想扯塊紅布，給自己作個紅袖標。」培敏的語氣像個孩子。

「真拿你沒辦法，咋這麼敢想呢！」

培敏苦笑了一下，憤憤地說道：「唉，受不了！瞅他

們那份德性，一副瞧不起人的樣！」

爾娟淡淡地回道：「我早就習慣了。」

培敏想了想，說道：「要比窮，我爺爺家該比那些紅五類家還窮，不窮能闖關東嗎？想不明白，我爸他們幾個弟兄幹嘛開墾那麼多的地？硬把個好出身開沒了。還有，我姥爺家，我媽到現在還為她家是『書香門第』自豪吶，我姥爺八、九歲，脖子上掛個五股線的籃子，站在街上賣糖果，姥爺家應該是杠杠的紅五類吧？沒想到，後來遇見了幾個貴人，掙了點錢，省吃儉用，買大馬車，一輛輛地買。然後租出去，後來又蓋房子，又租出去。又供弟弟及幾個兒子去日本留學，害得全家人沒一個紅五類。」

說到這裡，培敏重重地嘆口氣，神往地對爾娟說：「我真羨慕咱院招弟她家，祖祖輩輩生活在農村，只要不當地主，查遍九族，所有親戚，個個歷史清白。哪像咱家，全在城裡，混得有頭有臉的都變成了有歷史問題的壞人。」

培敏一想到姥爺家的舅舅、姨夫，氣不打一處來，大舅在台灣，二舅曾作過滿洲國銀行行長，三舅在日本，老舅在美國。大姨夫年輕時自殺了，二姨父參加過國民黨，老姨父因作過大連市三青團書記，現在還在黑龍江省北安監獄服刑。如今，橫掃一切牛鬼蛇神，大舅、三舅、老舅這些當大學教授的，都被定為台灣、日本、美國特務。二舅被定為日本漢奸、二姨父被定為國民黨的殘渣餘孽，老姨父屬於「殺、關、管」分子。每次填政審表，培敏總是氣惱地問媽媽：你們家還能有個好人不？媽媽無可奈何地說：「他們生長在舊社會，總要找工作混口飯吃啊！」

爾娟深有同感，說：「咱家不也一樣麼！我爺爺當年不開工廠就好了。我就不是資本家的狗崽子了。」

培敏嘆道：「唉！這下可好，咱倆現在都成黑五類子弟了。我說那歌詞不講道理：『要是革命你就站過來，要是不革命就滾他媽的蛋！』問題是，我要革命，我要加入紅衛兵，你們不讓啊！」爾娟眼睛久久地盯著培敏，覺得培敏不管幹什麼都有點笨，但分析起問題來腦筋清楚得很。

　　「是啊！誰不想革命呢？不過這話可千萬別跟別人說。」

　　「我不傻！才不說呢。」

　　突然，爾娟問培敏：「你媽會不會再找？」

　　「不能，找我爸她已經後悔死了，我媽說本來要守寡一輩子，如果不是戰亂，她不會再嫁。你媽呢，想找麼？」

　　「不知道。我姨勸她趕緊找個出身好的嫁了，這樣，孩子也能跟著洗洗白，還說，我媽如果不找人，容易被誤會為右派守節。」

　　「如果你媽找個出身好的，你就能加入『紅後代』了吧？」

　　「不知道。我班孫凱旋他們昨天又成立了一個叫『紅衛兵』的組織，聽說政治審查沒『紅後代』那麼嚴。」

　　「再寬鬆也不敢要黑五類。」培敏絕望地說。

9 ▼ 毛主席接見紅衛兵

　　八月下旬，天氣熱極了。爾娟又和培敏出現在小公園。爾娟的臉上帶著培敏媽說的「括號」。

　　「什麼事這麼高興？」培敏有點奇怪，被她的情緒感染了。

　　「我表妹見到毛主席啦！」「啦」字拖得很長，含著無法按捺的喜悅。

　　爾娟很少和培敏談到這個和她差不到兩歲的表妹，這次卻把她當成偶像。能見到偉大領袖毛主席，太了不起了！培敏也為之激動，她問爾娟：「你班王秀賢也去北京了，也是接受毛主席接見麼？」

　　「她還沒回來，不知道！」爾娟的眼睛向下地睞著，嘴角也隨之向下咧著。王秀賢的成績中等，「分、分、分，學生的小命根」，學習好才能被大家瞧得起，全校只選一名，怎麼輪到她呢？爾娟說：「她是團員，爺爺和姥爺家都是三代雇農，爸爸、媽媽是工人階級，媽媽還是廠裡勞模，根紅苗正，她是最早加入『紅後代』的。」看來風頭轉了，學習好不再是風雲人物，出身好才能佔上歷史舞臺。

　　王秀賢回來了，成了不可一世的人物。無論走到哪，人群的目光都會聚集在她身上。她先在本班講述她受到毛主席接見的過程及受到的教育。之後，各班紛紛發出邀請。輪到培敏班，王秀賢身穿一套褪了色的軍裝，左臂戴著紅後代的袖章，英姿颯爽。自從毛主席穿著軍裝接見紅衛兵，

並對紅衛兵說「要武嘛！」滿街的紅衛兵都穿上了不知從哪搞到的舊軍裝。

王秀賢顯然有稿子，作報告像念作文。她說，八月十八日一大早，全國各地來京的百萬師生就到達各自的集結地點，朗讀毛主席語錄、呼喊革命口號、高唱革命歌曲如山呼海嘯般，天安門廣場變成了熱浪起伏的海洋。

中央文化革命小組組長陳伯達致開幕詞：「我們偉大的導師、偉大的領袖、偉大的統帥、偉大的舵手毛主席，今天在這裡同大家見面了！」全場立刻爆發出排山倒海般的聲音「毛主席萬歲！毛主席萬歲！毛主席萬萬歲！」每個人都跳躍著、呼喊著，流著激動的淚水。培敏聽到這裡，恨不得飛到天安門去。

王秀賢又講到她親眼看見毛主席身穿綠軍裝，臂戴紅衛兵袖章，在天安門城樓上，從中走到東，又從東走到西，右手拿著軍帽，左手不停地向廣場上的百萬紅衛兵揮動，廣場上：旗如海，人如潮，歡呼聲震天動地。

王秀賢特別強調了林副主席林彪的號召，她說：林副主席指示我們要打倒一切走資本主義道路的當權派，要破四舊⑧，要打倒一切牛鬼蛇神！

說完，她站了起來，臉部浮現出虔誠的光彩，「首先讓我最最最衷心地祝願：我們心中最紅、最紅的紅太陽毛主席萬壽無疆，祝願林副主席身體健康！」接著領著大家喊口號，「砸爛萬惡的舊世界！」「創建一個新世界！」「誰敢反對文化大革命，就叫他死無葬身之地，永世不得翻身！」平日性情溫和的王秀賢，眼睛裡充滿著殺氣，全班同學手臂不斷上舉，跟著呼喊著。

王秀賢又坐下，講了她自己的經歷。為了讓紅衛兵能

在金水橋邊更近、更清楚地看到毛主席，頭一批站在金水橋邊的紅衛兵要先撤走，讓後面的走近金水橋。輪到王秀賢了，她想多看幾眼毛主席，撤走的時間到了，只遲疑那麼幾秒鐘，後面湧上來的紅衛兵就像海浪一樣把她沖倒在地，數百雙腳即將踏在她身上時，圍在金水橋邊的解放軍戰士立刻在她周圍圍成圈，用身體擋住人潮。王秀賢趕緊翻身爬起，發現了腳上只剩下一隻塑膠涼鞋，另一隻在歡呼時跳掉了。據說，那一天，天安門廣場上的鞋堆成了一座小山。

10　鬥走資派

　　很快，無論是大學、中學，還是小學，所有的校長都被戴上「走資派」的帽子挨批鬥。四中也不例外，學生們按學校廣播站的通知，聚集在操場四百米跑道周圍，幾個戴紅袖標的高三男生押著邱凱校長從大樓裡走出來。邱校長戴著高高的白煙囪似的紙帽，胸前掛個牌子，上面寫著「走資本主義道路當權派邱凱」，紅筆在名字上面打個大叉。牌子下邊是兩塊大石頭，石頭用細鐵絲牢牢綁住，細鐵絲勒在校長的脖子上。打頭的紅衛兵按下校長的頭，像抓著一條狗。

　　培敏很喜歡這位校長，平日不苟言笑，臺上卻很幽默，對全校師生講話，常引學生們大笑。

　　此刻形象如此狼狽，培敏無法接受這種反差，趕緊選一棵樹，靠樹幹站著。遊街示眾的校長沿四百米跑道走，到了培敏面前，她看到細鐵絲已經勒入校長的脖子，傷口滲出的血柒紅了衣領。培敏怕看到血，趕緊躲在樹後。站在跑道外面的學生，呼喊口號：「邱凱不老實，就叫他滅亡！」「鬥倒、鬥臭邱凱！」「打倒邱凱，讓他永世不得翻身！」有人開始向校長身上吐唾沫、扔石頭。領頭的紅衛兵是人來瘋，立刻在校長的屁股上就是一腳，校長倒下，啃了一嘴泥。那人隨後拎起手中的武裝帶向校長身上揮去，頓時，武裝帶上的鋼頭把校長的衣服劃破，皮開肉綻。校長緊咬嘴唇，沒有吭一聲。揮舞武裝帶的人似乎沒過癮，

又突然向校長頭部抽去，連著兩下，校長發出淒切的嘶叫，血立刻從校長的右臉流下來。陰森可怖的聲音讓培敏的眼淚一下子流了出來。那個紅衛兵像拎狗一樣把邱校長拎了起來讓他繼續走，校長一邊敲著鑼，一邊喘著大氣重複地說著：「我是走資派邱凱。」……大家激昂地喊「痛打落水狗！」「打倒一切走資派！」培敏發現沒人注意她，趕緊溜出去，往家跑。眼前不斷地浮現著血跡斑斑的校長像拎狗一樣被拎起來的慘狀。她一路狂奔、一路流淚，不知道的以為是家裡發生了什麼緊急、悲慘的事情。

到了家，不用忍了，她便放聲大哭起來，她無法忍受這種慘不忍睹的場面發生在她敬愛的校長身上。培敏媽正在廚房做飯，以為出了什麼大事，跑進臥室問。培敏邊哭邊訴說著校園發生的一切，培敏媽知道和家裡無關，面色和緩下來，說：「你姥爺就說你像他，一點兒沒錯，心太軟！這哪行啊！這是講階級鬥爭的時代，比的是心狠，誰心狠誰吃得開。你這性格，早晚被人整。咱不整人，也不能被人整啊！」媽媽不無擔心地說。

晚飯時，媽媽告誡培敏不能露出對校長的同情。她還說：「很多事搞不懂，五七年時，很多人因為給單位領導提意見都被打成了右派，有的還進了監獄。現在不知怎麼了，領導幹部可以隨便打，隨便鬥了。你姨那工廠，聽說也成立了造反組織，看樣子張廠長要倒楣。唉！看不明白啊……」

突然，媽媽有些嫉妒地說：「你王嬸家的招弟自從戴上紅袖標那整天神氣的……」沒等媽媽說完，培敏立刻打斷：「我要能戴上紅袖標，也威風給你們看。你瞅你們家那些親戚。」媽媽說：「我們老孔家的閨女沒一個嫁得好的，

就說你這個姨吧，都解放了還嫁了一個前朝三青團的書記，被捕，還不離婚，要不說她咋瞧不上爾娟的媽吶。」

媽媽說得對，楊招弟真的變了個人。原來縮頭夾尾，現在英氣逼人、意氣風發。毛主席接見紅衛兵時，要宋彬彬改名為宋要武，從此很多人都改名。男生多為向東、衛東、衛國，女生名為抗美、志紅、彤彤。楊招弟也緊跟形勢改名為楊革。

不光人改名，商店、街道的名字只要帶有舊世界味道都得改。紅衛兵走向街頭，破四舊轟轟烈烈地展開。反正沒課上，培敏索性去街上看熱鬧。

她老遠看見招弟穿著褪色的綠軍裝站在街口，就走過去，眼睛一直盯著她臂上的紅袖章，好生羨慕。過去，每次看完戰鬥片或是革命浪漫主義小說，什麼《林海雪原》《青春之歌》《紅巖》，都恨自己出生太晚，沒趕上抗日戰爭和解放戰爭，現在終於趕上無產階級文化大革命這樣一場偉大的革命，卻沒有資格投身進去，怎能讓人不痛苦。招弟愈是神采飛揚、一副翻身解放的樣子，她愈有被時代遺棄的感覺。

大街亮起綠燈，她突然擔憂起來，怕招弟不理她。如今同學之間講「階級立場」，很多人疏遠自己，本來要好的，變了臉。培敏雖大大咧咧，卻極重感情，誰不理睬自己都會難受一兩天。她正要轉身折回，聽到招弟在喊她「培敏姐」，心頭一熱，眼淚差點湧出。培敏已有兩個多月沒見到招弟了，自從取消考試，她就不再拿解不出的數學題來找她。培敏向招弟揮了揮手，跑到招弟面前，喊了一聲「招弟」。

招弟笑嘻嘻地更正：「姐，我改名了。」

「叫什麼呀？」培敏佯裝不知，以掩飾自己叫錯名字。

「楊革……」

旁邊的一位不認識的女紅衛兵急促地叫著「楊革，看！——那邊！——」楊革和那位紅衛兵一個箭步，朝一個「菜頭花」女人撲去，那女人懵了，站著不動。楊革將她燙過的頭髮剪去一塊，那女人摟著肩，低著頭，哭著跑遠。

楊革指著她，得意地對培敏說：「真愁人，自己沾染了資產階級的腐朽生活方式，還不知道。」

旁邊那個紅衛兵問：「你說，她回家後能自己剪麼？」

「能！不剪齊，這豁牙亂啃的多難看，」然後對著培敏說：「這個女的，一看就沒覺悟。」

培敏其實是很喜歡楊革的，有啥說啥，不藏心眼子。看著楊革手中的剪子，培敏問：「除了剪燙髮還剪啥？」

「細褲管！姐，你說這上海人煩死人了，就喜歡穿資產階級『蹲下撕毀式』緊身褲，還有牛仔褲，美國傳過來的！」

「好好的褲子就給剪壞了？」楊革詭秘地笑：「就剪褲管。」

「聽說尖頭皮鞋、高跟鞋都是資產階級的，怎麼辦？」

「高跟鞋？」楊革說著拿起錘子，「命令她把鞋脫下，一敲，高跟就下來了！」

「有沒人不讓敲？」

「沒有！還了得！想維護舊世界呀？」

「你們今晚還抄家麼？」

「抄！今晚抄右派的家，右派家真有好東西啊！」楊革正說著，嘭！一聲巨響，培敏嚇一哆嗦，忙問：

「什麼響？」

「會不會是摔亨得利眼鏡店的牌匾？」楊革想想，確定地說：「肯定是。牌匾由他們男生負責。」

亨得利眼鏡店在主街，走幾步，拐個彎就到。

「聽聲音，肯定摔壞了！」培敏說。

楊革笑著說：「姐，就是要砸爛，封資修的店名不能留！」培敏沒再聽，轉身向拐彎處的眼鏡店跑去。突然，一個念頭閃進培敏的腦子：抄右派的家，別不是爾娟家啊。培敏看了一眼地上碎片四散的牌匾，向爾娟家跑去。

11 抄家

　　爾娟開門，看到氣喘吁吁的培敏，忙問：「你咋來了？」見到爾娟的眼睛紅腫，培敏詫異地問：「咋啦？」爾娟示意培敏進屋看。

　　屋內黑乎乎的，培敏的眼睛適應不過來，爾娟媽媽與她打招呼：「培敏來啦！」培敏正要回應，卻發現異樣，手指著南牆驚訝地叫了起來，「箱子呢？」

　　「沒了，都給抄走了。」爾娟媽有氣無力地說著，昏暗中，似風中殘燭，虛弱地搖曳著。

　　昨天，爾娟一家正在吃晚飯。忽然，門被打開，四五個男生氣勢洶洶闖了進來。爾娟媽一看來者不善，趕緊推爾娟、爾南，示意她們躲到黑暗的牆角裡。為首的一個大個說：

　　「我們是毛澤東思想紅衛兵，要對右派採取革命行動！」

　　爾娟媽說：「咱家已沒有右派了，右派早就死了！」

　　「沒有右派有右派老婆、崽子！」說著就要往外搬箱子，爾娟弟弟急了，攔著不讓他們搬。

　　「狗崽子，還反了你了，敢阻擋革命行動?!」拿根繩子就要把爾娟弟弟綁了。這下爾娟媽急了，她發瘋似地撲上去，緊緊地摟著兒子，聲嘶力竭地喊著：

　　「要逮走我兒子，我就死給你們看！」造反派終於鬆手。爾娟媽腿一軟，癱坐在地上，看著他們把一個個箱子抬走。

培敏的眼睛適應了黑暗，看清了爾娟媽。許是沒梳頭、洗臉的緣故，爾娟媽的變化很大，黑眼圈、魚尾紋，發白的嘴唇周圍現出幾條很深的豎紋，額頭上方已有些許白髮，無領無袖的黃褐色柞蠶絲汗搭，上面現出一道道的汗漬。培敏眼前閃現出那個夕陽中穿寶藍色法蘭絨旗袍，推童車的嫻靜女子。誰能相信是同一個人！

　　爾娟把培敏從家裡拉出來，又一次來到小公園。爾娟說，從未見過媽媽如此暴烈。培敏問爾娟，是咱校的紅衛兵幹的麼？爾娟搖搖頭說：「屋子小，進來的幾個都不認識，外面還有人，看不見。」

　　培敏問：「你害怕嗎？」

　　「怕死了，心都揪到一起了，培敏，咱家今年過不了冬了，我媽把全家的冬衣都放進箱子，他們全拉走了。我媽那點工資剛夠全家吃飯的，哪有錢買衣服？」

　　培敏問：「箱子裡有值錢的東西麼？」

　　爾娟點點頭：「我爸的手錶、照相機、從美國帶回來的各種西服。」「有名畫麼？」爾娟又點點頭，說：「那些東西他們拿就拿吧，關鍵是棉衣沒了。」

　　「向他們要去，告訴他們，棉衣你們橫豎穿不了，退給我們吧！」爾娟佩服培敏不怕事的性格，但跟誰要啊？

　　爾娟和培敏聊了很久，沒掉一顆眼淚。許是陪她媽哭，眼淚哭乾了。

　　離開了小公園，培敏估摸是吃晚飯的時間，她想，楊革白天忙，但總要回家吃晚飯吧？她徑直去了楊革家。到了門口，躊躇了一會，擔心王嬸此時也會變臉。

　　沒想到王嬸很熱情，培敏直問：「楊革沒回來呀？」「這陣子她忙得沒白天、沒黑夜的。快進來，跟王嬸說說話。」

培敏走進屋，看到圓桌已擺上一盆飯及一盆燉菜，幾個碗、幾雙筷子。培敏心想：一會家人都回來，留你吃飯，你是吃還是不吃？

「王嬸，突然想起一件事，我得走！楊革吃完飯，無論如何讓她到我家去一趟。」

「有事啊？」

「沒啥大事。」培敏邊說邊往外走。沒走出幾步，看見楊革從院門口進來。楊革也看到了培敏，喊著：「培敏姐。」

「我剛從你家出來。」

「找我麼？」培敏點點頭。

「楊革，昨晚去抄家沒？」楊革點點頭。

「是余爾娟家麼？」楊革點點頭，隨即大幅度搖著頭。

「培敏姐，這個是不許往外說的。」

「我知道，你快回走吃飯吧，王嬸等著你呢。」培敏目送著楊革進到家，立刻向爾娟家跑去。

爾娟剛把門打開，培敏激動地大聲嚷道：「知道是誰抄你家的了，向他們要去！」爾娟媽趕緊止住：「別在外面說，進屋說，進屋說。」

12 ▼ 吊死鬼

　　這天，培敏和爾娟剛到學校，一個同學跑過來說：「前天那個吊死鬼你不是沒看見麼？今天又有一個！就在學校對面，還吊著呢！」

　　培敏怕像上回那樣，趕到現場，吊死鬼已被卸下抬走，於是趕緊喊：「爾娟，走！趕快！」跟著那位同學向校外跑去，剛跑幾步，發現爾娟沒跟上，就喊住那個同學：「喂，爾娟呢？」

　　「一說吊死鬼，她就嚇得臉煞白，你喊她走時，她鑽到禮堂裡面去了。」

　　培敏心裡說了句「膽小鬼」，跟著那個同學又跑了起來。

　　果然，吊死鬼還在，女的，臉色青紫、兩眼翻白、舌頭伸出，腳下的凳子被踢翻。屋裡一股屎尿味。培敏一看到，胃就翻騰，要吐，趕緊從看熱鬧的人群裡擠出來。

　　門外，一個瘦弱的小女孩，八、九歲的樣子，梳著兩條細辮子，正靠著外牆邊，兩隻小手捂著臉，肩膀在劇烈地起伏著，哽咽的聲音很小，淚水正滔滔地從手縫中流出來。培敏怔住了，鼻子立刻發酸，她仿佛看到了兒時的爾娟。爾娟正是在小姑娘這個年齡，爸爸上吊去世的。

　　培敏趕緊離開，一邊跑一邊罵自己：「怎麼這麼糊塗！怎麼忘了爾娟的爸爸是上吊死的事呢！還大喊大叫，叫人家去看！壞到家了！」

培敏氣喘吁吁地跑進大禮堂，從前到後找了兩遍，再奔到操場上，沒有一個人。又跑到西北角鍋爐房。鍋爐房與校牆之間有個極窄的小夾道，培敏知道爾娟很喜歡待在小夾道裡。果然，在長長的夾道裡，爾娟坐在深處的木頭垛上。她頭埋在兩膝間，兩臂環抱著膝蓋。培敏沒有馬上過去，不想讓爾娟聽到自己氣喘的聲音。

　　這段時間，爾娟聽到太多的人自殺。她最敬愛的音樂老師，因為曾是國民黨部隊的軍樂指揮，被貼了幾張大字報，說他是國民黨的殘渣餘孽，地主階級孝子賢孫，一貫地用資產階級音樂毒化學生。他看到校長被批鬥得滿嘴啃泥、皮開肉綻、鮮血淋漓，當晚在家中上吊。這件事讓爾娟原諒了父親。她明白了環境給父親的壓力。她似乎理解了父親為什麼自殺。不僅僅是肉體摧殘，還要歪曲事實、上綱上線、侮辱人格，換成自己，面對這種極端方式，怎可能不自殺？想到父親臨死前悲傷又無奈地對自己說「爸爸應該保護你們」時，心陡然像被針扎一樣的疼，淚水無法抑制地狂湧。

　　過去，爾娟一直不明白，為什麼爸爸走了，天一下子就暗了，全家仿佛跌進一座深坑，怎麼爬也爬不出來。搬家時，媽媽把大部分傢俱，如沙發、茶几、衣櫃留在原地，她還因為媽媽不搬走鋼琴而大哭。住進新居才明白，一鋪炕佔了大部分空間，幸虧媽媽不知從哪弄來的木箱，所有細軟一件沒落都塞進搬走。媽媽沿東牆把包裝箱擺下，再把家裡原來的皮箱放在木箱上，整整一面牆都被擋住了，南面的窗戶前是一隻站爐，別說鋼琴，一張餐桌也擺不下，得在炕上吃飯。她又想到大雜院裡的公廁，一個個糞坑，冬天遍地是糞，無法下腳……

爾娟的思緒還在時光遂道那一端徘徊，聽到一個人在身邊坐下，不用看，一定是培敏。培敏沒說話，爾娟也沒抬頭看她。各自靜靜地坐著，培敏不知說什麼好，只是自責，媽媽不止一次要求她改掉冒冒失失的毛病，她只當耳旁風，今天她痛下決心，要改正。

　　過了好一會，培敏說：「我們走吧！」爾娟搖了搖頭，再過一會，培敏充滿歉意地問：「哭啦？」爾娟仍舊埋著頭。

　　終於，爾娟站起來，雖然儘量避開培敏的視線，但紅腫的眼睛還是被培敏看到。培敏不由得鼻子一酸，淚水驀然湧出，為掩飾，掉過頭，假裝向後看什麼，抹去淚水。

　　那些日子，吊死鬼真多，沒過兩天，又一個同學喊培敏去看，剛說出：「又一個吊死……」沒等把「鬼」字說出，被培敏打斷：「不去！不去！不去！」

13 ▼ 專政桌

放學時分，太陽在西沉，發出更耀眼的光芒。

培敏走在校牆上，她一貫走牆不走路的。低頭看見了爾娟，喊一聲：「爾娟——」爾娟沒有像往常那樣停下抬頭望她，而是低下頭加快腳步往前走。培敏又喊：「爾娟——」她反而跑了起來。顯然是躲避，為什麼啊？培敏百思不得其解，跳下牆，跟著追上去。爾娟沿著學校的圍牆，轉個 90 度的彎，不見了。培敏也轉過去，發現爾娟貼牆站著，大口喘氣，問她為什麼跑，爾娟急促地說：「別理我！快走！別讓人家看見我倆在一起，我被專政了！」

「專政？我不怕！你怕啥？」培敏一頭霧水。

「不行，不能連累你！」爾娟看培敏非要打破沙鍋問到底，眼珠子左右轉了兩圈，說：「在這裡容易被發現，去小公園假山吧，你從這條道走，我走另外一條路！」

說完轉身走了，培敏一邊向小公園走去，一邊琢磨：專政了？爾娟從來不惹事，逆來順受的主，竟然專她的政？一定是發生什麼大事了。

到了假山後面的那條夾道，爾娟已等在那裡，沒待培敏說話，先反問：「記得初一時我班那個陳美芸麼？」

「記得啊，跟你是一幫一，一對紅啊！你跟她講，從心臟流出的血是動脈血，流回心臟的血是靜脈血，講了五、六遍，硬是記不住的那位。」

「對，就是她，今天領著五個男生進咱班，一律舊軍裝，

紮著武裝帶，說是合肥大學的紅後代，進來就站到講臺上唱歌：『老子英雄兒好漢！老子反動兒混蛋！要是革命你就站過來！要是不革命就滾他媽的蛋！滾他媽的蛋！罷他媽的官！』」

說著，爾娟學著他們的樣子，一手叉腰一腳踢起，把最後一句重複了兩遍：「滾他媽的蛋！罷他媽的官！滾他媽的蛋！罷他媽的官！」

培敏驚呼：「陳美芸？那個默不作聲的傢伙？」

爾娟說：然後他們在黑板上畫個大表格，讓每個人填寫家庭出身，又把兩個桌子拼在一起，把一張大紙放到桌上，上面用墨筆寫著：「黑五類狗崽子專政桌」。

爾娟接受了上次教訓，老老實實地填上出身資本家，爸爸是右派，然後自覺地坐在黑五類狗崽子專政桌旁。

培敏問：「還有誰？」

爾娟列舉了六個人，說：「就我最黑，別人都是爺爺輩是富農、地主。只有我，父親就是右派。我媽說的對，我是子弟，他們是出身。」

「要你們坐在那幹嘛？」

「讓我們寫反動發家史，父輩祖輩是如何剝削廣大勞苦大眾的。」

「那你知道嗎？」爾娟搖搖頭。

「那咋寫啊？」

「只能瞎編，連我媽都不知道我爺爺家的事，她結婚不久就解放了。」

培敏目瞪口呆，聯想到前一陣子憶苦思甜，每個人都說爸爸媽媽到地主家要飯，地主不但不給飯，還放狗咬。

她回家講給媽媽聽，媽媽說：「這些人真能編，一個

人這麼說，一群人都跟著說，那年代哪有多少人家養狗，再說，狗咬人，得狂犬病是要死人的，他們的爸爸媽媽不都活著麼！」

培敏本以為到小公園後，會看到一個淚水漣漣的爾娟，沒想到竟是如此地坦然，覺得變化實在是太大，她不再撕心裂肺追問命運。是習以為常？還是認命了？

「你知道嗎？我姨和我舅現在混得越來越好了！我姨就會編！說萬惡的舊社會她們家如何如何窮，走投無路時，她的媽媽爸爸如何把她姐賣給了資本家的三少爺，也就是我爸，有鼻子有眼的，由不得你不信。」爾娟似笑非笑地咧了一下嘴。

沒過幾天，這股專政風颳到培敏班，同樣是外校的大學生，一進到教室就開始唱「老子英雄兒好漢」，站在黑板前的講臺上以難以名狀的殺氣唱道：「滾！滾！滾！滾他媽的蛋！……」木製的講臺在他們腳下被踩得顫抖不已；還逼每個學生在黑板上填寫家庭出身。

培敏拒絕填寫。給語文老師貼大字報的劉慶梅，眼睛斜愣著培敏，指著專政桌問：「這邊是黑五類，那邊是紅五類，你說你坐哪邊？」

培敏不想像爾娟那樣。「哪兒也不坐！」她不屑地說，憤然離開教室，門在關上時發出砰的一聲巨響。從此，培敏再沒進過這個教室，除了把她打成反動學生那一次。

此後，培敏每天都坐在操場的石頭上，一些科任老師走過來，問為什麼。培敏和班主任關係不好，但各科的老師都喜歡她，她學習好又愛發言。培敏如實地說了自己拒絕坐專政桌的事，大多數老師哀嘆一聲，噤若寒蟬，走了。叫培敏感動的是一位教化學的女老師，聽完後，眼睛有些

濕潤，說了一句：「非要把國家搞成這樣麼？」培敏吃不透這句話，但被她同情的眼神感動。

培敏不能理解的是，她的命運，憑什麼由爺爺、爸爸的窮富來決定？她承認自己有時不聽媽媽的話，有時不聽班主任的話，但絕對聽黨的話。黨號召消滅四害，公共廁所裡蒼蠅一群群的，別人都嫌臭、髒，不肯進去，培敏鼻子尖，更受不了，可每天都去公廁打蒼蠅。

為了滅鼠，搞了好幾個籠子，把老師發放的毒餌放進去。學校為了統計數字，只讓交鼠尾巴，一天培敏正在剪死老鼠的尾巴，媽媽看見了，一把拽起培敏的胳膊，一隻手指頭勾起剪子柄，不由分說，把剪子丟到門口垃圾桶，然後用水拼命洗培敏的手和她自己的手。

黨號召學雷鋒，她一走到街上就開始留意作好事，扶老太太過街，幫人背東西。最可笑的是，同班同學何晴豔，爸爸為了支援三線建設去了貴州，媽媽在家生病，培敏她們湧到何晴豔家作好事。她媽媽居然給老師寫信，央求同學們不要再去她家。

黨號召學習毛主席著作，培敏就把能買到的單行本《為人民服務》《愚公移山》《矛盾論》《實踐論》都買回家，天天學習；黨號召作毫無自私自利之心的人，培敏就每天狠鬥私心一閃念，日記成了檢討書。培敏實在想不通，偌大的教室為什麼沒有她坐的地方。

她出神地望著校園東側的小樹林，樹林已經開始泛黃。回想起二、三年前，那時課業不重，早早放了學。大部分同學參加各種校隊，留在校園打球、跑步、做體操。她和爾娟就在小樹林漫步，談理想、談未來，一切都被籠罩在燦爛的金色中。如今真是「獨坐思往昔，愁絕淚盈襟」。

14 欲闖北京

　　乾坐在操場的石頭上，無書可看。古書是封建主義的，西方的書是資本主義的，俄羅斯的書是修正主義的。封、資、修的書都是毒害人們的。

　　培敏只能看著黃色的枯葉隨風舞動，她想，難道這個世界都隨風轉向了麼？

　　校園裡的人越來越少了，因為紅衛兵開始了全國各地的大串聯，免費乘火車；各地的學校、機關也都設立接待站，提供免費食宿。有的組成了「紅衛兵長征宣傳隊」，徒步走到井岡山、遵義、延安，瞻仰「革命聖地」。只留下出身不好、無資格當紅衛兵的人。教室空蕩蕩，大家索性不去學校了。

　　聽見班裡的同學或是被毛主席接見，或是去「長征」拉練，仿佛每個人都肩負神聖的使命。培敏心癢得不行，想像著他們個個豪情萬丈。

　　十月底，寒氣逼人。同學們紛紛從北京歸來，激動無比地講述受毛主席接見的場面，這已是第五次接見了。培敏決計去火車站闖一闖，爾娟不敢。培敏說：「你就在候車室等著，我探探風，能闖，我回身找你，闖不成就回家！」

　　培敏走進車站，從廊橋的入口處剛要下樓梯，就發現兩個高個男生，戴著紅衛兵糾察隊的袖標，站在樓梯最下一級的臺階處把守著。培敏立刻收住腳步，三三兩兩的學

生們紛紛從她身邊走下樓梯，向兩位糾察隊員出示著紅袖標或出身證明登上火車。培敏看明白這一切，知道自己不可能通過。眼饞地看著滿載串聯大軍的火車開動，心中很不是滋味。

她回到候車室找爾娟。裡面擠滿了人，那時的人們一個星期洗一次澡已算不錯，大部分人一個月乃至一年才洗一次，體味加上濃濃的煙味令培敏犯嘔，剛要往外退，突然聽到爾娟喊：「培敏！」

培敏對著爾娟搖頭說：「百分百不行！」

望著爾娟遺憾的表情，培敏不甘心就這麼回家，她們在廣場中徘徊著。黑暗中，20米高的蘇聯紅軍陣亡將士紀念碑上的那輛坦克，格外地具有壓制和摧毀一切的威嚴。

「我們也愛毛主席，為什麼我們不能見，為什麼出身好的才能見？沒有道理嘛！」培敏發洩著不滿。

「我發現你有個毛病，老愛問為什麼。我媽說了，上面說的都是對的，上面讓咋幹就咋幹，不用問為什麼。」爾娟雖遺憾卻不憤慨。培敏無奈地搖了搖頭。

不過，這種遺憾很快消失了。幾天後，爾娟告訴培敏：進京多虧沒去成，高三一班出身不好的高琦及吳小芳，倒是成功地闖進了北京，在等待接見的日子裡，被同學發現告發，糾察隊把她們從北京揪回了學校，在班級裡狠狠批鬥。她倆作了三四次檢討，才算過關。爾娟因為出過大名，有些外班的朋友，消息總是很靈通。

15　爾娟的繼父

　　東北的冬天，一切都好似被凍僵了。沒有學上，培敏百無聊賴。前天下了場雪，雪霧中，世界變得朦朧，培敏站在窗前，看著飛雪在極力掩蓋這個世界。昨天出門，白雪已經骯髒不堪，馬路上，雪變成了黑水淙淙流入下水道。

　　培敏擔心僅有的一雙棉鞋給弄濕弄髒，走不多遠便返回家中。正意興闌珊之時，爾娟出現在面前，原來她家已搬到培敏院裡。培敏高興壞了，一把抱著爾娟連蹦帶跳。兩個時代的棄兒，在最需要彼此的時候，居然變為鄰居。培敏認為是老天爺開恩。對爾娟來說，是柳暗花明又一村。

　　那一次抄家後，培敏拉著爾娟想去學校要棉衣，被爾娟媽媽阻止了。爾娟媽媽怕不但要不回，反而被戴上反攻倒算的帽子。她不光愁冬天沒有棉衣穿，更擔心箱子裡那些印著英文的各種文件被抄出。聽說地契、房契、舊社會遺留的證件、軍服都被視為「妄想變天」的證據。爾娟媽媽不識字，怕再出意外，越想越怕，夜夜失眠。一天清晨，她對著剛醒來，還在揉眼睛的爾娟說：「咱家這種情況，只能找你梁叔了。」

　　梁叔是這大雜院的鄰居，大雜院從南到北共有七排平房，每排平房大概有十多戶人家，梁叔家和爾娟家的房子在同一排，中間相隔五家。

　　自從爾娟媽搬入平房後，梁叔看到爾娟媽，總一副意亂神迷的樣子。知道她守寡，便有事沒事在爾娟媽媽面前

晃，找機會搭訕，像貓饞魚。

爾娟媽深知寡婦門前是非多，十分小心。梁叔的態度，她心裡明白，但不喜歡他。前幾年他因搞破鞋（與有夫之婦有染）被處分，成了鍋爐工。老婆鬧離婚還帶走了孩子。他名聲不好，有人說他是流氓。再者，前副總工程師的老婆總不能嫁給一個燒鍋爐的吧？

「文革」來了，梁叔因出身貧農抖了起來，前些日子他成立了工人造反隊，當上頭頭，當晚抄了張廠長的家，第二天召開全體職工大會鬥爭張廠長。這是瀋陽市第一位被拉下馬的廠長，很快各工廠都開始仿傚，成立造反組織。造反的浪潮一下子沖出了原來的文化教育界。梁叔頃刻間成了顯赫人物。

爾娟媽敲開門，站在梁叔面前。他仿佛看見一棵小樹在暴風驟雨中掙扎，心中好爽，真想大喊一聲：「讓暴風雨來得更猛烈些吧！」當爾娟媽把抄家的事說完，梁叔像領導幹部一樣，莊重又不失體貼地說道：「可以給我兩天時間麼？這兩天他們忙著抄家，不會有時間打開箱子。兩天後，我們召開瀋陽市工人造反總司令部成立大會，我是副總指揮，我會邀請四中紅衛兵負責人參加。會後，我以余尚軒是我廠員工為由，把抄走的東西要回來。」梁叔的語氣柔和，但句句擲地有聲，爾娟媽的心都快融化了，這時他要擁抱，她會伏在他的懷裡。

取回被抄的一箱箱物件後不久，爾娟媽嫁給了梁叔。

爾娟喜不自勝，不光因為和培敏成為鄰居，更主要的是她找回了童年的感覺。培敏家的院子和爾娟小時候住的院落很像，都是滿洲國時期日本人留下的產業，只不過培敏家的院落是扁扁的日字形。就是說，院子中央多出四戶

人家，培敏家就是其中的一戶。另一個不同是，面向馬路的那排是兩層樓，爾娟家搬入的就位於二層樓的一樓，這回，她家座落在院門口。

爾娟看到，木地板、獨立廚房、水沖式廁所，和小時候的家一樣，很是興奮。和培敏談心，話也多起來，說水沖式廁所太重要了，剛搬到那個大雜院，爾娟不肯去公廁，小便用尿盆，大便憋著，她媽沒辦法，就領她們到附近的火車站去解決。後來媽媽作了最累的翻沙工，每天回來已精疲力竭，爾娟才不得不捏著鼻子上公廁。

培敏興沖沖地提出要去爾娟的新家，但沒等走到爾娟家，卻想起原來住在這裡的是姚叔叔，心中不免淒淒然。姚叔叔原是鼓風機廠副廠長，挨批鬥時，心絞痛發作，大汗淋漓，倒在地上，如搶救及時，是沒有生命危險的，可群眾認為他耍花腔裝死，一個勁高喊「痛打落水狗」「踏上一萬隻腳，叫他永世不得翻身」。在群眾翻來覆去的口號聲中，姚廠長真的死了。死了就死了，當時時興一句話「好人鬥壞人，壞人死了活該。」姚家人一句話不敢多說。至於這家人如何被攆走，爾娟家為何能搬進來，這中間的運作就不得而知了。

看到客廳擺著沙發、茶几，還有大沙發床、高高的衣櫃，培敏覺得很開眼。那時家家都是木板床及木板椅，她平生頭一遭坐在沙發上，沒有料到那麼軟，以為坐穩了，但人仍往下沉，她發慌，哇的大叫一聲。爾娟站旁邊咯咯地笑，這讓培敏想起小時候她騎在爸爸脖子上的笑聲，好久沒聽到她這樣笑了。

培敏感到很窘，嗆她一句：「敢情你小時候坐過沙發了，我從來都沒見過沙發，別說坐了。」

進到孩子房間，培敏更是嚇了一跳，除了單人床和帶上下鋪的床，還有一架黑色的鋼琴。她懵了，這個梁叔咋這麼有錢呢？爾娟喜滋滋地看著張著大嘴的培敏。

　　晚上，吃飯時，培敏把在爾娟家看到的學給媽媽聽，媽媽醋意很濃地說：「沒有一件是正道來的！一個鍋爐工，工資擺在那，夠他吃飽就不錯了，他能買得起就怪了。」培敏覺得媽媽說得有道理：「對呀，如果是買的，那一定是新的，可她家的東西都是半新不舊的。」

　　「說是『砸爛舊世界』，擺在別人家就是腐朽的資產階級生活方式，大會批、小會鬥，偷偷拉回自己家，你是什麼生活方式？」媽媽越說越氣憤。

　　許是受了媽媽的影響，培敏見到已在市裡赫赫有名的梁叔感到很不舒服。他長相並不差，不高也不矮，胸脯很厚，很結實；臉很黑，讓人想到是燒鍋爐的。培敏反感的不是他的外表，而是他給她的感覺──狡點油滑。爾娟的生父，儒雅謙和，讓人一見就喜歡。

　　培敏問爾娟：「你媽怎麼找這樣一個爸爸呢？瞅著特沒文化。」

　　爾娟直率地告訴培敏：「出身好哇！我媽說了，現在什麼都看出身，我家出身不改，我和妹妹還好說，以後找個出身好的嫁了就算了，我弟弟怕連媳婦都找不到，媽說，老余家就這麼一條根，總得留個後吧！」

　　忽然，爾娟話鋒一轉：「培敏，你知道嗎？沒有他，我們家現在連棉衣棉褲都穿不上。」然後，帶著經歷過滄桑的成熟說：「人其實都很勢利，不用說別人，就說親戚的臉就夠你受的。以前在姥姥家，從上到下都喜歡我，後來人人都喜歡我表妹，不就是我家出身讓人瞧不起麼？我

媽有一陣子都不願意回娘家，現在，我媽回娘家又不一樣了！」爾娟避談繼父，但培敏知道：所謂「現在」就是繼父成為市裡造反派頭目以後。

　　培敏感到爾娟變得有些世故，雖然不那麼確定。

16 偷書

爾娟似乎從恐懼中走了出來，不再沉默，笑容又浮現在臉上。和培敏幾乎每天在一起看書、閒聊、彈琴。

說起看書，真得感謝楊革。破四舊時紅衛兵天天抄家，抄來的書一定要燒，隔幾天湊上一堆就要燒一次。培敏去找楊革，說看到那些世界名著被胡亂堆在一起毀掉，心疼極了。好幾次想趁人不注意把書從火堆邊上踢出來拿走，但心都跳到嗓子眼，最終還是沒敢踢。培敏說：「我家這政治背景，要是發現我往外拿書，還不開大會鬥爭我？你家是苦大仇深的貧農，就算發現你把書拿回家，也沒人敢動你，拿你開刀就犯階級路線錯誤，就是迫害貧下中農子弟。」楊革聽後很受用，但尋思一會兒說：「當大家面，往外踢書，肯定不行，都是封、資、修黑書。不過，你真想看，燒之前趁人不注意，偷回兩本倒不費勁。」聽後，培敏不疊聲地「謝謝」。

第一次楊革只拿兩本來家，一本是《紅字》，另一本是《貴族之家》，都是薄薄的。培敏一個勁兒地說著太好了，太好了。喜悅過後，強烈的不滿足感湧上，培敏說：「唉，你咋就拿兩本啊？」

楊革詭秘地笑了：「我還藏起了幾本，這兩本我往褲兜一揣，就往你這跑，誰也沒發現，如讓他們發現，我這紅衛兵就當不成了。」

如法炮製，《簡愛》《高老頭》《雙城記》《浮士

德》⋯⋯，楊革螞蟻搬家，一本本搬到了培敏家。

爾娟捧著書來回撫摸，放下這本，拿起那本，末了說：「這本我拿回家看。」培敏心想，你繼父是造反派頭子，讓他知道，還不領人抄我家？爾娟說繼父不進她們孩子的房間。

繼父不進，可她媽進了，爾娟看書時被媽媽發現了。

第二天她來還書，沒了昨日的興奮勁兒，期期艾艾地說，她媽媽昨天發火，把書撕了，她學著她媽壓低嗓門惡狠狠地說：「我不看書，活得好好的！你爸愛看書，打成右派了，把家裡弄得這麼慘。我告訴你，不想好好活，就看這些東西！不定哪天把你打成反革命！」培敏這才注意到，她的手一直背在後面，這時，很不好意思地從身後拿出被撕壞的書說：

「我可以修補，不會耽誤看的！」培敏雖心痛，但能說什麼呢？難道打一架不成？

在家看不了書，爾娟索性天天來培敏家看，一待就是大半天。書中描寫的生活方式，很多令她們無法理解也無法想像。

「喝咖啡？」培敏問爾娟，「什麼是咖啡？」

爾娟說：「別問我，我哪裡喝過？那是資產階級生活方式，我，癩蛤蟆掉井──不懂（卟咚）！」

17 「狗崽子」們

　　文化大革命一步步深入，被批鬥的人愈來愈多。除了軍隊，幾乎所有的當權派都被打成了走資派，所有帶頭銜的知識分子都被定為反動學術權威，文藝戰線及教育戰線是最先吹起戰鬥號角的地方，幾乎所有的作品都被定為毒草，所有的作家、演員和教師都被定為反動文化人。首當其衝被整的黑五類狗崽子現已過氣，沒人理了。

　　培敏家開始熱鬧，來的都是狗崽子。開始是高琦和吳小芳，這兩位被糾察隊從北京揪回、挨批鬥，名號更大了。高琦家出身地主，但她一直以爸爸是跨過鴨綠江（赴朝鮮戰場）的戰地記者，媽媽是文工團的演員而驕傲。她常說她媽媽是在抗美援朝中受傷死的，因死在後方，沒受封烈士。她老想用爸爸媽媽的英雄事跡去抵充黑色的家庭成份，但依舊當不成紅衛兵，不准受毛主席接見。

　　吳小芳的出身是地主資本家，因瀋陽一流廠礦多。小芳的爸爸留美歸來，自然被輸送到瀋陽，擔任鼓風機廠總工程師。工資每月二百三十元，是普通人工資的五六倍。爸爸月收入奇高的小芳同學，一定要媽媽在每條新褲子的膝蓋部位打塊補丁，否則不穿。小芳的媽媽是傭人帶大的，哪會作針線活兒，只能求左鄰右舍，人家大惑不解，「我們做夢都想穿件新衣服，一年到頭就盼著春節，可以穿上新衣服，怎麼新褲子非要打塊補丁？」吳媽媽無奈地解釋：「政治輔導員找她談話，一再要求她注意思想改造。你就給

她加塊補丁吧。」

　　小芳粉面桃腮，細高的個，雖牙床有點高，但一白遮百醜，十足的江南女子。她沒什麼文藝細胞，就是學習好，比班裡的同學提早兩年（即五歲）上學，考試排榜總是獨佔鰲頭。也是學校裡無人不知的名人。

　　高琦和爾娟熟，聽爾娟說培敏家有書，就過來蹭書看。培敏繼承了媽媽的好客，喜歡熱鬧，人來得越多越高興。

　　後來，梅怡也來了，梅怡的媽媽和高琦的爸爸是一個出版社的，自然也是鄰居，那時，一個單位的同志都住在一個樓或者一個院裡。梅怡是四中初二的學生，一副天真的模樣，她的臉型、五官、身材都極標緻，就是一隻眼睛有點斜。但不影響她登臺演出，因為有著一副金嗓子。那年代特時興高音，她一飆到高音階，臺下就掌聲雷動，因為沒人能飆那麼高還那麼放鬆。

　　一天，她坐在培敏家的窗臺上，身子靠牆，頭半仰著，一隻腳翹在窗臺的臺板上，一隻腳垂下。不經意地對大家說：「我將來找男朋友……」話一出口，所有的目光都朝向她，看書的不看了，閒聊的不聊了。連高中生都不敢談論戀愛的話題，這小小的初二學生居然這樣大方。只見她眼睛看著天花板，似乎在訴說夢境：「找不會唱歌但愛聽我唱歌的。每到洗碗的時候，就對他說：『想聽我唱歌麼？』他會說：『想！』我就說：『那你洗碗，我給你唱歌！』」大夥都笑了，說：「真是個懶蛋！」

　　她媽媽是文字編輯，寫了部小說，被定為「大毒草」，人也被定為反動文人，照例被批鬥、遊街。遊街前給她媽剃了陰陽頭（一半剃光，一半留髮）。遊街時，她媽媽脖子上掛了一雙破鞋，意指她媽是「破鞋」（指作風不好，

亂搞男女關係）。

梅怡說了實情，是有人想佔她媽的便宜，媽媽不從。沒想到想吃天鵝肉的癩蛤蟆當上了造反派的頭兒，搞這麼一出來侮辱她媽。梅怡哭著說：媽媽被批鬥完回家，一頭紮床上，嚎啕大哭，她和兩個弟弟站在屋角，呆呆地看著媽媽，覺得羞恥，不肯過去安慰。梅怡用手背擦拭一下淚水，說：「我爸爸真好，我以前不知道爸爸這樣偉大。他進了家門，先安撫媽媽，然後把我們姐弟三人叫到床邊，爸爸手握著媽媽的手對我們說：『你媽媽是無辜的，她非常正派。所有的事情爸爸都瞭解，只是你們小，說出來你們也不明白！爸爸就要求你們一件事：不要聽社會上的閒言碎語，要相信你們的媽媽！她是值得你們尊敬的！』」說到這，梅怡已泣不成聲。培敏的眼淚也跟著稀里嘩啦地流，看爾娟，一臉的淚水。

為了轉移大夥的悲傷情緒，培敏另找話題，對梅怡說：「你媽寫的那本書我看過。」

「你怎麼看到的呢？」

「爾娟借我的！」

爾娟趕緊說：「高琦借給我，我又借給她。」

「別的記不清了，書裡有一幕還記得，一位演員為表演好一場從山上急速往山下跑，跌倒在半山腰的戲，每天清晨在山坡上練，練得膝蓋跌破一層又一層，最後成了一名人民的藝術家。這情節特激勵我，做事就該有這個勁兒，怎麼就『大毒草』了呢？」

「說我媽宣揚的是資產階級的名利思想啊！」

爾娟衝著培敏說：「別看你整天鬥私批修，學語錄，還是沒有識別能力，鑒別不出毒草吧？」

「真的，我每天都在檢討自己，弄半天這思想還是資產階級的。」培敏用手往脖子上一抹，「應該把這個東西割掉！」大家都被培敏逗得破涕而笑。

培敏說的一點不假，每個人的日記都是檢討書的匯集，培敏一直沒搞明白為什麼一遇具體事，這「資產階級思想」就本能地冒出來。

過了不久，于非也來了。于非的爸爸是走資派。按新提法，屬黑七類（專指地主、富農、反革命、壞分子、右派、資本家、走資派七類人），她也成了狗崽子。

她雖然五官平平，但人緣極好，從心底欣賞每一個人，自我感覺也良好。一天，爾娟背倚窗臺，陽光從側面打在她臉上，那低頭看書的樣子就像雕塑般美麗。小芳看了一會說：「你們說這爾娟咋長的呢？真挑不出毛病來。」

爾娟的眼睛仍盯在書上，只抬手點著自己的耳朵說：「我媽說我長了副招風耳。」

這一下話題來了，這個說自己鼻子短，那個說自己嘴太大。于非站起，走到鏡子前面，培敏正坐在鏡子對面，見她仔細地端詳自己，隨後輕輕地晃了一下頭，露出一絲微笑。培敏以為她坐下後，會隨大流說她自己的眼睛如何小，嘴巴如何大，不料她說：「其實咱們長得都挺好看的。」大家交換下眼神不再說話。

于非媽媽是小學的校長，于非從小學起就是學校合唱團的指揮，進四中後，大會合唱改由她指揮。她站在操場的水泥講臺上，指揮大家唱歌，沉穩的神態、掌控全域的氣勢，實在迷人。

她爸爸當年為了抗日，放棄了正在大學攻讀的法律專業，一心想著奔赴革命聖地延安，但怕日本人知道，家人

遭迫害就假裝游泳被淹死，把衣服留在河邊，騙過日本人，也騙過了她奶奶。奶奶，閨女有幾個，兒子就這一個，天天哭，竟把眼睛哭瞎。更倒楣的是她爸爸誤入傅作義的部隊待了三天，瞭解後趕緊偷偷逃跑，去了延安。「文革」中，就因為這三天，她爸爸被懷疑是國民黨特務，一次次挨批鬥，逼她爸爸交待特務罪行。培敏聽後只能冷笑：「長個什麼腦袋啊？特務，三天就能培養出來？再說，三天，國民黨就那麼信任你？豬腦袋！」

「這話可不能出去說……」爾娟叮囑。然後偷偷告訴培敏，于非的爸爸自殺了六次，都沒死成。最近一次在前往批鬥場地的路上，趁人不備就從車上跳下，希望摔死，頭撞在鐵絲網上，成了血葫蘆，慘不忍睹。

來培敏家的同學，都有不堪言說的血淚故事，除了賀文佳。賀文佳初一時和爾娟、培敏同班，考入高中被分配到高一二班。

那時學校排班很有意思，一班、二班是本校考入的學生；三班、四班是外校考入的學生。每班四十四名學生，四十四號是考分最高的學生，培敏是一班四十三號，屈居第二。一班的一號是班級考入分數最低的，但卻高於二班的所有學生。賀文佳在二班排名第三十三，算是中等，她來培敏家不是為了蹭書，而是在家待著無聊。學校停課鬧革命，她沒資格參與。

文佳是湖南人，爸爸是清華大學畢業生，作為專業人才分到瀋陽。典型的南方美女，後腦勺圓圓的，像半個西瓜，兩支小辮細細。兩隻眼睛也是圓圓的，眼球軲轆軲轆地亂轉，閃著光，嘴紅的像顆櫻桃。雖學習成績不拔尖，但看問題有自己的角度。她不愛說好聽的話，表揚也用反

話。恭維你瘦了，會說：「咋啦？幾天不見，咋成柴禾了？」如果你愛看書，她會叫你「書蟲子」，如果哪天你打扮得好看點，她會注視良久，來一句：「分外妖嬈！」她愛講話，一次培敏去她家，她不在，她媽說她打醬油去了。那時醬油不是成瓶賣的，而是商店服務員用提斗把醬油灌進你自帶的瓶子裡。她媽說她去了半個多小時了，培敏說那早應該回來了，她媽斬釘截鐵地說：「不會！她見到樹樁子都能聊半個小時。」果然，又等了半個多小時沒見回來，真不知她拎著醬油瓶子跟哪個樹樁子聊呢？

　　過去，同學之間，只知道誰學習好，誰學習不好，父母幹什麼職業並不知道，現在見面就探聽。文佳的爸爸是搪瓷研究所的副總工程師。那時的研究所，尤其是小研究所，幾乎無事可做，員工都是一杯茶、一份報混日子，這種機構仿照蘇聯模式，為每個局或部委的標配，不管需要不需要。

　　文佳的爸爸簡直就是「文革」中的一個神話，家沒被抄，人沒被鬥。大家問：「那你爸爸有沒有被貼大字報啊？」文佳說，就一張大字報，題目是「不說人話盡放屁！」很多人不認識文佳爸爸，滿臉的懵懂，培敏第一個反應過來，肆意大笑。

　　原來，早在初一時，培敏去文佳家一同做作業，屋裡鴉雀無聲，兩人正專心解題，忽然聽到一聲巨響，把培敏嚇了一跳。培敏循著聲音向她爸望去，他爸像沒事兒人一樣，培敏趕緊低下頭，憋著嘴在心裡笑，實在忍不住，用兩手使勁地捂著嘴，肩膀已抖得不行。

　　文佳對大家說，越是在嚴肅的場合，越是鴉雀無聲的時候，她爸越愛放屁。不過，她爸放屁雖肆無忌憚，說話

卻格外謹慎。領導徵求意見，她爸從來回答「沒有意見」。

　　大字報揭露她爸不說人話，就是指他爸什麼事都不發表意見，白養活這麼個人。又揭露她爸在傳達文件時，公開放屁。可放屁歸不到任何罪行裡。

　　其實在傳達文件時，她爸那記響屁常常是大家需要聽到的，隨著一聲巨響，大家藉機開懷大笑，放鬆很多，覺得有了樂趣。所以她爸人緣很好，躲過了所有的政治運動。

　　為文佳爸爸這一神話，培敏媽特意找培敏談話：「爾娟爸和文佳爸都是副總工程師，一個死了，一個至今好好的，知道原因是什麼嗎？」媽媽把左手的食指放在嘴上，說：「就是要守口如瓶，我就擔心你這嘴！」

　　培敏的嘴早已噘起來，媽媽又要講各種「禍從口出」的實例，接著會告誡她「沉默是金」。唉，嘴有兩個功能，吃飯和說話。幹嘛給你作女兒就不能說話呢？如果我是紅五類子女，至於如此嗎？

　　「看人家爾娟，看書累了就拉琴，很少說話。看你，屋裡就數你和高琦話多。」

　　「媽！我是西紅柿，為什麼老讓我變茄子呢？」

　　「看了幾本破書，知道頂嘴了！」媽媽生氣了。

18　培敏的媽媽

　　培敏實在不喜歡媽媽管束她，不光媽媽，誰管束都煩。但她對媽媽有另外一種感情，媽媽和爸爸感情不好，經常冷戰，一冷戰，爸爸就住在自己的辦公室裡不回家，周而復始。培敏是爸爸的心尖，卻站在媽媽一邊。為此，一向自詡大丈夫的爸爸竟流過淚。媽媽不喜歡培敏，但培敏總想讓媽媽高興，因為媽媽活得太苦。

　　媽媽的朋友及姐妹愛用「紅顏薄命」來解釋媽媽的命運，為此培敏曾為自己沒遺傳到媽媽的美麗而慶幸過。但現在不這樣看，認為媽媽是作繭自縛。

　　爸爸去世時，媽媽剛四十出頭，好心人介紹對象，都遭到她斷然拒絕。

　　「我已經剋死兩任丈夫了！」媽媽如此攬責，培敏特別氣憤。媽媽的首任丈夫死於肺結核（那時的絕症），自己的親爸爸死於癌症，跟她有什麼關係?!

　　最近，培敏看了大量的名著，覺得媽媽應該勇敢地去追求自己的幸福。她找媽媽談話，媽媽斷然反對：「三嫁，讓人笑話！」培敏問：「誰笑話？你們學校的老師？還是楊姨、劉姨、王嬸？再說，你怎麼知道他們會笑話你呢？」媽媽說：「他們笑話不笑話不說，我自己這坎就過不去！」

　　培敏不再說話，看來媽媽這一生只能愛一個人，不知是否是她們家的傳統？大姨夫肺結核病晚期，快要咽氣之時，大姨斷然打開煤氣，夫妻雙雙牽著手走了，那年大姨

才二十歲。小姨夫新婚期間被逮捕，關押在黑龍江省北安的監獄裡，小姨頂著政治壓力一直不離婚，守活寡十六七年。媽媽雖然改嫁了，但對爸爸沒有一絲愛情。

一次，媽媽正在偷看照片，聽到腳步聲趕緊下意識地把照片藏在屁股下面，看到是培敏，方拿出照片說：「你看你二哥的爸爸帥不帥？」那是一組照片，共十幾張，都已發黃。培敏看了看，點了點頭。

媽媽說：「人也好，唉，沒處夠啊……就走了，真招人想啊……」聲音已哽咽。

「千萬別跟你爸爸說啊。」

「為什麼？」

「有次看照片被你爸發現，大吵了一架，兩個月沒回家。」

培敏突然意識到：爸爸太可憐啦！

說起培敏媽媽的情史真的很淒美。

培敏媽念初中時，班裡有個女生迷她。這位粉絲的哥哥在日本留學，剛畢業回來，她不停地對哥哥說，班裡有個女生是大隊長，長得非常美，體育比賽經常拿金牌銀牌，還會彈鋼琴……哥哥看了全班的合影照，心動了。

在妹妹的策劃下，一天早晨，他早早到一家爐果鋪子吃早點，只見一個女學生，留著齊耳短髮，個子高高、皮膚白白，穿校服，斜挎書包，從孔家胡同喜滋滋地走出，清純氣息撲面而來，鴨蛋形臉上，大大的丹鳳眼顧盼生輝。那年女孩十六，花樣年華。

哥哥被徹底迷住了，天天早晨去吃那鋪子的爐果，為的是見到她。可她也不是天天文雅，也有頭未梳、臉未洗，拎著書包就跑出來的時候，一看就知道是起床晚了，他反

而更覺她本色、有趣。決定讓媽媽去孔家提親。

孔家是大家庭，兄弟三人沒有分家，都住在一起，因住宅多，門前那條街被稱為孔家胡同。在小城裡很有名望，光在日本留學的就有七、八位孔家男子。

哥哥唯恐遭到拒絕，聽從妹妹的主意：「答應婚後帶女孩到日本留學！」這一招果然厲害，培敏媽答應了。

沒想到一結婚，培敏媽就懷孕了。日本去不成，培敏媽並沒後悔。丈夫待她像孩子，哄她、逗她、照顧她。用她婆婆的話說：「人家是『打到的媳婦揉到的麵』，咱家兒子娶媳婦，是含在嘴裡怕化了，捧在手裡怕摔了。」

兒子怕媳婦受婆婆氣，去長春市（當時滿洲國的首都）找工作，為的是離開大家庭，獨立生活。在長春市，小倆口按照西方生活方式過日子。培敏媽愛看電影，他常帶她進電影院，還領她去「滿映」（長春電影製片廠的前身）見識明星和片場。正在拍戲的演員圍著培敏媽說：「長得這麼漂亮，來當電影演員吧。」

可惜，好景不長。當培敏媽懷上第二個孩子時，丈夫被確診為肺結核，那時是絕症。孩子未出世，丈夫帶著千個不捨萬個擔憂離開了人世。培敏媽說，如果不是肚裡有孩子，她絕對要跟他走，一天都不想活。

婆婆並不憐惜這位新寡媳婦，說兒子是她剋死的，紅顏即禍水，變著法子虐待她。舊社會的大家庭，婆婆擁有至高無上的權力。培敏媽只好淨身出戶，在一家小學校裡當老師，靠自己的工資養活丈夫臨死時怎麼也放心不下的兩個兒子。

丈夫死後的第六年，內戰爆發。遼瀋戰役中，培敏媽帶著兩個孩子出逃，一路靠用幾個金戒指換窩窩頭和雇馬

車。眼看橋那邊就是天津，偏偏趕上平津戰役，炮火隆隆，橋板已毀壞，只留下鐵索。她花兩個金戒指雇兩個壯漢背兒子過橋。她爬鐵索爬到一半，隨著子彈「嗖」的一聲響，有人大喊：「有個孩子被打死了！」培敏媽立刻渾身癱軟，險些掉進河裡。想到還有一個孩子，鼓足力氣爬。所幸，兩個孩子都活著，死的是別人家的。培敏媽大哭。過去，她拒絕了所有的求婚者，現在她想嫁人，求個依靠。

無巧不成書，此時，培敏媽三哥的一位朋友趕到，他一直追求培敏媽，天賜良機，他娶到了她。天津很快被解放，亂世結束。培敏媽對再婚生了悔意。培敏爸爸娶到了人，卻沒得到心。

培敏懂事以後，常為爸爸抱不平，認為爸爸始終是愛媽媽的。去世前，父親在病房裡和病友聊天，多次說自己娶了位好媳婦。但這位古書不離手的男人，從來不肯在妻子面前說句好聽的話。

再婚是培敏媽亂世中不得已的選擇，婚後又面臨一個歷史上從未有過的新的社會形態，她把諸多不適應的痛苦都歸罪於這次婚姻。

培敏媽覺得婚後生活得太苦。苦在生活上麼？其實培敏的家境和大家差不多，一家六口，月工資，媽媽四十多元，爸爸八十多元。工作再努力，錢也不會增加，唯一的回報只是一紙獎狀。但無論怎樣，培敏媽畢竟是住在有自來水，有水沖式廁所的洋房裡。

苦，可能來自她被邊緣化，她曾被選為區人大代表，但政審後被刷下；後來，大家推她為大院居委會主任，幹了幾年，也因觸碰了黨的階級路線，被貧苦出身的王嬸替代。

苦，更可能苦在「情」字上，「從一而終」？培敏覺得媽媽太專情，人都死了，幹嘛這麼折磨自己。掉到水裡，要緊的是爬出來，幹嘛非讓自己泡在水裡。

從媽媽身上，培敏明白了一個道理：「千萬別囚禁自己」！

來家裡看書的人不斷增多，培敏媽時有大禍臨頭的預感，對培敏說：「別再往家招人了，讓鄰居注意到，還不說咱家是裴多菲俱樂部？」

培敏偏不買賬，「裴多菲俱樂部」太嚇人，又沒反黨！說是俱樂部倒貼邊。看書累了，爾娟模仿革命樣板戲的人物——《沙家浜》裡的阿慶嫂，《紅燈記》裡的鐵梅。最絕的是扮成《智取威虎山》裡的座山雕，在一張圓的木凳子上轉一個360度的圈，衣袖一甩，吹鬍瞪眼，大家的肚子都笑疼了。

一天，爾娟正看書，看著看著就情不自禁地哼出《美麗的哈瓦那》來，甜甜的嗓音勾著在場的培敏和高琦也唱起來：

> 爸爸他拉著我的手
> 叫一聲瑪麗亞
> 孩子你已長大
> 仇恨該發新芽
> ⋯⋯

培敏媽因肺結核正在家休病假，聽到「仇恨該發新芽」，立刻打斷：「『仇恨該發新芽』？歌詞是這樣寫的麼？」顯然很反感。大家異口同聲地回答：「對啊！」媽媽欲言又止。朋友都離開後，培敏媽對培敏說，她是基督徒，基督文化提倡以仁愛驅散仇恨，怎麼能讓仇恨發新芽呢？

現在天天講鬥爭，不知鬥到哪天是頭。臨了，培敏媽說，「出外千萬別說！」培敏從小到大，媽媽叮嚀最多就是這一句。

一天，幾個人用羨慕的口吻談到別的同學都去各地串聯，唯獨我們憋在家裡，爾娟說：「讓他們行萬里路去吧！我們『讀萬卷書，交四方友』。」

大家七嘴八舌地揶揄她：「還萬卷書呢！百卷書都不到！」

「還四方友呢！都是同學，沒出一個學校！」

「別自我安慰好不好？」

培敏和爾娟的感受相同，就喜歡「沒人管」。本該是苦悶的日子，卻被他們活出了色彩。培敏把感受寫在了日記裡：

> 他們
> 走了
> 興高采烈
> 奔赴
> 祖國四面八方
> 他們
> 擁有「樂」的通行證
>
> 我們
> 留下
> 滿懷羨慕
> 困在
> 家的四壁之中
> 我們

沒有通往「樂」的路條

倘若
倘若我們
可以苦中作樂
哈哈哈
那就不需要樂的路條

19 爾娟遭謗

爾娟有兩天沒到培敏家了。這天晚上，從不串門的爾娟媽破天荒來到培敏家，跟培敏媽耳語兩句，培敏媽示意培敏出去。

天很黑，月亮躲在烏雲後面，只有些許的月光從烏雲的邊緣流瀉出來。一陣小風吹過，培敏抱起雙肩，東北四月的晚上還是冷颼颼的。培敏正在疑惑中，爾娟媽媽走了出來，她的背影給人失魂落魄的感覺。

一進門，培敏媽就像佈置任務似地：「以後你要天天去爾娟家，和爾娟在一起。」

「她要不在家呢？」培敏反問。

「她在，你去就是。」

培敏皺起眉頭，說：「我不喜歡她後爸！」

「她爸不在家了，告訴你陪著你就陪著，別廢話！」

第二天，培敏媽臨上班，攆培敏去爾娟家。

培敏拉開門，見爾娟斜靠在被格上，那時家家興疊被格，被子疊在一起，擺在面向門的位置，算是家裡唯一的裝飾。見有人進來，爾娟眼眸裡閃現出緊張和恐慌，看到是培敏才放鬆了，但目光呆滯。培敏被她的表情嚇壞了，一句話也說不出，久久地盯著她，問了一句：「你咋啦？」

一點反應都沒有，培敏不由地慢慢走近她，輕輕推了她一下：

「你咋啦？」仍然沒有反應，培敏害怕，說：「爾娟，

別嚇我，你到底咋啦？」

　　依舊老樣子，失魂落魄地癱靠著被格。前幾天還活靈活現地表演阿慶嫂、座山雕呢！怎麼突然就這樣了？培敏不知怎麼樣才能讓爾娟好一點，正苦於無咒可念，爾娟有氣無力地說一句：「淨胡說八道！」

　　培敏一愣，連忙追問：「誰胡說八道？」良久沒有回音，正待再問。

　　爾娟慨慨地又來一句：「淨胡說八道！」

　　培敏不知道爾娟的思維停留在哪裡，但顯然不在這屋子裡。之後，每隔一段時間，她就重複一句：「淨胡說八道！」培敏想到魯迅筆下的祥林嫂，她不也總在說：「我真傻，真地……」培敏感到脊背陣陣發涼。這還是爾娟麼？怎麼像被齒輪碾過一般。總算熬到中午，爾娟媽媽回家吃午飯，培敏逃一般地離開，回到家，趕緊問媽媽：「爾娟怎麼像精神失常了呢？」

　　培敏媽眉頭緊鎖，想了好半天說：

　　「她媽來咱家就是求你白天看著她，怕她自殺。她們家兩代人都自殺死的。」

　　「自殺？前幾天還好好的。這是咋回事啊？」

　　「別問！過兩天她妹妹弟弟就從姥姥家回來，這兩天你陪她好了。」

　　紙包不住火，當晚，培敏知道了原委，楊革告訴她的。爾娟的繼父三天前被捕了。捕方連夜突擊抄了他家，昨天為她繼父的罪行搞了個小型展覽會。楊革的媽媽組織院裡人去參觀。本來大家興趣缺缺，可展覽會上有幅畫，畫面是爾娟繼父正往屋裡拉一位女性，下面的解說詞寫道：「梁澤龍（爾娟繼父）一貫玩弄女性，其中竟有他的繼女」。

這下院裡人來了興致，紛紛猜是哪個繼女，楊革臉上現出噁心狀：「有人說，她繼父睡覺，左手摟著媽媽，右手摟著女兒。」培敏真要吐了，有這麼侮辱人的麼？氣憤地問：「這是誰說的？」楊革知道培敏和爾娟好，趕緊搖了搖頭。

培敏媽見女兒知道了，說：「爾娟前天被找去談話，讓她交代她和繼父的關係，還說她繼父已經承認了。連唬帶嚇後，爾娟回家就變成現在這個樣子。爾娟媽不想讓人知道，嫌太丟人，昨天一天沒上班，在家看著她，沒想到昨天給展覽出來，人人都知道了。她媽不必請假了，這不求你看著她麼？」

培敏驚呆了：「繼父承認了？打死我都不信！」

「她們也來拉我去參觀，我藉口有事沒去，誰知道真假？刑訊逼供出來的哪能信？」

培敏看到媽媽一臉的蔑視：「這些人到現在也沒搞明白，爾娟的繼父到底因什麼事被捕，一聽到玩弄女性就來勁了，一個勁地猜：是大女兒？還是二女兒？你楊姨說，肯定是大女兒。二女兒長得也不差，但瞅著樸樸實實的，不像大女兒長得就風流，一看就不是本分人，天天又拉又唱的。」

汙衊死人了，培敏想到楊革告訴她的話，替爾娟感到莫大的屈辱，眼淚奪眶而出：「這些老娘們幹別的不行，埋汰人一個頂倆，人怎麼可以這麼壞呢？這不是整人，是殺人！這比殺人還狠，以後爾娟怎麼見人？怎麼做人？怎麼唱歌拉琴就不本分了？」培敏媽說：「你楊姨說的話還不算最難聽的，比她更埋汰的話多去了，都學不出口。這孩子什麼命呢？要在舊社會，準找算命先生破一破。」

培敏最近看了很多「禁書」，對一些事物有了自己的

看法，說：「媽，找誰破都沒用。是社會不對勁了，哪有這樣的，想抓誰就抓誰，想鬥誰就鬥誰，想整誰就整誰！而且全是羞辱人的作法。現在什麼人最吃香？就是那些能整人的人！拿起鞭子就能抽人的人！前幾天老張家二小子被裝在麻袋裡，又是鞭子抽，又是腳踢的，二小子那個慘叫，聽著心都發抖。」

培敏媽問：「二林麼？」

培敏點頭，說：「估計能把二林給打傻了，大家就在那裡看著，沒人吱聲。」培敏又語無倫次地說著：「不怪現在瘋子那麼多，一個個上車就背毛主席語錄。打死人不償命，想埋汰誰就埋汰誰，不是在大字報上埋汰就是開展覽會埋汰，不把人逼瘋才怪呢！」培敏越說越氣，又想到院裡這些家庭婦女：「一遇到糟踏人的事，你看她們那興奮勁兒，壞得沒邊沒沿了！說爾娟不本分，我看那些整人的人才不本分呢！」培敏越說聲越高，覺得特解氣。

培敏媽嚇得趕緊打斷：「行了，行了，還沒完啦！那麼大嗓門，怕人聽不見？」

「聽見就聽見，我才不怕呢！」培敏脖子梗著，一副滿不在乎的樣子：「急眼了，我就當面和她們理論……」

培敏媽怒容滿面，在屋裡四處亂轉，假裝要找笤帚：「找揍是吧？非得讓人家聽見，恨你，就舒服了？」

第二天早晨培敏又去爾娟家，爾娟仍然像沒看見她一樣，這回培敏備好了課，對爾娟說：「你知道我最佩服誰嗎？」

爾娟還在發呆，培敏自顧自地說：「最佩服海絲特·白蘭。」爾娟的眼皮動了動，似乎在思索，她們倆都看過《紅字》，白蘭是書裡的主人公。

培敏情緒有點激昂：「真他媽勇敢！」

　　培敏平時不說粗話，但此時來上一句，心中特舒服：「活著，就得像海絲特・白蘭一樣，活自己的！管它這個那個！」爾娟的眼珠子似乎轉了一下。

　　培敏真感謝那些「禁書」，革命的大道理沒用，消除不了爾娟心中的塊壘，海絲特・白蘭、安娜・卡列妮娜、《簡愛》……雖然隔著山，隔著海，隔著上百年的時間，但「同是天涯淪落人」。

　　看著爾娟癡呆的樣子，培敏心痛地想，這還是那個光豔逼人的爾娟麼？真是「嶢嶢者易折，皎皎者易汙」，全校都找不出第二個人像爾娟這樣芳菲嬌媚，才情橫溢的，可在俗婦嘴裡，竟被糟蹋成賤人。不怪說：「唾沫星子淹死人」。這才剛剛歡快幾天，又一盆汙水潑來。培敏氣得說：「我怎麼那麼煩咱院這些老婆子呢？一個個俗不可耐，別聽她們胡言亂語，聽蛞蝲蛄叫，還不種地啦？（東北諺語。意思是：不能因為有人議論指責，就不敢做事。）」

　　說完這些話，培敏後悔了，怕爾娟追問，可吐出的話收不回來，還好爾娟根本沒聽到，她的靈魂不知在哪流血呢！培敏決定永不跟爾娟提院裡人的汙言穢語，別髒了自己的舌頭、爾娟的耳朵。

　　晚飯後，培敏坐在椅子上，想著楊姨那句「不本分」，心裡琢磨就算爾娟的繼父真的欺負了爾娟，那也是他的罪過，爾娟只是受害人……正出神，媽媽過來了，手在培敏眼前來回晃兩下，問：「又傻愣子啥？」

　　培敏回過神問：「媽媽，你說『人』，是好東西呢，還是壞東西？為啥前一陣子，大家都爭著搶著做好事，這一陣子又爭著搶著整人，侮辱人呢？何晴豔爸爸去三線，

她媽病了，同學們恨不得天天去她家做好事，現在還是這些人，逼著何晴豔去坐專政桌，像對待四類分子一樣對她。我就不明白，她們到底是好東西呢還是壞東西？對爾娟也一樣，楊姨原來見著爾娟就誇，又是漂亮，又是文靜，又是招人喜歡，現在她家出事兒，馬上就說人家什麼長得風流，不本分了⋯⋯」

培敏媽怕她說起來沒完，搶過話頭說：「什麼東西都不是，人就是跟風。做好事兒是跟風，整人也是跟風，記住，越沒分量的人越跟風。」

「我就不跟，逆著風走！」

「你⋯⋯」媽媽拉長聲，恨恨地說，「你逆個試試！沒聽他們喊口號麼？叫你粉身碎骨，死無葬身之地！」

第三天，去爾娟家之前，培敏特意背了一段羅曼·羅蘭的名言。到了爾娟家，對她說：「我昨天看到羅曼·羅蘭的一段話：『纍纍的創傷，就是生命給你的最好禮物⋯⋯』」沒背完，爾娟氣急敗壞地吼道：「我不聽！我不聽！」

培敏愕然，爾娟從來沒跟她發過火。只聽爾娟有氣無力地說：

「我煩你，你走吧！」

培敏生氣了，敢情好心換個驢肝肺，正要轉身離開，爾娟一把拽住了她：「你別走⋯⋯」聲嘶力竭地喊。培敏一個趔趄被拽到床上，爾娟伏在培敏的肩上，無所顧忌地嚎啕大哭起來。

培敏的眼淚也止不住往外湧，心想，這事放在誰身上能受得了？肩膀處的衣服很快被爾娟的淚水濕透，真擔心爾娟會背過氣去。過了很久，爾娟平息下來，對培敏說：

「我好了，你回去吧，一會兒我媽就回來了，別跟我媽說，她夠苦了。」說完，眼淚又掉下，培敏的眼淚也跟著往下淌，唉！人不整人能死麼？

第四天，還沒等培敏去爾娟家，爾娟已站在培敏面前。她妹妹昨晚回來了，她不想讓妹妹看到自己現在的樣子。

爾娟進門第一件事就是找書看。培敏偷偷瞄了一眼，她看的書是《紅字》，一陣竊喜。

又過了幾天，培敏對爾娟說：「我做了一個夢，夢裡有一個小廟，在一座山的山腰，我拉著牛車，車上裝了滿滿的書，我住進小廟，每天看很多書，日子美極了。醒來後，很怕把那畫面給忘了，特想去找那個小廟。」

爾娟歪著頭思索了片刻，似乎戳中了她的想法，忽閃著眼睛說：「哪裡有山？最近的山是千山。」

「我們去千山！」

「怎麼去啊？」

「騎車！」

「就我們兩個？」

「找高琦、小芳一起去！」爾娟的臉上浮現出難得的喜色，培敏知道，她太需要去大山中，一吐心中的惡氣了。

20 蓄意自殺？

　　四月底一個黎明，灰濛濛中，爾娟、培敏、高琦、吳小芳四人騎車上路了，路燈下，層層樹葉的縫隙下是一團團光暈。爾娟說她很喜歡這種朦朧美。很快，寧靜柔和的陽光驅走暈圈，眼前一片明亮。

　　大家為把家長騙了而得意。

　　高琦說：「我對我爸說，咱們組成個毛澤東思想宣傳隊，到周圍農村去宣傳。」

　　小芳說：「我對我媽說，去大連調查我們校長的歷史問題，估計得兩、三天。」

　　培敏說：「我跟高琦一樣，也是說到農村去宣傳毛澤東思想。」

　　大家把頭轉向爾娟，爾娟說：「我就說跟培敏出去兩天，去找個什麼廟，我媽同意了。」

　　出了城，在郊外的哈大公路（哈爾濱至大連公路）上騎車有如鳥兒在藍天上翱翔。那時所有的工廠都近於停產，公路上沒有車。她們從這側轉到那側，蛇形前進，快活極了。沒有資格去大串聯，去離家二百多里的一座山，激動成這個樣子，自己都覺得好笑。

　　培敏膽子大，一會兒把兩隻手垂在身體兩側，靠腳蹬輪子來掌握方向，高喊：「看，我不用把把！」一會兒把腳抬起放到車把上，利用慣性前行，高喊：「看我——，用腳把把！」一會兒把前輪拉離地面，全靠後輪行進。

高琦、小芳不甘示弱，培敏做完一個動作，馬上跟樣學，自行車成了雜技道具。只有爾娟循規蹈矩。

三個人對她起哄：「唉，小綿羊，膽小鬼！」

爾娟只是咧咧嘴，做微笑狀，仍舊不冒險。

高琦臉朝向爾娟，邊騎邊問：「爾娟，最近幾天，覺得你悶悶不樂，有啥心事啊？」

沒等爾娟回答，培敏立刻搶過話頭：「問得真有意思！誰沒心事啊？」

高琦立刻轉問培敏：「那你有啥心事？」

「心事，心事，心裡的事，不告訴你！」培敏沒正經地說著。

高琦沒接培敏的話，反而把頭轉向小芳：「你說，去年六月中央發通知，高考延期半年，快一年了，怎麼一點兒信兒都沒有？」

這是所有高三學生的心事。

小芳說：「《人民日報》說得很明白了，以後大學不能再為資產階級造就接班人，像咱這家庭出身，就是恢復，也不見得能錄取！」

高琦不以為然，雖然紅五類子弟視她為異類，但她似乎很有信心：「其實我家出身應該是革命軍人，我想沒問題！」

天公不作美，墨色的濃雲在她們頭上聚集，遮住了天空，瞬間，四周灰濛濛的，不消片刻瓢潑般的大雨下來，地面濺起朵朵的水花。

開始，她們準備像樣板戲唱的那樣「鬥風雨，戰惡浪」，冒雨前行。可大雨密得隔住空氣，喘氣不上，不得不下車，弓腰低頭，只有這樣才不被嗆著。風不依不饒地

正面頂著她們，每前進一步都很困難。過了二十多分鐘，天公似乎把水倒盡，雲銷雨霽，彩徹區明，空氣格外清新。

已是正午，不遠處有一戶人家，大家決定到這家討水，好把帶來的窩窩頭吃了。可是自行車碾到這家的泥土路時，輪子被稀泥糊滿，無法轉動，只好把自行車就地放倒在路邊，走過去。

這家的大媽非常熱情，堅決不准她們吃冷窩窩頭，先讓兒子把自行車搬到水塘洗了，然後往爐灶裡塞柴禾，在燒熱的鍋壁上貼大餅子，還做了一鍋雞蛋甩袖湯。四個人全傻眼了，如何報答？冷窩窩頭是拿不出手了。培敏想到胸前別著的毛主席像章，沒有什麼比它更珍貴的了，摘下時心裡糾結得要命。不給，咋能白吃人家的；給，真捨不得。這像章是她用很多朋友喜歡的小玩藝換來的。她很有心地將毛主席像章戴在左胸上，因為那是離心臟最近的地方。自從佩戴上這枚像章後，她很有種自豪感，似乎地位得到了提高。爾娟倒爽快，摘下來放在飯桌上，敢情了，她那個是「為人民服務」的小小的橫章，這種章是很容易搞到手的，哪有培敏的「頭像章」稀少珍貴。高琦、小芳戴的都是「為人民服務」，也毫不猶豫摘下來。四枚像章留給了大媽，然後騎上自行車繼續前行。

一路受到大家快樂情緒的感染，爾娟活潑起來，和大家一起唱「我們走在大路上，意氣風發鬥志昂揚，毛主席領導革命隊伍，披荊斬棘奔向前方，向前進！向前進！革命氣勢不可阻擋！向前進！向前進！朝著勝利的方向……」

下午四點多到了遼陽，在「中共遼陽市市委」的牌子前下了車。走到市委收發室的門口，思量著如何打出革命

的旗號，以便受到接待。

收發室一位上了年紀的男人，拉開玻璃窗，培敏走上前說，她們去鞍山市調查校長的歷史問題，但遇大雨耽擱，天黑之前不可能趕到鞍山，想在這裡借宿。對方的態度非常和藹，立刻請示有關領導。

很快，一個幹部模樣的人走出來，說他們沒有接待過紅衛兵，沒有床鋪。問在辦公桌上睡行不行。大家異口同聲地說，可以，可以。

不知為什麼這個幹部下了班沒有馬上回家，和她們聊了起來。四個逍遙派從他口裡知道，瀋陽的造反派已分裂為三大派：八三一，是打倒走資派的；遼聯，是保護走資派的；遼革站，是擁軍的。這位幹部談省裡各位領導，大誇宋任窮是好幹部，親近百姓，走遍了東北三省一百多個縣……她們先前不知道宋任窮是誰，原來是東北最大的官。從來沒哪位成年人拿出這麼多的時間，和她們聊政治、聊形勢。她們受寵若驚。沒想到，這番談話，日後讓培敏差點被打成反動學生。

第二天一早，她們向鞍山市進發，出城後，風愈颳愈大，發出嗚嗚的聲音，路邊柔韌的柳條狂舞。風颳得臉發痛。她們弓著腰、低著頭，一步一步艱難地推著車。終於走到鞍山市。

市內風小了。始料不及的是，人數龐大的靜坐學生，佔領了所有道路。高琦很高興：「這麼多人坐這歡迎我們！」小芳扮個鬼臉說：「把你美的！」

幸虧事先知道遼寧三大派的名字，培敏抖機靈，上前問靜坐的人：「你們是哪一派的？」回答說是「八三一」派，她對夥伴們說：「你們在這等我，看好我的自行車！」說完

徑直走向臨時搭建的主席臺，問誰是負責人，被問者反問道：「什麼事？」培敏說：「我們是八三一派的，騎車到大連去調查學校校長的歷史問題。」她欲繼續往下編瞎話時，旁邊的一位做了指示：「風這麼大，騎車到不了大連，讓她們住東山賓館吧！」

當時流行一句話叫「親不親，派上分」，培敏暗自慶幸。

高琦一聽說免費住賓館，高興壞了，直誇培敏。培敏說，別誇我，誇今天的大風吧！

一進東山賓館，每個人都傻了，從來沒進過賓館。房間真大！全是大落地窗，絳色金絲絨窗簾重重疊疊，從天花板垂下。沒有床，只有和窗簾同色的金絲絨沙發。應該是客廳，培敏在外國小說裡知道這名字。客廳和臥房之間有長長的外走廊，有著雕刻精美的鏤空木窗，每個窗的造型不一樣。有扇形、菱形、圓形、方型、多邊形。窗外的山坡上，桃花妖嬈爛漫，像在燃燒。山頂上有一飛簷高翹的亭子，亭下是一曲折蜿蜒的疊石小路。培敏想起爸爸教的詩句「桃之夭夭，灼灼其華」。想到這地方在「文革」前是專供鞍山市委書記使用的，「人面不知何處去，桃花依舊笑春風」湧上心頭。面對雨後濃鬱的綠，嬌豔的粉，高琦感慨道：「什麼叫人間仙境啊？這就是！」

把書包放到臥房，四人返回客廳，剛剛在沙發上落座，兩位少女走了進來。其中一位氣質高雅、明豔，和爾娟有得一拼。原來是著名作家歐陽科的孫女歐陽安妮。另一女孩的第一句話是：「你們是哪一派的？」培敏趕緊說：「八三一派的！」一言落地，大家便老朋友般地聊起來。

對革命形勢知道得太少，培敏不敢讓夥伴和她們多

說，生怕露餡兒。看到爾娟眼睛緊緊盯著那架三角鋼琴，明白她手癢了。她家的鋼琴在她繼父被捕時被搬走了。便趕緊把話題岔開：「哇！有鋼琴，太好了。」培敏指著爾娟說：「讓她彈一首好不好？」那時的孩子哪有幾個會彈鋼琴的，兩位女孩興奮地拍著掌，喊：「好哇！」可能是正中下懷，爾娟一點都沒推讓，微笑一下，彈了一首短曲。大家說彈得好，讓爾娟再彈一首。

爾娟又彈起來。培敏聽出，是爾娟在家經常彈的《兒時情景──夢幻曲》（德國作曲家舒曼的鋼琴小曲中最動人的一首），樂曲深情，婉轉而悠遠。培敏不禁隨著琴聲來到鋼琴邊，看到淚珠正一顆接一顆，從爾娟的臉上滾下，培敏眼睛立刻濕熱，不敢看下去。怕人發現，趕緊走向廁所。沒等進去，眼淚已抑制不住。每個琴鍵都敲在培敏的心上，表達著爾娟對童年的不捨。想到這些日子，她被整得人不人、鬼不鬼，落入冰窟，卻得不到援手。她一定憶起她的爸爸和逝去的美妙童年。唉！被風刀霜劍相逼的女兒，該多麼盼望來自父親的保護。

培敏總算止住眼淚，走回客廳，大家在給爾娟喝彩。只見爾娟依舊背向大家坐著，不肯回頭。歐陽安妮站起，邊鼓掌邊走到鋼琴旁，在爾娟的背後說：「咱倆彈莫札特的《土爾其進行曲》吧！」趁歐陽安妮還沒落座，爾娟迅速地用手抹去臉上的淚水。接著兩個人肩併著肩彈起來。

顯然爾娟對這個曲子不熟，幾次彈錯。但合彈相當成功。在火藥味極濃的年代，聽世界名曲，真是極奢侈的享受。因為相同的愛好，歐陽安妮已視爾娟為朋友。

第二天，大家都不想走，但沒有不走的藉口，多虧歐陽安妮出面挽留：「調查校長有啥著急的，明天是星期日，

學校沒人。」

　　培敏她們趕緊順坡下驢，心裡樂開了花。能多待一天是一天，吃白麵饅頭，還有帶肉的菜。老百姓家每月每人憑票限購三兩油二兩肉，大多數人家都用肉票買肥肉，回家榨成油用來炒菜，除了過年過節根本吃不到肉，何況這裡還是免費的。

　　第三天，她們聲稱肩負革命任務，不能不離開。其實是怕露馬腳。

　　離開東山賓館，她們徑直上千山，尋找培敏夢中的小廟。

　　千山還真有個小破廟。像所有的廟宇一樣空無一人，和尚、尼姑都被強制還了俗，回到戶口所在地去了，佛像只剩身軀，頭部被砸得面目全非。

　　爾娟環顧四周，一點也不嫌破敗，對培敏說：「培敏，一個人住這該多幸福啊，我不走了，你經常給我送點窩窩頭來就行。」

　　「別嚇我！人家尼姑、和尚都被趕走了，你還想出家？找挨鬥啊！咱們趕快下山，趁天好，今晚趕回家，否則沒地兒睡覺！」

　　上山累人，下山險。開始時是盤山緩坡，可以控制速度。轉過幾個彎，盤山路變成筆直的下坡路。兩邊的峽谷佈滿蒿草及小灌木。坡路陡得不能煞車，用閘就可能翻車，車子向下衝，速度不斷地加快。此時，遠處傳來有軌電車軋鐵軌的哐哐聲，看來山下就是市區。她們對有軌電車太熟悉了，一輛開過去，對面的一輛很快就會駛過來。如果不剎車，極有可能和電車撞上，如果剎，必定翻車。想到這，培敏當機立斷，大叫一聲：「跳車！往旁邊跳！」

她看到，前面的小芳、高琦，已跳進路邊的草叢。培敏正要跳，卻發現爾娟不但沒跳，反而往前直衝。一個念頭從培敏的腦子閃過：她要自殺！

　　培敏不管三七二十一，立刻蹬了一下腳踏板，讓車加速，車子飛也似地追上爾娟的車，電車哐哐聲更近，培敏急呼：「跳！」爾娟沒有反應，培敏確定她要自殺無疑。受傷比被電車撞死強，已逼近鐵軌，再不跳，就會成為車下鬼，培敏索性用車子撞她。兩人連車帶人倒在路邊，車先停，她倆因慣性向下滾了一段路。培敏驚魂未定，上氣不接下氣，爬起來去看爾娟，不敢問，怕戳中她想要輕生的隱痛。

　　高琦和小芳推著車奔過來，「咋回事呀，你倆？」高琦面已失色，驚詫地問道。

　　「剛站起來，看你倆飛速下奔直撲電車，把我嚇死了！」小芳仍驚魂未定。

　　高琦對著爾娟說：「肯定是你膽小，不敢跳！」爾娟嘴咧了一下，算是默認。爾娟是不敢跳還是想自殺？培敏後來想過很多次，下不了結論。

21 無法有天

　　從千山回家不久，學校召開批判宋任窮大會。培敏和爾娟坐在最後一排，很多人情緒激昂地跳上大禮堂的舞臺，一口一個「宋大牙」痛罵東北局的第一書記，聲討他妄圖復辟資本主義。培敏貼著爾娟的耳朵說：「淨瞎說，他們根本不暸解宋任窮，遼陽那位幹部才真正暸解。」爾娟晃晃頭說：「不管那些事，跟咱沒關係！」

　　當大家一遍遍地高呼「打倒宋任窮！」爾娟發現培敏根本就沒舉起拳頭問：「你怎麼不喊？」

　　「我不喊！他是跑遍東北三省一百多個縣的好幹部。」培敏記住了遼陽那位幹部說的話。

　　大會結束後，自以為掌握第一手材料的培敏，很是鄙視臺上臺下的人。「啥也不知道，還上臺胡說，臺下更是，就知道揮舞拳頭喊口號，純是群氓。」

　　「群氓當道，你得跟上，不能落伍啊！」爾娟不以為然。

　　隔了一天，班裡通知培敏到原教室去參加批判宋任窮的會議。因為那次專政桌的事，培敏再沒進過教室，很感陌生。

　　教室裡已無桌椅，只有平衡木沿著四周牆邊擺開，很多同學坐在那裡。無人和培敏打招呼，她連看也沒看他們一下，在靠門口的空位子坐下。

　　會議宣佈開始，沒人念批判稿，只是不停地高喊：「打倒宋任窮！」培敏低著頭，不喊。周圍人的拳頭舉起又放

下，放下又舉起，喊了二十多遍，有人宣佈會議結束。培敏衝出門口，心想：神經病！召集大家回到教室，就為了喊口號？她哪裡知道，這是為抓她的小辮子而策劃的。

第二天下午，培敏在爾娟家裡，向爾娟傳授坐有軌電車逃票的經驗：「擠在人群中間，一下車就蹲下來假裝繫鞋帶，售票員根本發現不了，我已經試過兩三回了，沒有一點問題！」

爾娟先是嗤嗤地笑，然後把嘴大大地一撇。

「不用恥笑我，這麼寶貴的經驗對你沒用！你哪有這個膽兒啊？」

爾娟又把嘴一撇：「一張票才四分錢，還吹呢！」

培敏不假思索地脫口而出：「小綿羊，不服是吧？明天唬一次火車票，讓你開開眼。」大家叫爾娟小綿羊，她也這麼接受了。

「去遼陽？」分明在譏笑培敏。

「遼陽？要去就去遠遠的！」

「哪兒呀？」

「哈爾濱！」培敏一說出口就愣住了。那是她老叔居住的城市。

培敏填政治審查表，她的親屬幾乎都在「對組織需要說明問題」的欄目裡，內容太多，須另加一張紙。培敏最怕同學們看到另加的那張紙，總拖到最後才交，然後眼睛一直盯著那疊政審表，直到老師拿走才算放心。老叔是僅有的例外，中共黨員，培敏填表寫這四個字，力求醒目，儘管從未見過這位老叔。

爾娟看培敏被激得口出狂言，把笑容一收，潑起冷水：「那可不行，你沒看大字報上寫的嘛？鐵道部是個獨立王

國，有自己的警察，專對付逃票犯……」

話音未落，楊革把腦袋探進來，看見培敏，一副出乎意料的表情。她沒搭理培敏，直接把爾娟拉出屋子。

這個楊革，神神秘秘的，居然背著我！培敏又是生氣又是不解。楊革從看爾娟第一眼起就不喜歡她，說她一身資產階級臭氣，瞧不起勞動人民。培敏趕緊解釋，爾娟天生不愛講話，可從來不敢瞧不起勞動人民，她媽就是勞動人民。提到爾娟媽，楊革更煩，「她是右派分子老婆！」

不一會兒，爾娟從院子回來，卻不見楊革。培敏對爾娟發問：「啥事呀？還把你叫出去！」

爾娟不答，嚴肅中帶著些許恐懼，反問培敏：「前天全校開批判宋任窮大會，我讓你跟著大家喊口號，你沒喊，對吧？」

「嗯。」培敏點頭承認。

「昨天，你班又召開批判宋任窮大會，喊了二十幾遍『打倒宋任窮』，你還沒喊，對吧？」

「嗯。」培敏又點點頭

「你怎麼這麼傻啊？怎麼學不會隨大流呢？人家要把你打成反動學生啦！」

「誰說的？」培敏略一思忖，馬上說道：

「肯定是楊革告訴你的，她為啥不跟我說呢？」

「直接跟你說，叫通風報信！跟我說就不同了，一旦追查，只是說話沒注意，說漏了嘴。」

「這小子，啥時學聰明了？不過還真得感謝她，夠意思！」培敏心中著實很感動。

「知道昨天你班為啥又召開批判宋任窮的會嗎？」

「為啥？」

「大家圍一圈坐著，對不？」

「對呀！」

「就是讓大家證明：你不喊『打倒宋任窮』！」

「誰這麼壞，這樣設計陷害我？」培敏氣不打一處來。

「我告訴你，所有人！這不叫壞，叫革命性強！」

「想整誰就整誰，無法無天了唄？」

「無法有天，他們就是天！」

爾娟的眼珠急速地轉著，說道：「你趕快跑吧！」

「跑？我才不跑呢！就因為沒喊打倒宋任窮！就打成反動學生？我還真不信這個邪！」

爾娟的手攥成拳頭在眼前一個勁兒地晃：「你以為你根紅苗正啊？說你反動你就反動！」

「讓他們來抓我吧！」培敏雖加入不了造反派，卻有「雖千萬人，吾往矣」的派頭，脖子一梗，眼睛一愣，一副滿不在乎的樣子。

爾娟突然手不晃了，變得異常平靜：「你剛才說要去哈爾濱，我知道那是話趕話，其實你根本不敢！」

「有啥不敢的？大不了被警察叔叔抓唄！」

「與其讓學校抓，不如讓警察叔叔抓呢！」

「哼！誰都甭想抓我，我會像地下黨一樣，安全地回來！」培敏不屑地說道。

「那你現在就走吧！」

「不！明天走！」

22　家庭成份

　　培敏去哈爾濱，不全是逞強，她認為搞清自己的出身是頭等大事，而爺爺家的人，唯一能聯繫到的就是老叔。

　　培敏花五分錢買張站臺票，跟著人流上了火車。那時，所有的領導都戴高帽遊街挨批鬥，所有單位都陷入癱瘓狀態，檢票員懶得查票、驗票。一路波瀾不驚到達哈爾濱。

　　老叔所在哈爾濱毛紡廠是大廠，培敏幾經詢問就找到了。沒想到只是一個處長的叔叔也被批鬥。叔叔出不來，嬸嬸出來了，她矮小纖瘦，滿臉皺紋，一看就是膽小怕事、很神經質的人。培敏迎上笑臉，嬸嬸一句客氣話都沒有，冷著臉例行公事般地確認培敏的身份，盤問了好幾個親戚的情況。培敏只能回答爸爸媽媽的名字及年齡，別的情況她一概不知，她從未接觸過爺爺家任何人。

　　她叫培敏跟在她的身後，不許離太近。培敏像電影裡的盯梢人，尾隨著她到了家。嬸嬸趕緊把窗簾放下，把燈打開，培敏對著她那乾瘦的臉，很是厭惡。有必要嗎？只是個十幾歲的孩子，又不是特務接頭。

　　嬸嬸告知她，跟任何人都不要說是他家的親戚，只說是朋友的孩子。

　　「你叔入黨時，填政審表根本就沒填你爸，你來這，要是讓組織上知道，你叔就徹底完了，現在群眾還緊逼著你叔交待問題呢！」

　　「我爸怎麼啦？叔叔連填表都不敢填寫他的親哥哥？」

培敏心裡想。

　　培敏只知道姥姥家政治條件不好，用別人的話說，她家有美國特務、日本特務、台灣特務。培敏曾氣惱地問媽媽：「你家咋那麼多特務啊？」

　　媽媽說：「只要人在國外，就說是特務，其實是留學未歸。你大舅留學日本，日文好，畢業後去了台灣。」媽媽說著，從小屋裡找出一本書，其中兩頁已粘在了一起，指著書頁說：

　　「什麼時候形勢好了，你把這兩頁打開就知道，裡面的日文是專門介紹你大舅的，著名經濟學家。其餘幾個舅舅都在大學裡當教授。」

　　培敏想，填表不敢列上爸爸，肯定是怕帶出這些可怕的親屬。來哈爾濱前，培敏媽信心滿滿地對培敏說：「你老叔肯定會熱情招待你。剛解放不久，你老叔到咱家來過。他沒錢，我給了他一大筆錢，你老叔說太多了將來一定要還。回去後卻音信全無。」

　　還熱情接待呢，掉在冰窟窿裡了。還好，叔叔家的弟弟妹妹陸續回來，不知道嬸嬸怎樣介紹的，當她們知道培敏姓陳，竟然驚奇地問：「哇，你也姓陳啊？」培敏真想告訴他們我是你們的堂姐。

　　晚上九點，老叔還沒有回來，弟弟妹妹都睡去了，培敏不想面對嬸嬸，也躺下假睡，嬸嬸屋裡屋外地忙著，讓培敏想到拉磨的驢，人如果無情還不如動物！千里迢迢來到至親的家，居然遭歧視，想到爾娟那句話：「親人那張臉夠你受的」。

　　老叔回來了，他長相酷似爸爸，培敏差點流出淚來，她像喊爸爸一樣喊老叔。叔說：「哇，長這麼大了，你兩

歲時，我在天津見過你，一晃成大姑娘了。」

培敏告訴老叔，爸爸去世了，叔問什麼病走的，得知是胃癌，他只是唉了一聲，不再問。沉默一會兒，他問培敏怎麼想到來哈爾濱，培敏把工作組認定爺爺家是大地主的事說了。老叔聽完，說：

「你爺爺家在密山縣城，和蘇聯只隔一條水溝。那裡蘇聯人很多，你爸爸俄語好，也是這個原因。蘇共在黑龍江的第一個黨支部，是在你爺爺家建立的，爺爺家地多，是因為北大荒地多人少，可隨便開墾，劃成份時又是你五叔負責，所以咱家成份定為中農。」培敏差點從床上蹦到地上，真想高喊：「我不是黑五類狗崽子了！」

她如獲至寶般趕回瀋陽，心想：我是中農出身，看你們誰敢定我是反動學生！

爾娟見到培敏，高興地說：「你走就對了，人不在，批判會沒開成，他們忙別的事去了，要批鬥的人太多，顧不上你了。」

培敏對爾娟說：「現在我不怕了，我家是黨的團結對象！」

培敏想起逃票的事，對爾娟說：「逃火車票一點不比逃電車票難，紅衛兵全國各地免費走，不讓咱們串聯，這回咱們自己免費玩去！」

高琦和小芳聽說後，躍躍欲試，高琦建議去南京，因為高琦的姑姑從南京來她家，她可以送姑姑回南京並住在她家。定好後一起找爾娟，爾娟一聽，頭擺得像撥浪鼓一般：「不去！那個城市開始武鬥啦！子彈在天上橫飛。」

「膽小鬼！」

「真不是膽小，子彈可不長眼睛，中了就沒命！」爾娟

顯然不容置喙。

「你不去，我們三個去！」

「你們去吧，我害怕！」爾娟說。

23 子彈在飛

　　一九六七年八月五號，培敏一行抵達素有火爐之稱的南京。

　　文革在炎熱的夏天，進一步白熱化，文鬥昇級為武鬥。

　　走出南京下關火車站，最先聽見子彈嗖嗖在飛，這聲音只在電影裡聽過。高琦和小芳嚇得趕緊貓腰，兩隻胳膊夾頭，一路小跑，沒找到躲避處，猶豫一下，索性蹲到牆根底下。這動作把培敏逗得哈哈大笑：「子彈離我們遠著呢！聽聲音就是在遠處。」

　　沒走出兩站路，戰爭片中的鏡頭又出現了。挹江門洞口兩側，壘起了一人多高的沙包。幾個頭戴安全帽、臂佩紅袖標、手持長矛槍的紅衛兵把著門，負責驗身和驗車。用鋸斷的鋼管，一頭磨尖製成的長矛槍讓培敏想到戰爭片裡的紅纓槍。

　　仿佛走進電影中的場面，培敏感到很興奮。可高琦、小芳被這種肅殺的氣氛，嚇得臉色發白。好在都是女的，姑姑又是老人，持槍的人沒有搜身。過了關口，高琦對小芳說：「多虧爾娟沒來，來了，這一關就把她嚇死。」

　　小芳連連點頭：「太恐怖了，早知道這樣，真不該來！」

　　高琦問姑姑：「南京咋這樣了呢？」

　　姑姑說：「我走前沒醬紫（這樣），怎麼打起來了？」

　　太陽肆虐，四個人被曬得蔫蔫的，不想說話。

　　終於到家了，雖是平房，也涼快不少。屋子不大，前

後兩進。小小院子鋪滿了水泥。姑姑在院裡支起了三個活動床，又在每個床下放一盆水，床仿佛是蒸籠。

晚上，三個人睡不著，似乎都未從震驚中走出。高琦說：「咋一下火車，就進入戰爭年代了呢？」

「這些造反派，不鬥都不會活了！先鬥老牌敵人——黑五類，再鬥他們的孩子——黑五類狗崽子，再鬥新的敵人——走資派、反動學術權威，全是束手待斃的主。」培敏說到這，手在胸前作個一掃的動作。「沒得鬥了，他們之間就開鬥，他們誰怕誰呀？你動槍，我就動炮！」

高琦說：「咱沒資格參加紅衛兵挺好，多逍遙自在！」小芳和培敏都認可這句話，帶著某種滿足進入夢鄉。

南京的景點很多，但幾乎一個也參觀不了，因各派佔山為王。只有雨花臺可以進去。她們很早就在課本裡學到，那是共產黨員英勇就義的地方，那裡的雨花石被烈士的鮮血染紅。

帶著崇敬的心情來到雨花臺，除她們三人，龐大的景區一個人都沒有，何止蕭穆，甚至讓人心生恐懼。爬上小山坡，到處找血染的雨花石，找了半天也沒有找到。小芳在柏樹旁找到一顆粉紅的，大家都認為不像是被烈士的鮮血染紅的。

突然，天空中傳來「啪啪啪」的炸裂聲，爆豆子一般，一陣緊似一陣，槍聲越來越密集，好像在頭頂上。培敏害怕了：「別管是不是血的顏色，趕緊撿幾塊回家，一會兒造反派打到這來，咱們就沒命了。」下山途中，子彈嗖嗖聲不斷。三個人順著下坡路愈跑愈快，一不小心，高琦被石頭絆倒，腳收不住，一個嘴啃泥，跌倒在地。培敏和小芳趕緊停下，只見高琦胳膊肘、膝蓋及臉上顴骨正在往外

滲血。豎起耳朵聽聽，仍舊是空中的子彈穿飛的聲音，並未聽見造反派的廝殺聲。三個人這才放下懸著的心。小芳從褲兜裡拿出紙來貼在高琦的出血處。三人一邊下山一邊商量，覺得南京不宜久待，決定打道回府。

沒想到只是幾天的功夫，時移勢遷，南京被軍管了。

她們乘渡輪去浦口火車站，發現火車站已有持槍的軍人在門口站崗。

逃票不可能了。培敏索性走到解放軍戰士面前問：「我們是大串聯出來的，因為有事情耽誤了無法回去。現在想回北京，怎麼辦？」那位戰士讓找省軍事管制委員會。

按照戰士給的地址，她們找到了軍事管制委員會。正是中午時間，她們免費吃到了大米飯和炒菜。南方的大米飯，無法跟東北的大米飯比，難以下嚥。不過，能不餓肚子已很好了。

軍管會是可以免費提供火車票的，但得登記，培敏看到表上有家庭住址欄，猶豫了，如果軍管會寫信向媽媽要錢。媽媽一定會照辦，那以後的日子就更拮据了。培敏決定不登記，明天再闖一次火車站。買最近一站的票，只要上了火車，就可以躲進廁所，和列車員捉迷藏，總之，不能讓媽媽付這筆錢。

晚上，她們睡在軍管會接待站。房間只有四壁，好在靠牆的水泥地上有幾塊磚頭。一人拿了一塊磚頭當做枕頭。睡水泥地，枕磚頭，這場面她們沒經歷過，都覺得很好玩。

培敏是穿一件舊軍裝出來的，自從去年毛主席穿軍裝接見紅衛兵，軍裝就成了最時髦的服裝。褪了色的舊軍裝在她家的柳條包裡不知放了多少年，從未有人穿過，也不知來處。培敏看到，如獲至寶。從此天天穿它，很想讓人

以為自己來自革命軍人家庭。人愈被排斥，愈需要被人認同。

小芳一直羨慕培敏有這身軍裝。看見培敏脫下，便穿在自己身上，正步走了幾步，問培敏：「像不像個女兵？」女兵是非常光彩的形象，其實不論女兵、男兵，只要是兵就令人仰慕。女孩找對象第一是現役軍人，第二是退役軍人，第三是工人，因為毛主席說「工人階級是領導階級」。最後才是大學生，因為毛主席說「知識越多越反動」。

耍了一陣，三個人便坐在地上瞎聊。高琦講了一件讓人很難接受的事：就在黑五類子女坐專政桌時，學校組織支農活動。紅五類子弟為防止黑五類子弟搞破壞，專門把黑五類子弟集中在一個房間裡，由兩個紅五類子弟看管。高琦、爾娟及小芳都住在被看管的房間裡。中午吃飯時，爾娟從大鐵鍋盛飯，不知因燙到還是不小心，一碗大米飯扣在地上。負責看管的李鳳傑吼道：「不許扔，撿起來吃掉！」這時高琦在爾娟旁邊，高琦說到這裡，嘆道：「我被嚇傻了。那地不是地板地、水泥地，是隨意可以吐痰、擤鼻涕的土地，髒死了！」培敏一陣噁心，趕緊問：「爾娟吃了嗎？」

「真佩服爾娟，平時多乾淨啊，這時一聲不吭，把飯撿到碗裡，一粒沒剩，然後走到水缸舀了一瓢水，走到院裡把飯洗了，全部吃掉。」

「她掉眼淚了嗎？」

「沒有！」高琦說，「不光李鳳傑，所有人都死死盯著她，爾娟只顧做自己的事，不抬頭看任何人一眼！」培敏聽了，心臟好像被小刺扎中，一陣陣地痛。又想起騎在爸爸脖子上的小爾娟。

「李鳳傑？平時文質彬彬的一個人，咋變成惡魔了呢？」培敏問。高琦世故地說：「我發現，其實人人都想作人上人。」

培敏說：「你作你的人上人，別欺壓人啊。」

「那不叫欺壓，叫革命！」小芳反話正說。

培敏說：「從懂事起，我就下決心作革命接班人，現在才知道什麼是革命。唉！」

培敏問小芳：「假如這事兒發生在你身上，能忍嗎？」小芳搖了搖頭。

已躺下的高琦猛然坐起，神秘兮兮地問培敏：「爾娟的事是真的嗎？」

「什麼事？」培敏明知故問。

「和她繼父的事。」

「怎麼可能 ?!」

「那可是一級組織做的結論啊！」高琦說。

「別提什麼『組織』！今天要樹立你，好事都往你身上安；明天想打倒你，汙水直接潑你身上。我現在都不知道誰是好人、壞人啦！今天是好人，明天成壞人，走馬燈般換。我幾個舅舅都是做學問的，硬說是特務，有證據麼？就敢瞎編……」培敏說完，左右瞧瞧，兩人都睡著了。

都說惺惺惜惺惺，可很少見美人惜美人的。培敏知道高琦多少有些嫉妒爾娟。她們倆如果坐在一起，高琦一點也不比爾娟差，只是臉色沒有爾娟明豔。如果兩人都站著，高琦就輸定了，因為個子小。高琦比爾娟高一屆，出身都不好，高琦卻一直有優越感。

高琦爸爸是畫報社的攝影記者，高琦小時候經常上畫報。培敏曾看過一期畫報，對開兩頁都是從小到大的照片，

題目叫「成長」。照片的下方是高琦從一歲到十歲穿過的鞋，一雙比一雙大，照片裡的人也越大越漂亮。

高琦極具虛擬能力，什麼事到她嘴裡都成了故事，讓培敏不止一次信以為真。因此給她起個外號叫「小說家」。她講話雖誇張，卻絕不是為了蒙人。

一次高琦到培敏家，說自己愁得不行，不知如何是好，要把這個大難題交給培敏，要培敏幫她想辦法。

她首先渲染一番，鄰居馬伯伯那名校畢業的兒子馬原如何如何好，她爸爸如何喜歡這小夥子，馬伯伯夫妻倆及馬原又如何喜歡她。聽到這，培敏問道：「他愛你，你愛他，雙方父母又都喜歡得不行，那就開始幸福生活吧，有什麼問題嗎？」

「問題很大，關鍵是我不愛他。」

「你把他說得像從天上掉下來似的，怎麼不愛了呢？」

「我只是敬仰，沒有愛！」

「那是你情竇未開，讓他等兩年吧！」高琦走後，培敏突然覺得自己太武斷，萬一馬原不等，高琦上哪去找這等人才？一著急，拿筆給馬原寫信，內容大致是：高琦如何狂熱地崇拜你，但因年齡小，還懵懵懂懂，希望你給高琦一些時間。信寄走後，第二天收到了馬原的回信，開頭第一段，簡直是給培敏一記耳光：「來信收到，謝謝你的大膽和爽快，你那麼鄭重、嚴肅、認真地寫這封信，以至於在我讀完信後都笑出了聲。」接下來他很善解人意地給了培敏一個臺階。

「是友誼的力量促使你這樣勇敢地完成了這封信，而且信的本身確實是篇很好的文章。」接著他說出了事實真相：「小姑娘確實很可愛，在我眼裡她還是個不夠懂事的小妹

妹，家長們的想法固然美好，但不現實，我與高琦的生活軌道是否會合在一起，答案是否定的。」看到這裡，培敏不禁搖了搖頭，心裡想：「高琦啊高琦，人家根本就沒考慮，你真害我。」接著他寫道：「我三日後返京，每天晚飯後我都會到五十九中學操場去散步，如果你願意，我們可以面對面地討論一些問題。」培敏已感到丟人，哪裡還肯去面對馬原。心裡大罵高琦：「你真是寫小說的料！」從此，培敏當面叫她「小說家」。

24 　天無絕人之路

　　第二天，她們乘渡輪去火車站，上岸後，直奔售票口：
「買三張最近一站的火車票。」

　　「你去哪兒啊？」

　　「買最近一站的。」

　　「有地名麼？」

　　「最近一站叫什麼啊？」

　　「蚌埠。」

　　「好，買三張。」

　　售票員說出錢數，培敏給嚇傻了，轉身對高琦、小芳
說：「真回不去了，太貴。」

　　三個人坐在火車站的椅子上犯愁，培敏低著頭在想轍，
高琦用胳膊碰了她一下，原來一個大高個男生站在面前，
他問：「需要票麼？」

　　培敏問：「幾張？」

　　「兩張。」

　　「多少錢？」

　　「不要錢。」

　　啊？是老天爺派來救我們的麼？培敏簡直傻了。愣一
會兒神說：「我們一共三個人啊！」

　　「我只有這兩張！」

　　培敏嘆了一口氣，面露出難色，那位「天神」趕緊補
了一句：「我還有一張，昨天的，已作廢。」

「能給我麼？」

「沒問題！」給完三張票，他走了，三個人站起來，相互憎憎地看了一會兒，隨即連摟帶抱地蹦起來。

培敏突然停下，說「不行，我得去售票處問問是不是真票。」

高琦說：「如果是假票，售票處會沒收。」

「我傻啊，不會拿假票去問的。」

培敏拿真票到售票處去問，確認是真的。她把兩張真票給了高琦和小芳，她知道她們不敢拿假票。

「現在軍管了，假票不好混了，你們倆肯定能進站，我有可能被擋下，如果那樣，千萬別管我，別浪費了兩張票。」培敏對她倆說。

「那你怎麼辦啊？一個人留下，又沒錢。」小芳說道。

培敏想了一會說：「還是有可能混過去的，但需要你倆配合。」培敏詳細講了細節。

驗票時，驗票員伸手接培敏的票，高琦上去推了培敏一把，往前衝。驗票員立刻喊：「那位同學，你的票呢？」高琦往回走。小芳立刻把票塞到驗票員手裡，驗票員手裡拿著小芳的票，眼睛盯著高琦，怕她跑了，培敏從容不迫地混進了前面的人群裡。

三個人沉醉在勝利的喜悅中，但不敢暴露出來，只用眼神及面部表情表達著心中的激動。出於女孩子本能的防範意識，培敏對同伴說：「我們從第一車廂上，免得被給票的那個男生發現。」

高琦嘲笑培敏：「什麼人啊？過河拆橋……」培敏剛要反駁，卻發現大高個男生已站在第一節車廂門口，培敏想：這哪是老天爺派下來的天兵天將啊。如果當時高琦那

張美麗的面孔朝向地面，可能就沒有這三張票了。

　　果不其然，聊天時，大個子男生換到了與高琦對面的位置。他自稱北京人，高三級的，北京紅代會駐南京的代表。培敏單刀直入：「那你有介紹信麼？」他站起來，從行李架上取下書包，拿出蓋了印的介紹信。培敏嘴一撇，不客氣地問道：「這不是大蘿蔔章印的吧？」

　　高琦嫌培敏說話太衝，接了一句：「淨瞎說！」

　　「不是瞎說，真有用大蘿蔔刻印章的。」大個男生並沒有生氣，仔細地解釋正式印章和大蘿蔔印章有什麼不同。

　　那個年代，到哪辦事都需要出具組織上的介紹信，印章控制得特別嚴。一切只認章，不認人也不認簽字。為了擺脫組織的控制，一些造反派開始用大蘿蔔仿刻單位印章。

　　大個男生有意無意地透露，他父親是軍隊幹部。他聊完北京聊南京，聊完南京聊全國。不知不覺天黑了下來。大個男生說，途經徐州時，他想下車，因為徐州是歷代兵家必爭之地，問要不要也一起下車看看。他講的有關徐州的故事，勾起了培敏的好奇心，培敏問：「那票呢？」

　　大個男生說，憑票在路經的城市待一兩天沒問題。培敏脫口而出：「我們去！」她回頭看看兩位同伴，沒有反應。培敏意識到可能有問題。於是假裝上廁所，連問了三個人，到徐州站是幾點鐘？對方的南方話全沒聽懂。終於碰到一個說普通話的，方知火車到徐州在半夜十二點。

　　回到座位時，小夥子似乎睡著，頭挨到高琦的腿。高琦見到培敏，呲牙咧嘴地表示對這男生的厭惡，用手指比劃著，要跟培敏換座。培敏心想，啥意思啊？你厭惡我就不厭惡麼？不過突然想到一個主意，就算英雄救美吧，她與高琦調換了位置。大個男生再次「入睡」，當把頭挨向

培敏的膝蓋時，即刻「清醒」過來，頭仰起，靠在座位的後背上。原來培敏從家帶了一把削蘋果小刀，她把小刀立在膝蓋上，大個男生照例假睡，一低頭，看見刀尖，嚇了一大跳，從此頭沒敢再低下。

培敏見他真的睡熟了，便小聲給兩位同伴佈置任務：「小芳，你拿他的書包，我和高琦把他帶下車。」

火車一站一站地向前行駛著，沒有列車員報站名。培敏生怕錯過站，每到一站便問站在身邊的人。半夜十二點，火車到了徐州站，培敏和高琦推醒大個男生：「徐州到了，快下，別誤站了！」

他迷迷糊糊地站起，向門口走去，問：「你們下麼？」培敏和高琦都沒作聲，用暗勁推著他走。站臺上，他似乎清醒了，問：「我的書包呢？」又問：「你們不是也去麼？」

「這是你的書包，我們不想去了！」培敏忙把小芳遞過來的書包給了他。

他停住了腳步，但終於沒好意思回車廂，一步三回頭地向車站出口走去。培敏擔心他折返，對高琦、小芳說：「你倆快上車，我等車開了再上。」火車徐徐開動後，培敏待他走遠，手握車門的扶手，做一個鐵道遊擊隊員「飛車」的動作。回到座位後，她得意地對同伴說：「除非他飛上來。」

25 生死一線

　　車廂內人聲嘈雜，乘客都是南方人，聽不懂普通話，三個女孩子嘰嘰喳喳，肆無忌憚地釋放著被壓抑的喜悅。高琦雙腿高抬，雙手高舉，揮舞著拳頭作出狂歡狀：「哇！太神奇了！想要票，就有人送來，我都不知道自己是誰了？」

　　小芳把屁股左右挪挪調侃道：「三個人坐兩座太擠，人家主動下車，把座位讓出來，這是一種什麼精神？簡直就是毫不利己專門利人的精神！」說著向上把手伸出。

　　培敏看著小芳亦莊亦諧的表情，自是咧嘴大笑。突然想到車票的終點站是北京，不是瀋陽，便問：「咱們直接回瀋陽，還是在北京玩兩天？」興高采烈的高琦和小芳，愣了好大一會兒才說：「你定！」

　　培敏問：「你倆上次來北京玩過沒？」

　　「還玩呢！第二天就被抓回去了！」

　　「咱仨等於都沒來過北京。到門口了，不進去不夠意思，玩它兩天。」培敏善於決策。

　　「咱們住哪啊？」小芳問：

　　「我認識北京工業大學一個大學生，咱們去找她，住她宿舍。」培敏雖如此說，心裡可沒底。

　　到達北京工業大學，迎面是寬寬的紅褐色主樓，中央鑲有大面積的灰藍色玻璃，很是與眾不同。進到大樓裡，收發室大爺問，找誰？培敏報出姓名後又問，是學生還是

老師？當知道是學生後，對方說：「學生沒有在校的，都走了。你們是哪的？」

「我們是瀋陽四中的。」

「瀋陽的？瀋陽機電學院的學生在這二樓。」大爺向上指了指，培敏一聽樂壞了，大爺作出讓她們進去的手勢。

整個大樓空寂無人。上樓梯時，高琦焦慮地問培敏：「你朋友不在這了，那咱們上哪去住啊？」突然傳來一男一女的說話聲。培敏立刻把食指放在嘴上，示意高琦別說話。她們循著聲音走去，門開著，一女生正專心致志地手握鐵筆刻臘版，一男生小心翼翼地把剛刻好的臘紙固定在油印機的紗網上，另一個手握油墨輥，在旁邊等。培敏知道他們正在油印自己辦的小報。

有人喊她的名字。「培敏，你怎麼到這來了？」是三哥，培敏大喜過望，對高琦、小芳說：「哇！太神奇了！碰到我表哥。」轉過臉對三哥說了原委。

三哥說：「太巧了，住宿沒問題，你們就和她們女生一起住。」培敏不得不信服一句老話：「天無絕人之路」！

第二天，三哥和女友帶著培敏三人坐著公共汽車遊覽了天安門廣場，當天安門、人民大會堂、歷史博物館、人民英雄紀念碑這些著名建築從圖片走到眼前時，她們激動極了。又逛了著名的王府井大街、西單大街。第三天去了頤和園、北京大學。

就此，她們得到了心理平衡，只有紅後代才能享有的免費全國大串聯，今天通過自己的努力也享受到了。當節衣縮食念大學的三哥盤算，如何借錢給她們買三張北京至瀋陽的火車票時，培敏堅決反對：

「三哥，紅後代可以不花錢，我們為什麼要花?! 放心

吧！只要沒軍管，我們都能混過去。」

當晚，三個人各憑五分錢的站臺票，無驚無險地登上十二次特快列車。車廂裡人滿為患，連車廂連接處都擠爆了。火車走走停停，小芳說：「這速度，可不止站十一個小時，還不得站十六七個小時？」

高琦說：「太悶了，我都快暈過去了！」

培敏說：「我現在就想睡，站著睡還不靠到別人身上？」

她瞟著座位下的空地，小聲對身邊的小芳說：「不管髒不髒，我就躺那了。」說著，用手指一下。

小芳說：「好主意。」然後小芳用同樣的方式告訴高琦，高琦驚喜地笑了。三個人立刻躺在三人座的椅子下。不消一刻，所有座位下的空地都躺了人。

一覺醒來，車窗外已是魚肚白。培敏要小便，到廁所一看，裡面站滿了人，根本進不去。迎著人們厭惡的目光，她又擠回去，叫醒高琦和小芳：「火車臨時停車，咱趕緊出去透透氣，連帶小便。」

三個人蒙恰恰地走下了路壩，找到一棵樹，培敏讓高琦和小芳各站樹的兩邊，組成臨時屏障。培敏解褲下蹲，高琦大呼：「不行！不行！車廂裡的人能看到。」

培敏嫌高琦矯情，帶著火氣說：「你不尿，就憋著！」很快，培敏和小芳都解完手。看著仍在糾結的高琦，培敏火大了：「這是臨時停車，火車只要接到信號，立刻就開動。你尿，我們就等你一會，不尿我們這就上去，反正車廂沒廁所！」說完作出要走的樣子，高琦急了：「別走！別走！」

她們回到車廂，不想再擠進去，裡面的空氣實在太汙濁。三個人站在門口，一直站到終點瀋陽車站。火車晚點

五個多小時。下車時已近中午。

一出火車站，她們就感覺氣氛異常，高音喇叭以超強功率播放極憤怒的聲討：「戰鬥檄文！毛主席教導我們說：『革命是暴動，是一個階級推翻另一個階級的暴烈的行動』……宋任窮是劉鄧（指當時國家領導人劉少奇、鄧小平）的走狗，是叛徒……宋任窮不投降就叫他滅亡！不打倒宋任窮，我們絕不收兵！誓死捍衛……」

一輛嘎斯汽車（GAZ）突然從身邊駛過，車裡站滿人，個個凶神惡煞，頭戴鋼盔，手握長桿三八大蓋槍，正聲嘶力竭地喊著：「革命無罪、造反有理！」

高琦說：「咋瀋陽和南京一樣了呢？」

培敏道：「同一個黨領導，同一個太陽照，能不一樣嗎？」

小芳說：「看上海造反派奪了權，全國都跟著，一爭權奪利，肯定是你死我活，真怕演變成內戰。」

培敏說：「不能！這不開始軍管了麼？」

正說著，又一輛卡車從身後急速駛過，在前面嘎然停下，車上的人頭戴柳條安全帽，有的嘴裡叼著短刀，有的手持長柄大刀，沒等車停穩就殺氣騰騰從三面跳下，衝進一座大樓裡。

高琦驚呼：「嚇死人了！」

總算到了家，培敏剛要向媽媽講述這一路的奇遇，媽媽搶先說了，教培敏目瞪口呆：「安全回來太好了！爾娟在院子裡坐著就挨了顆子彈。」

「挨子彈？沒事吧？」

「萬幸啊，撿一條命！沒傷著骨頭，沒傷著筋。」

原來，酷熱的八月中旬，屋裡實在待不住，爾娟家那

座二層樓與蒙古包之間有一段矮牆，矮牆上方的空隙有穿堂風穿過。晚飯後，爾娟從家裡搬出小板凳，坐在門口織毛衣，享受著穿堂風帶來的陣陣涼爽。不料，一顆流彈從空隙間飛進來，打中爾娟的胳膊再入大腿，穿了四個洞，落到地上。

培敏撒丫子跑到爾娟家，爾娟像沒事人一樣，她從不愛吹牛，此刻微笑裡帶著幾分驕傲說：

「我也算是經歷過生死的人了。你去南京前，我說子彈不長眼睛，沒想到這顆子彈還真長眼睛。」她指著傷口又說：

「醫生說太幸運了，幸虧造反派的槍是淘汰下來的老式步槍，子彈穿透力強，傷害力卻小。如果是新式武器，子彈都是炸子，不死也得殘。」培敏想到剛剛經過的那輛卡車，車上人拿著的三八大蓋槍。

「他們都說我這叫大難不死，必有後福，我姨說我愛遭橫禍，以後不會再有了。」

「當時嚇死了吧？」培敏問爾娟。

「嚇昏過去了。子彈射進來時就覺得被什麼重重地打了一下，等看到地上的子彈，就不省人事了。睜開眼睛時傻了，不相信自己是活著的。」培敏發現爾娟比以前愛說話了。

「培敏，我以前膽子太小，其實都是自己嚇自己。我不敢去南京，怕中彈。躲在家裡，不也照樣挨槍子了？我媽成天囑咐我不能做這個，不能做那個，就是讓我躲事。我現在明白了：是事兒躲不過。我那麼怕事，咋樣啊？還不是一出一出地都落到我頭上了？可我不還是我麼？」

嗨！別說，這改變真不小，這番話叫培敏不得不對爾

娟刮目相看。輪到培敏講，她說她至今也無法明白：在沒法回家之際有人送票；北京無處住時碰到了表哥。「天無絕人之路」這話，要能回回準，該多好！爾娟說：「一九六七年的八月值得你我紀念。」

26 居民防衛隊

　　沒想到培敏三人去南京的第二天，瀋陽就發生了武鬥，八三一派和遼革站在鐵西區興華電器廠點燃戰火，算是小試鋒芒。十號，瀋陽黎明機械廠兩派武鬥，動用了輕重機槍、火炮等，死傷過百人，轟動全市。

　　鐵西交火那一次，發生在離家不遠的地方，培敏媽別提多緊張了，想到南京武鬥比瀋陽血腥，怕孩子出事，一股急火上來竟吐了血。培敏媽沒對培敏說。鄰居叮囑培敏：「孩子，不能再往外跑了，再跑就要你媽的命了。」培敏聽後，心中甚是懊悔，決心在家好好陪伴媽媽。

　　三大派武裝搶佔市內高層建築，時有槍聲。老百姓人心惶惶，各院落的居民開始自保。培敏和爾娟所在的院落，由男性組成防衛隊，每晚九點，四人在南門和西門站崗，另外兩人巡邏。培敏因弟弟有病提出代替弟弟加入防衛隊。防衛隊只有培敏一個女生，被派在院內巡邏，這比在門外站崗安全。培敏戴著柳條編的安全帽，手持木棒，煞有介事地沿著院子裡的小馬路一圈圈地走。和培敏一起巡邏的是鼓風機廠的技術員，培敏叫他孫叔，四十多歲，中專畢業，很有獨立見解。

　　培敏和他聊：「毛主席早說了『要文鬥，不要武鬥』，社論也強調消除派性，要大聯合，造反派咋還越鬥越來勁了呢？」

　　「當初，生怕狼性激發不出來，如今要收可難了，人都

狂熱到這份上，只能靠軍管了。」

「南京已經軍管了。」

「別的辦法都沒用，還得槍說了算。等著吧！現在該輪到抓他們了，不會有好下場的。」

這話培敏愛聽，造反派無法無天，殘害了多少人。培敏原以為夜間巡邏很枯燥，沒想到有孫叔在，無聊變得「有聊」。

一天晚上，培敏和孫叔走到爾娟家門前，孫叔說：「這貨，家裡又是鋼琴又是沙發的。批鬥廠長，說人家走資本主義道路，他上來沒兩天就開撈，家裡的擺設比資本主義還資本主義，聽說鋼琴是從一位作曲家的家抄來的，沙發是從資本家的家抄來的。」培敏真怕孫叔說下去，如果他說這貨玩弄女性，糟蹋繼女，他在她心目中的形象就會一落千丈。還好，他到此為止。

孫叔還告訴培敏，工廠裡的工人現在也好不到哪裡，能偷就偷，連掃把都不放過。幸好收破爛的不敢收鋼鐵製的零部件，否則工人能把機床拆下賣掉。他一個朋友在童車廠工作，合夥偷零部件，一條龍在廠外安裝、專人負責出售，錢大夥分。

「收發室的人不管麼？」培敏不解地問。

「哪走收發室啊！部件都翻牆出去，牆裡人往外扔，牆外人接應，都是團夥做案。沒人管。唉！長此以往，國家真要亡了。」

一次，又輪到培敏和孫叔值崗，孫叔問培敏：「這兩天沒聽到槍聲吧？」培敏對槍聲已習以為常，略一回想：

「哎，沒聽到，不打了？」

「聽說瀋陽軍區和遼寧軍區把三派的頭頭聚到一起，簽

了停止武鬥，恢復生產的協議書。」

「那咱們就不用巡邏了吧？」

「應該不用了，夠遭罪的。」

孫叔太樂觀了，第二天，「赴京商談遼寧問題」的代表在機場遭到了「遼革站」的伏擊。後者的武鬥隊人員端著衝鋒槍、自動步槍衝進機場，打壞飛機兩架，打死、打傷十多人。看來，結束武鬥真的不易。

一天，楊革來到培敏家。一年多沒來了，聽說她一直住在遼寧大學裡，是鐵桿的「八三一」。培敏雖沒參加任何派別，但有自己的觀點，她保宋（宋任窮），屬遼聯派，這點楊革是清楚的。楊革到來，令培敏很感動。那時因派系觀點不同，父子反目，夫妻爭吵，很普遍。但楊革始終不變，一直尊重她。而她只不過曾偶爾為她補補課。

「你在遼大住，苦不苦？」

「不苦，住學生宿舍，飯管夠，主食全是細糧，副食是肉和菜。」培敏只有過年節才能吃到肉菜，勾起了饞蟲，忙問：「都啥肉菜啊？」

「啥菜都用肉燉，肉燉豆角、肉燉茄子、肉燉疙瘩白（圓白菜）、小雞燉蘑菇，天天都能吃到肉。」

「主食都有啥啊？」

「大米飯、白麵饅頭、肉包子、餃子……」

「咋天天都過節呀？缺人不？我去！」

「你來吧！『八三一』是最革命的。現在各派都在招兵買馬……」

「中央緊著要三派大聯合呐，以後就一派了。」

「聯合啥呀！遼革站是個啥東西?! 全靠軍區罩著。」

「聯合是早晚的事！有六七個省都成立革委會了。千萬

別參加武鬥，挨槍子兒不值。」培敏提醒楊革。

「聽說爾娟挨槍子兒，啥事沒有。」

「福大命大造化大。」

「姐，你倆那麼好，我咋就不喜歡她吶。」

「她人挺好的。」

「挺好啥啊！孔姨讓你買布，結果都讓她買走了，給孔姨氣壞了。」

培敏一聽，心裡好不自在。這點事媽媽也出去說，對爾娟多不好。

其實就是個布票的事，媽媽一個在百貨公司工作的朋友，偷偷地告訴媽媽，進了一批不要布票的人造棉。媽媽讓培敏早點去排隊，並囑咐對誰都別說。但培敏告訴了爾娟，兩個人早早到了，一看已排了十多個人。她倆站到排尾，開始聊，反正有聊不完的嗑。

開賣了，每個人都買很多。每年的布票僅夠作一套衣服，誰不想多買點。眼看要排到培敏，售貨員喊：「就剩幾十尺，後面的別排了。」培敏臉朝排尾和身後的爾娟聊天，看著後排的人糾結著不走。她轉過頭來，發現爾娟不知何時站到她的前面，把剩下的 36 尺全買走了。輪到培敏，只買到兩塊布頭。

培敏媽看到兩塊布頭，說：「這四六不成裁的，買來幹啥？只能做幾條內褲，人造棉又不吃水。」氣得把布扔到一邊。

過幾天，培敏媽也不知從哪聽到，爾娟家買了 36 尺人造棉。培敏媽何等聰明，把培敏叫到跟前：「你是不是跟爾娟一起去的？」培敏沒回答，眼睛直勾勾地看著媽媽。

「我不是不讓你告訴任何人麼？」培敏還是不說話。

「那她怎麼站到你前面了呢？」

「一開始是我站在她前面，也不知道怎麼⋯⋯」

培敏媽傷心地嘆息：「人家生的孩子都百精百靈，我怎麼就生你這麼個傻子呢？人家把你賣了，你能幫人數錢。以後不許你理她，聽見沒！」

真有三天培敏沒理爾娟，其實她知道爾娟比她精，任何事都要對自己有利才行，但培敏每次也沒覺得吃多大的虧。這回也一樣，想想布不是白給，爾娟也是花錢買的，只不過錯在自己，不應把那什麼都做不成的布頭買回家。這樣一想，她們又在一起玩了。

楊革說：「我媽說你傻，說爾娟奸。」

培敏笑著說：「我不傻！」

楊革立刻解釋：「我媽說的『傻』是厚道的意思。她說，剛進城那陣，向你家借五十八號大洗衣盆洗被套，用完還時，就你在家，你就是不讓我媽還，讓繼續用。我媽說你和你媽的心眼都好使。我媽最煩爾娟她媽，說她媽找對象不用眼睛看，用鼻子聞，『找一個是黑五類，再找一個還是黑五類。』」

「她繼父是紅五類，貧農出身，還是造反派。」

「他搞破鞋又貪汙，被定性為壞分子，什麼紅五類？純粹是混進革命隊伍裡的敗類。」

27 ▼ 革委會成立

　　一九六八年五月八號，遼寧省革命委員會成立。新的政權由造反派、解放軍和革命幹部三結合組成。軍區司令員是革委會一把手，軍人說了算。

　　楊革已從遼寧大學搬回家，心情不好，常去培敏家。

　　「你說怎麼能逮捕張祥久呢？他可是毛主席最忠實的紅衛兵啊！」楊革很苦悶地說。培敏知道，楊革崇拜張祥久，他是遼寧八三一的總司令。

　　楊革說：「瀋陽最早貼大字報，最早鬥走資派，最早抄家，最早……反正都是他。只要毛主席發出最新指示，他都不計個人安危，衝鋒在前。」

　　培敏耳邊響起孫叔的話：「該輪到抓他們了。」真是料事如神。

　　「和我同宿舍的女生跟我說：『這是卸磨殺驢！』」

　　聽到這句，培敏嚇一大跳，心想：你們倚仗出身好，太敢講了吧？她趕緊打斷：「我認為，張祥久的問題是：毛主席揮手他前進，毛主席不揮手了他還前進。劉鄧資產階級司令部已被摧毀，主席不希望紅衛兵再造反了，要大聯合。可他不聽話啊。」

　　「不是不聽毛主席的指揮。遼聯是保宋（東北局第一書記宋任窮）反陳（瀋陽軍區司令員陳錫聯），遼革站是保陳反宋，我們八三一是既反宋又反陳。這次三結合，宋派、陳派都結合進去了，使勁壓制我們八三一。張總司令肯定

不服啊，但他只是反宋和陳，和不聽毛主席的指揮一點關係都沒有。」培敏不知如何勸慰，看到她落寞的樣子，不免有紅衛兵已成明日黃花之感。

爾娟常問培敏：「楊革怎麼老來你家啊？害得我每次來都擔心碰到她。」

「她人挺好的。」

「我知道，就是不喜歡她那趾高氣揚的樣子。」

「現在不了，不心灰意冷就不錯了。」

「為啥？」

「不打腰⑨了唄！沒有用了！天天沒事幹，她有些不適應。」

「最好她沒事幹，她們有事幹，別人家就慘了。你咋能跟她好呢？」培敏真想告訴她，你看的書都是她偷來的，話到嘴邊又咽了回去。

「她人很仗義的。」培敏從心裡認可楊革這點，雖然她並不多才多藝。不喜看書，學識不高，但人單純真誠。培敏不想再跟爾娟談論楊革，另開話題：「咱們院也要跳忠字舞了，你要不要教舞？」

「開玩笑，王嬸不會讓我教的，她看我那眼神，我都得找個地縫鑽進去。」

果然如此，儘管全院都知道爾娟舞跳得好，王嬸偏讓女兒楊革教。

楊革正好用來解悶，教大家跳《敬愛的毛主席》《北京的金山上》《向著北京致敬》。開始時大家都不好意思跳，但王嬸一通上綱上線，把跳不跳忠字舞，提到對毛主席熱愛不熱愛的高度上，每個人都跳了。但舞姿實在不堪入目。《向著北京致敬》本來步法很簡單，左腳原地不動，

右腳上下打點，帶動臀部及雙臂作出搖擺狀，但男同志全靠肩膀用力搖晃，當右腳抬起時，左肩深深地下沉，像極瘸腿人一拐一拐的。培敏不敢看，怕忍不住，笑出聲來，被扣個「嘲笑忠字舞」的帽子可不得了。何況跳舞總比武鬥強，歌聲總比槍聲好聽。

革委會成立後，確實一片新氣象。唱忠字歌、跳忠字舞，對著毛主席像早請示、晚彙報，家家戶戶貼上紅色的「忠」字，霎那間，瀋陽變成紅色的海洋。

這時，革委會提出「復課鬧革命」。同學們陸陸續續回到教室，課卻復不起來。舊教材被批判了，老師們不敢講課。教語文的韓老師早已回到印尼，投靠父母。校長已病故，音樂老師──國民黨反動派的殘渣餘孽，被批鬥後自殺了。口號喊得很響，可是課沒正經地復過一堂，鬧革命也沒有任何新的內容。

同學們聚在一起，有一種幻滅感，滿臉茫然。「文化大革命」初期破四舊時的激情早已無影無蹤。一大批老幹部被解放，這使大家產生疑問：先說是走資派，罷官、批鬥、抄家。怎麼又重新掌權了？學生課都不上，忙著奪他們的權，這幾百天的意義何在？尤其是高三的同學，似乎醒悟了，開始關心起自己的出路。各種小道消息，都指向農村。為了逃避下鄉，小芳說她們班有些人開始找對象。但所有糧票、肉票、油票、糖票、布票、豆腐票，甚至燈泡票，都是按戶口簿及糧證上的人口供應的，戶口轉到農村，吃什麼？用什麼？所以，沒有一對談得成。

28 ▼ 抄家的驚恐

六月的一天，早晨五點不到，天矇矇亮，培敏在似醒非醒中聽到敲門聲。

「誰這麼早？」培敏媽邊說邊從床上爬起來去開門。培敏從大門鑲嵌的花玻璃處，隱約看出是小芳。

小芳進來，說：「把你們給吵醒了？」

培敏媽趕緊說：「不要緊，坐下來說，有急事吧？」

小芳素來鎮靜，但此時有點慌張：「今天可能要抄我家。」

「怎麼知道的？」說完，培敏媽覺出失言，怎麼能問這種問題！

小芳沒回答，只說：「昨晚知道的。我姐姐不在家，就我和我媽兩人，怕應付不了。我媽最擔心榻榻米（即一種草做的床墊子）下面的報紙，一旦有毛主席像，我們家就完蛋啦！」

「肯定有，報紙天天印毛主席頭像啊！」培敏媽說。

培敏著急：「別聊了，找上爾娟，趕快去你家！遲一會，他們到了就晚了。」

小芳說：「別叫爾娟，她膽子小不能去！」

「她肯定能，現在不膽小了。」果然，一跟爾娟說，她毫不遲疑地跟她們去了。

到了小芳家，第一件事就是從床上把榻榻米墊子移開，培敏沒讓爾娟做這事，她的槍傷還未全好。果然報紙上有

毛主席像，小芳媽媽不停地用聽不懂的上海話說著什麼，表達著極度的恐懼。前幾天，她們院有一家因為榻榻米下面鋪的報紙有毛主席像，被打成了反革命，罪名是每天把毛主席壓在身下。

不能再鋪報紙了，只好把榻榻米直接放床板上了，掉草就掉草吧，管不了那麼多。

小芳又把培敏和爾娟領到裡屋，打開五門櫥的抽屜，露出一堆底片。很顯然，昨晚小芳和她媽媽忙了一夜，把照片全處理了，只留下底片。

這些美國帶回來的底片，每張都是取自 120 膠卷，鑲在厚厚的硬紙板框裡。培敏拿剪子，根本剪不動，想用火燒。小芳媽說不行，煙味會驚動鄰居，他們肯定會報告上去。扔進馬桶，根本沖不下去。又不敢當垃圾扔，怕有人撿到，沖印出來，照片上的人就會暴露，反而會加上「銷毀罪證」的罪名。

培敏跟小芳說：「我們毀掉膠片，然後把硬紙板框扔掉，即使他們發現，也無法知道是誰家的。」

培敏拿起底片對著窗戶照去，幅幅景色都美，那些洋樓從未見過，真不忍心。小芳媽媽見培敏只顧心疼，說：「別看了，別管三七二十一，剪吧！一會兒他們進來，就來不及了。」培敏不敢再看底片，心想：為什麼美好的東西都要毀掉呢？令她們愛不釋手的書、千山上的廟、佛像……還想到遊街的校長、長得不漂亮但很優雅的語文老師……

培敏用剪子往每個膠片上捅窟窿，再順著窟窿把底片剪成碎片清除掉，留下硬紙板框。

把爾娟帶來真是太明智了，不僅快多了，而且她會用縫紉機，培敏曾為此嘲笑她，說她準備做家庭婦女。現在

英雄有了用武之地，小芳媽媽拿出一堆領帶要剪掉。培敏說：「伯伯從美國回來的，有幾條領帶還不允許麼？」

「前幾天婁總家被抄，罪行展覽會上，不光展覽他家的英國瓷器，連領帶、西服，在美國照的照片都展示出來，讓大家看資產階級的腐朽生活方式。」

小芳媽媽說，婁總的老婆因為抄家大病一場，到現在都起不來床，病因是後悔自己嘴欠。抄家時，造反派把古董瓶子往車上裝，她擔心地說：「這是洪憲瓷，小心啊！」話音剛落，造反派故意鬆手，那雍容典雅的粉彩花瓶從半空中落到了地上。婁總老婆的心和那瓶子一起碎了，當場差點暈過去，這可是婁總的傳家寶啊！

小芳媽媽和婁總老婆是好朋友，一個勁勸她：「什麼洪憲瓷不洪憲瓷的，現在什麼都沒價值了！」

培敏捨不得剪掉領帶，高檔真絲面料作的，好華貴。正在猶豫，小芳媽拿起剪刀就剪，說道：「孩子，別捨不得，保人要緊！」

是啊，小芳爸爸已被抓進去好幾天。大家以為革委會成立，紅衛兵無法無天的日子就會結束。可沒想到革委會一成立，就開展「清理階級隊伍」運動，陣勢不但不遜於紅衛兵的破四舊，反而有過之而無不及。紅衛兵鬥爭的對像是上層的走資派和反動學術權威。而「清隊」則是對準群眾，即把鬥爭目標再次轉回身邊的同志。新的政權迅速在各單位成立眾多的「清隊」專案組，尋找隱藏於廣大群眾中的階級異己分子，逼他們自我交待、相互揭發、搞得人心惶惶。

小芳的爸爸因為是從美國回來，加之有個哥哥依然留在美國，非常有可能是隱藏的裡通外國的間諜。而這次「清

隊」重點之一是抓「特務」。專案組第一時間拘捕了小芳的爸爸，先要小芳的爸爸交待為什麼回國，後來直接要他交待特務活動，並開展大量的內查外調，上海、浙江、安徽，藉著公差都跑了一趟。越是查不出證據，越不能放人。小芳像無頭蒼蠅亂撞到處托人，人沒托到，倒是聽了一大堆的逼供信的刑罰，什麼「烤爐子」，讓你出大量的汗卻不給水喝，直到人暈過去；什麼「跪爐渣」，煤爐渣嵌入肉內，隨後化膿腐爛；什麼「噴氣式」，把雙手反扭到後背往上抬，骨節唏唏響，常常手臂被折斷。小芳聽後，揪心到夜裡無法入眠，又不敢跟媽媽講。現在專案組要來抄家，真希望爸爸早日昭雪回家。

正當小芳媽媽下剪子時，爾娟說：「扔出去容易引起人注意，拼個椅墊吧，放在椅子上，再鋪一塊破布，不惹眼。」這個主意可累壞了爾娟，因為領帶的形狀很難拼成四方形。

培敏把硬紙板框扔得遠遠的。回來一看，爾娟還真拼出幾塊椅墊，這些椅墊如果還保留著，真應該送給文革博物館去。

一輛大卡車帶著恐怖的聲音，急速地駛進院裡，在小芳家的窗戶下，車猛然被急剎，發出的刺耳聲音直如五雷轟頂。然後，車上的人帶著冷森森的敵意咚咚咚往下跳。

小芳媽正坐在桌旁的木椅子上，說了一句：「完了！」就一頭伏到方桌子上，不省人事，培敏對小芳說：「你快掐你媽的人中，我去開門！」

培敏往門口走去，不放心地回頭看了爾娟一眼，她正從容不迫把線軸從縫紉機上取下，神態如《沙家濱》的阿慶嫂般鎮靜。反而是培敏開始慌亂：「他們如果把我逮去，

說我幫助敵特分子銷毀罪證，我該怎樣說……」她站在門口，急促的腳步聲衝進樓道，培敏的心提到嗓子眼兒，頭皮發麻地等著他們拍門。可那些人分明沒在門口停下，直接上樓了。

培敏鬆了一口氣，趕緊返回，拍著小芳媽媽的後背告訴她：「不是咱家。」小芳媽呼出一口長氣，蒼白的臉色漸漸轉回正常。

過去培敏和爾娟特別羨慕小芳媽媽。每次去小芳家，她媽媽總是坐在桌旁的椅子上，不是從米中往外挑砂子，就是看書，日子優哉遊哉。不像其他媽媽，不但要上班，還愁吃愁穿。尤其是爾娟，每次提到小芳的媽就會想到自己的媽媽，一次，她陷入深思，說了句：「一失足成千古恨！」培敏明白，如果她爸爸當年反右時能閉嘴，被羨慕的就不只是小芳的媽媽，一定還有她的媽媽。不過，培敏現在可一點兒都不羨慕小芳媽媽，她看到了暴風驟雨下的溫室花朵……

小芳見媽媽沒事了，示意培敏進臥室去。她取出一個沉甸甸的黑色布口袋，鬆開繩，裡面是金戒指、金耳環。小芳說：「婁總的老婆讓我媽把家裡的金首飾都扔進下水道沖走。你說扔不扔？」

培敏說：「別沖走啊！太可惜了，先拿到我家，等不抄家了，再給你拿回來。」

回家的路上，培敏沒有和爾娟說一句話，心情比揣著金戒指的褲兜還沉重，剛才的場面雖有驚無險，但卻讓她感到她似乎生活在電影裡國民黨的白色恐怖中。培敏用手指捋著牆往前走，牆上寫滿各種打倒 ×××，人名上都打上紅色的大叉。牆在她家對面，隔條馬路。牆上的標語經

常變換。上小學三年級，是「社社畝產萬斤糧，人人共慶豐收年。」「全民大煉鋼鐵，三年超英，五年趕美」「宇宙火箭上太空，東風陣陣壓西風」。上初中是「自力更生、艱苦奮鬥」。上高中是「不忘階級苦、牢記血淚仇！」

到了家，培敏把裝金首飾的黑布袋交給媽媽，媽媽立刻一臉怒色：「還有把這東西往家裡拿的？人家扔都來不及，家家都順著下水道沖走。你是看你媽沒關進去難受是吧？怎麼生你這麼個傻透頂的玩意！你給我送回去！」

「我不送！」培敏撅著嘴頂回去，心想，送回去？那可掉死價了！

培敏媽站著尋思一會兒，把一床被子從床上的被疊中扯出來，說：「咱家的戒指我都不知道怎麼藏才好，只好每個被角縫進一個，這些，你讓我往哪裡藏呢？」培敏想起，有一回媽媽在院子裡曬被子，非讓她坐在小板凳上看著。培敏心想：三床破被有什麼好看的！等媽媽走了，就找同學玩去了，回來後挨媽媽一頓痛罵。當時覺得媽媽小題大做，今天才明白，破被裡藏著媽媽從娘家帶來的嫁妝。

培敏口氣軟下來，對媽媽說：「那我想辦法。」

培敏媽的火氣又上來：「省省吧！保管東西不行，丟東西你一個頂倆，自行車、衣服、圍巾、書包、文具盒，哪有你不丟的？算了，先擱這兒兩天，她家抄完家，趕緊給我送回去！」

兩天後的下午，小芳來了：「沒事兒了！工廠革委會剛抄完咱家，翻個亂七八糟，沒翻著什麼就走了，罪行展覽會肯定開不成了。」

培敏立刻從塌塌米下面把黑布口袋取出還給小芳，說：「你家抄了，大概不會再抄第二次。放我家，反而不安全。

我媽說單位裡的人批判她，一口一個資產階級大小姐，說不定哪天來抄我家呢！」然後，培敏有些不好意思地對小芳說：「我媽說你拿走前，必須要數一下。」

「不用數，我還信不著你麼。」

「你不數，我媽回來會罵我的。你必須數！」小芳數後說：「告訴孔姨，沒錯！我媽讓我轉告孔姨，謝謝她！」

「不謝！不知道伯伯什麼時候能放回來？」

「不知道！開始他們覺得釣著條大魚，專案組以為立大功指日可待。不過聽說……」小芳話到嘴邊，咽了回去。

「不過，我最擔心的倒不是我爸，而是我媽。天天睡不著覺，吃不下飯，我真怕她病倒。」

一天下午，楊革神色慌張地進到培敏家，「培敏姐，我們八三一好幾個人都被革委會抓進去了，會不會把我也抓進去啊？」

「因為什麼進去的？」

「衝擊公安局。」

「你去了麼？」

「都去啦，我們『八三一』的都去了，四、五百人呐！」

「不可能全抓，頂多抓幾個領頭的，不能抓你！」

「可好多人都跑了！」

「這是個好辦法，你爺爺、姥姥家都在鄉下，不用說『跑』，就說誰有病你去伺候就行。抓你不可能，找你調查情況倒是可能，到時你是說還是不說？不說，不忠於黨；說，出賣戰友。」

「培敏姐你說得對！我明天就走。」

楊革像驚弓之鳥般消失，培敏想，不曾想紅五類子弟也有這一天。

29 城市戶口

這一天，培敏媽對培敏說：「如今，你這些同學現在來家，不笑了、不唱了、也不舞了，都跟霜打了似的。」

培敏說：「能笑起來嗎？死的心都有。」

中央已作出決定，在校學生百分百全部到農村去，接受貧下中農再教育。

沒有大學可上，認了。可革命一場，由城市人變成農村人，誰能認可?!要知農村人想變城市人比登天都難。很多農村女孩為變城市人，寧肯嫁給城裡的殘疾人。

第一個為丟失城市戶口而憤慨的是文佳，「用三年的時間，把一個舊世界徹底砸爛了，在那個舊世界裡，我們還可以上大學，上不了大學，還可以當個工人。可新世界裡，我們只能當農民！」文佳說話就是有勁。但氣憤又能怎樣？每個人都是國家這部機器上的螺絲釘，只能是「聽毛主席的話，跟黨走！」

最痛苦的是小芳，本來，成為大學生於她是十拿九穩的，她比別人提前兩年即五歲上學，此時她遺憾極了，「我媽讓我四歲上學就好了，這樣文革前，我就可以考入大學了，相信我會像我姐一樣考入上海交大。晚上學一年，現在只能當一輩子農民了。我就想當一名大學老師，拿一兩個科研項目，如果有所突破，成為科學家也不是沒有可能。現在一切都完了！」說著，眼淚不聽話地掉下來，培敏從未見過小芳哭，她是那麼平靜的一個人。

培敏是理解小芳的，她和小芳一樣也暗藏著成名成家的野心。記得小學四年級的一天，上課鈴響，她從操場向教學樓走去，突然，「我要當作家」的想法湧入腦海。從那以後，她愛上了文學作品。

　　可隨著批判《海瑞罷官》《燕山夜話》《早春二月》，應該說幾乎所有作品都被定為毒草，幾乎所有作家都被批鬥，培敏徹底明白了當作家就是飛蛾撲火。從此願望沉入到心底深處。

　　兩個少女在惺惺相惜著。

　　小芳說：「我可能是我們吳家唯一沒上過大學的，姑姑、伯伯他們全是大學畢業，兩個伯伯和我爸又去美國留學。我這一輩的，我最小，我上面的堂兄堂姐個個也都大學畢業，不是清華就是上海交大，吳家祖上是出過狀元的。我可好，只是一個高中生。

　　不過，書不念也罷，現在吳家人都挺慘，我一個伯伯因為是大學教授，早早被打成反動學術權威，我爸正慶幸，自己因在工廠沒有被定成反動學術權威。沒想到躲過初一，躲不過十五，這次『清階』竟被懷疑是特務，唉，更慘！我爸要是特務，那全國人民就都是特務了。這專案組的成員個個都是出身好的工人，根本不瞭解美國，以為從美帝國主義那裡回來的一定是壞蛋。沒處說理去，好在我還能跟你說說。和高琦也愈來愈沒共同語言了，三年過去了，她還是那麼浪漫、天真。」

　　「她哭了沒有？」

　　「還哭？跟我說，咱班去的是水田區，可以天天吃到大米飯，還說那裡有條河，風景會很美。」小芳用眼神和嘴作了個不屑的表情。培敏歷來不願評論人，轉移了話題，

「我現在徹底明白了，生命真的不是我們自己的，真的屬於黨，黨想讓咱咋過咱就得咋過。」

「是啊，讓咱當農民，你能不當麼？」小芳苦著臉說，無奈地走了。

這些天，同學像走馬燈似的，這個來那個去的。一來，知道要分別，抓緊時間聚。二來，誰願意當農民呢？每個人都有苦悶要發洩。

最沒想到的是楊革，城市戶口於她是極幸運地撿到的珍寶，現在卻要交回去。當年她媽帶著孩子剛辦好城市戶口，國家就下發戶籍管理條例，不准農村人遷入城市。在農村很多人被餓死的六十年代初，她家卻享受著糧食定量供應。雖吃不飽但也餓不死。當她意識到這個寶貝願交也得交，不願交也得交時，她來問培敏，是下鄉好還是還鄉好。培敏思考片刻告訴楊革：「你家親戚裡有公社幹部也有大隊幹部，依我看還是還鄉好。」

對城市戶口最不在意的大概只有爾娟，從小到大，她好像只在意一件事，能不能搞文藝。爾娟買了一把小提琴。據她在文藝團體工作的表姑說，自從樣板戲《智取威虎山》伴奏增加了西洋管弦樂，所有的樣板戲都照此辦理，對小提琴手的需求大增。表姑說，小提琴拉得好的人很少，而且這屬技術活，政審沒那麼嚴。表姑為她找了老師，上了幾堂課後，爾娟的進步讓老師驚訝。現在爾娟兩耳不聞窗外事，一心只拉小提琴。《人民日報》多次發表社論，號召普及樣板戲。各地革委會都把樣板戲作為一項政治任務在本地大力發展，爾娟因此很有信心。

高中生愁眉不展，初中生卻熱情高漲。學校照例設法把下鄉前的誓師大會搞得轟轟烈烈，初中生依舊熱血沸騰

地跳上臺，發出豪言壯語：「我們沒有趕上抗日戰爭；沒有趕上解放戰爭；沒有趕上抗美援朝，但我們趕上了上山下鄉的偉大運動。這是一場改天換地的偉大鬥爭，黨和毛主席再一次把這偉大的任務交給我們，黨指向哪裡，我們就奔向哪裡。」

　　周圍的人們準備行李，培敏卻產生保衛自己城市戶口的想法，她歷來不喜按常規出牌，喜歡挑戰禁令，跨越界限。「出格」常常讓她得到令人驚訝的結果。這次更是出乎自己的意料，她以爸爸去世，媽媽和弟弟都重病在身為由，提出要留下照顧病人。沒想到班主任居然同意了。後來她才知道，沒人要求留城。全校享有這種待遇的只有兩人，另一名是本人患有脊椎病無法勞動的高二學生。爾娟永遠是乖乖牌，不過，她的下鄉卻改變了培敏的命運。

30 ▽ 插隊落戶

幾輛大卡車停在學校的大門外，校門上方掛著大標語：「知識青年到農村去！到祖國最需要的地方去！」昨天還是學生，今天已是知識青年（簡稱：知青）。

培敏站在稍遠的隱蔽處，遠遠地目送爾娟。爾娟、梅怡下鄉都沒跟自己的班走，而是跟著高琦、小芳班。她們是學校送走的第二批。為了活躍氣氛，學校組織了鼓樂隊，喧天的鑼鼓聲讓培敏想到電影中的送兒參軍，那是戰爭年代。小時候的培敏恨不得自己就是電影裡上前線的人。此時，她意識到轟動世界的紅衛兵運動在上山下鄉的鑼鼓聲中結束了。

她漠然靜觀：車下，母親在抹著淚水，車上，孩兒們把臉轉向別處，他們不能流淚，高音喇叭正在播放：「知識青年要興高采烈地奔赴農村，廣闊天地裡煉就一顆紅心。……」

車子發動時，培敏突然站出來，向她們擺手，她們四人發現了她，猛烈地揮手。車子在培敏的淚水中駛遠了。

又送走了于非和文佳。朋友們陸續地離開，同時把歡樂也帶走了。培敏踏進自己的家，心情有如烏雲四垂的天空，從未覺得這樣寂寞，淚水又溢出眼眶。

幾天後，培敏收到爾娟和高琦的信，她們除了表達思念外，高琦重點描寫她們村裡的湖，朝陽滿天時湖什麼樣子、夕陽西下時湖又是什麼樣子。又描寫一望無際的稻田

如何流青溢翠。爾娟的信比較實在，講她們落戶的第二天就跟社員一起出工，第一個活是捽花生，這活一點都不累，大家圍個圈，拿著花生秧子往石板上捽，一邊捽一邊吃。爾娟知道培敏饞，培敏想，她是拿花生引誘我麼？

不需要引誘，孤獨的培敏現在才知道朋友意味著什麼，就像在泥地上相濡以沫的一群魚。培敏對媽媽說：「我想帶瓶醬，到下河泡看爾娟她們去。」買人造棉那事影響了媽媽對爾娟的好感，但已事過境遷，媽媽特意炸大醬時多放了一勺油，畢竟是陳三兩時代（陳錫聯執政時每人每月只供應三兩油，因此這位軍區司令獲「陳三兩」美稱），培敏對媽媽充滿感激。

培敏到達生產隊，已是傍晚。高琦、小芳、梅怡聞風也到爾娟住處了。她們四個人是同一個大隊，不同的小隊。各住在社員家，家家是南北炕，北炕一般不燒，只放東西，知青來了，社員就把東西挪開，騰出地方。小芳說她半夜常被南炕的夫妻吵醒，不知道他們做什麼，動靜很大。

爾娟被分配到五保戶家，無兒無女，去年老頭死了，只剩下老太太，喜歡爾娟喜歡得不得了，一個勁誇她俊。

培敏建議一起看湖去。這湖讓她失望，不大，水不清，蚊子嗡嗡叫。培敏對高琦說：

「小說家，分明就是河泡子（存水的窪地）。難怪你們村叫『下河泡』！」

高琦說：「管它是湖還是河泡子，美就行！」可憐，大記者的女兒就這個眼界。

第二天培敏隨爾娟出工，一起捽花生。她一邊捽一邊吃，爾娟小聲說：

「唉，你咋明目張膽的吃呢？大家都看著你呢！」培敏

一抬頭，所有人都趕忙移開驚愕的眼神，這哪叫「隨便吃」啊？捽了兩天花生，培敏跟爾娟說，我得回家，農村可不是好混的，我的前胸、後背、大腿讓跳蚤咬得快爛成一片了。

回到家，培敏跟媽媽說：「農村我去不了，連個電燈都沒有，沒法看書。家家沒廁所，房後挖個坑，擦屁股得用樹棍，用紙農民不高興，嫌髒，因為大糞要施到自家菜園裡。跳蚤咬得睡不著覺⋯⋯」

不料媽媽滿臉悔恨地說：「完了，這下可徹底完了，你的戶口已被註銷了。學校來人索要戶口簿，說你自己去農村了，說明家裡不需要人照顧。」培敏一聽，心猛一縮，像被誰扎了一刀，她起身奔向家裡唯一的櫃子，從抽屜裡翻出戶口簿，翻到自己名字的那一頁，果然蓋著鮮紅的「註銷」章。

培敏傻了，媽媽怎麼可以輕易把戶口簿交出去呐？她真想把戶口本捽出去，但是忍住了。知道媽媽就站在身後，想想「文革」，每個人頭皮都特薄，生怕一個沒注意就被批鬥了。媽媽出身不好，像現在這樣活著已算保住尊嚴，培敏不想責怪她。就算媽媽不配合，也是螳臂當車。

她只是捧著戶口簿流淚，過了很久，聽到媽媽在身後長長地嘆息：「唉，我怎麼這麼糊塗啊！」邊說邊重重地拍著自己的大腿。培敏心疼媽，趕緊把戶口本放回去。滿腔的憤怒使她一分鐘都不願面對媽媽，藉口給小芳媽捎口信，走出了家門。

想到自己從此不再是城裡人，眼淚又止不住狂瀉出來。培敏憤憤地用袖子擦著鼻涕眼淚，惹得路人用目光久久地打量，她立刻狠狠地瞪了回去，現在的她極其反感周圍人的目光。報紙上總在說「群眾的眼睛是雪亮的」，可這雪

亮的眼睛太可怕了：那次批判宋任窮大會，她坐在最後一排，後面沒有人，可仍舊有人發現她沒有舉拳頭喊口號，隨後就把她定為反動學生。這次只去了農村兩天，沒有告訴任何人，可還是有人知道了，居然把戶口給遷走了。她感到監視自己的眼睛無處不在，無時不在。

媽媽跟姨說：「一定要小心周圍的人，走資派的罪行都是他們的秘書、司機、孩子的保姆及戰友揭發的。」媽媽自己就吃了虧，她跟知心的好朋友講自己的父親如何地心地善良：租戶不交房租，父親從不要，好在房子多，不差那幾戶的租金。結果在批判會上，朋友把這話揭發出來，批判媽媽美化剝削階級。

城市裡，吃人的野獸是沒了，可吃人的人無處不在，他們虎視眈眈，隨時會出擊傷害你。

不過話說回來，和上次一樣，培敏還得感謝那個告密的人。因為留城的人下場並不好，只能在「三小一道」（街辦工廠，以街為範圍，把家庭婦女組織起來，給大廠礦生產一些小配件。活自己攬，掙到錢才開工資）工作。收入低，成天跟家庭婦女混在一起。

知青就不一樣，雖然下鄉苦幹三年，但返城後大多分配到國營單位，最差也是大集體（集體所有制）單位。

若干年後，培敏竟把此事當笑話講，調侃自己是非同一般的吃貨——為了吃花生把城市戶口吃丟了。

培敏不得不收拾行李，前往註銷戶口時註明的「遷入地」——「下河泡」。沒有敲鑼打鼓的歡送，只有培敏媽在長途汽車站一遍遍叮嚀：「一定要管住自己的嘴，從你出生後，運動就沒斷過，鎮反、肅反、三反、五反、反右、反右傾、大躍進、三面紅旗、人民公社、文化大革命，記

住，不管什麼運動來了，都千萬千萬別發表自己的意見，這點你得學爾娟……」

培敏踏上長途汽車，無心欣賞沿路的風景，不停地用手絹擦著淚水。朦朧的淚眼中，一片樹葉隨風旋轉，最終落到地上。我就是這片從樹上落下的葉子，不知日後是零落成泥？還是被風再次吹起？命運啊，你在主宰著我，可誰在擺佈著你呢？

爾娟見到背著行李的培敏，大吃一驚。培敏講完經過，拿出戶口本給她看，她領著培敏找大隊長。培敏本以為大隊長會滿面春風地說：「歡迎，歡迎！」可沒想到，他把眉擰得老緊，氣急敗壞地說：「又來一個？還讓不讓我們活了？這點地多養這麼多人！不行，不行！明天我得找公社，我們的指標早就滿了！」培敏眼淚刷地流了出來，怎麼混成這樣，連當農民都沒人要。大隊長見狀趕緊對爾娟說：「明天我給你們準信，今晚讓她先睡你那！」

爾娟落戶的這人家真好，摔花生那兩天培敏就住在她家，已體會到她的熱情和實在。這次見到培敏，緊著噓寒問暖。

下河泡的大隊長贏了，公社同意他的意見，因指標確實超了。下河泡本是高琦、小芳她們高三第一班的點，因為是郊區，很多被分配到遠處農村的同學，都跟隨親友轉到下河泡，梅怡是高琦帶來的，爾娟是小芳帶進的。

培敏一籌莫展。爾娟想到了一個人：「我去求陳美芸，她的表姐是公社的婦女主任。」

「啊？人家能搭理你麼？」

「能！」爾娟特有把握地說著。

原來陳美芸那次在班級設專政桌後沒多久，北京聯動

的頭頭被抓，陳美芸所在的「紅後代」兵團也遭取締。陳美芸灰溜溜的，幾乎沒人再搭理她。她找過爾娟，表明自己是受了反動血統論的影響，希望爾娟能諒解她。

農村親套親，陳美芸所在的南廊大隊，大隊長是陳美芸表姐的舅公。儘管大隊拒收好幾個要來這裡落戶的知青，但同意接收培敏。看來，陳美芸表姐的面子夠大。不過，最後落戶在三小隊，是隊長看中培敏個子高，他說了一句：「還行，身大力不虧，那就留下吧！」

第二天，去田裡割稻子。生產隊長問培敏：「你報幾根壟？」培敏丈二和尚摸不著頭腦，等弄明白「壟」的概念後，說：「兩根。」培敏不知道別人都報五根壟，惹得大家一陣大笑。就兩壟，她都力不勝任，被社員以及先來的知青遠遠地甩在後面了。沒出兩個小時，見不到任何人影，留給培敏的那兩壟稻子，金燦燦地伸向遠方，看不到盡頭。

不會使用鐮刀，加上心急，培敏左手的每根手指都被割破，鮮血直流。望著那一捆捆血跡斑斑的稻子，培敏眼淚狂流，不得不站起來，以防淚眼模糊中把手指頭割下來。培敏四處張望，東北的大平原一望無際，海洋般的稻田，什麼時候才能割完？難不成每天都這樣流汗、流淚、流血麼？培敏雖然個子高，身體並不好，她當時不知道，媽媽的肺結核已傳染給她。

她對人生厭倦到極點，每天起床，渾渾噩噩地隨人流下地，又渾渾噩噩地隨人流走回家，癱倒在炕上，連飯也沒力氣吃。她不想說話，很多人以為她是啞巴，據說接納她的隊長後悔得不行。

因下雨無法下地割稻子，培敏可以休息。儘管累得不想走路，還是冒雨走到附近的河泡子。四下無人，她坐在河

泡邊的石頭上，任憑雨水打濕頭髮和衣服。雨水打在水面，形成無數個圈圈。秋風秋雨愁煞人，培敏的淚水和著雨水滾下，她時而哀號，時而哽咽。想到和爾娟在學校的小樹林裡談論的人生，怎麼也想不到日後的人生居然是這樣的！

還值得過麼？想到村口矮牆上寫的標語「扎根農村，幹一輩子革命」，「一輩子」三個字讓培敏不由自主地站起，向湖水走去。腦子裡已一片空白，正要跳下，河泡中央一叢灌木讓她明白，河泡子太淺，淹不死人。但「死」的想頭卻嚇到了自己，她嚎啕大哭起來。一輩子？一輩子就這樣活？牛馬不如！突然想到爾娟的話：「這輩子如果只是當家庭婦女，不如死了算了！」

培敏勉力向二里外的下河泡走去。她太需要知音。

渾身濕透的培敏，眼睛紅紅地站在爾娟面前，爾娟嚇了一跳，放下手上的小提琴，把手指擺在嘴上，示意別說話，因為大娘正在下屋整理柴禾。雨已停，她拉著培敏向村外的河泡子走去。

坐在石頭上，培敏把割稻子的事及感觸說了，問爾娟：「你還想活麼？」爾娟點點頭，培敏大吃一驚，甚至感到有些遺憾，心想：當不成演員上不了大學都想死，成了農民，反倒不想死了？

爾娟問培敏：「你聽說過吳洪偉麼？」

「知道。」培敏心不在焉，不想坐在濕漉漉的石頭上聊什麼吳洪偉。

「他被『中央樂團』錄取了。」

「跟我們有什麼關係？」培敏的語氣裡帶著煩躁。

「那我也有可能啊！只要我刻苦練習！不進中央樂團，進地方樂團也行啊。」

「你知道他爸爸是誰嗎？」培敏語氣很酸：「他爸可是國民黨部隊裡的頂尖指揮，戴帽的歷史反革命，足見他爸當年的級別很高。」培敏突然停住，她差點說出：「他爸不光教兒子小提琴，還有很多人脈，好多他的學生都是樂團的頂樑柱，人家是有後門可走的。」之所以把話咽回去，她意識到：爾娟有勇氣活下去，是因為吳洪偉為她重新燃起希望。

困境中，希望可以支撐人活下去！培敏問自己：可我的希望在哪裡？說得好聽，「扎根農村幹一輩子革命」，不就是幹一輩子農活麼！老農幹一輩子農活，沒人說他幹一輩子革命，怎麼知青幹農活就成了幹革命了呢？女生「扎根農村幹一輩子革命」，無非就是一輩子圍著孩子轉，圍著爐臺轉，跟孩子吵，跟丈夫鬧。這就是偉大的「革命」？

培敏心煩意燥地站起，準備離開。走這麼遠的路來到這裡，和爾娟根本不在一個狀態中。培敏潛意識裡以為爾娟一定和她一樣，想像兩個人會抱在一起嚎啕大哭。爾娟卻無視眼前的痛苦，而且她談興正濃，不但談她考樂團的美夢，還講吳洪偉小時候的故事：吳摔碎了一個盤子，他的爸爸說：「只要你能說出盤子碎時的音名，就不打你。」培敏聽了絲毫不感興趣。想到割稻子的事，好奇地問爾娟：「你割稻子報了幾壟？」

「五壟。」

「五壟！」培敏喊起來。

「大家都是五壟啊！」

「你能跟上麼？」

「能啊！她們割到哪，我就割到哪。」

培敏望著單薄、嬌貴的爾娟，難以置信。

「知道我報幾壟麼？」

「幾壟？」

「兩壟！兩壟，我還被落下老遠，老遠，老遠啦！廣闊天地裡就我一人，可以隨地大小便。」

「培敏，你在家，油瓶子倒了不扶，家務都是你媽做。我媽是翻砂工，到家一點力氣都沒了，買糧、做飯是我的事，住舊房子時連打煤坯也是我幹，你以為你比我力氣大，你差老遠了！」

啊，這麼大的差距啊，培敏感到丟人。她明白了，苦不苦，原來也取決於受苦的能力，媽媽還是嬌生慣養了自己。她決定每晚舉磚頭，增加臂力！

她又問爾娟：「你不在意當農村家庭婦女麼？」

「怎麼可能？」爾娟瞪大眼珠子，看來她連想都沒想過。

「不是讓我們扎根農村一輩子麼？」

「不可能，第一我要努力考進樂團，第二，考不進，做隨軍家屬也不在這兒待！」

「隨軍家屬？」培敏感到這四個字有點刺耳。她不懂爾娟咋會想到這方面？

原來，下鄉前一天，爾娟在商店買東西，碰到了小學同學。這同學學習特別差，初中沒考上，進了民辦中學。後來被他爸爸送到部隊。也許他知道爾娟即將淪為農民，自己是現役軍人，享有崇高的社會地位。這位軍人隨後接二連三地給爾娟寫信。

爾娟有些心動，卻嫌他沒文化，她讓培敏看他寫的信和寄來的照片。

回到爾娟的住處，培敏先看照片，五官不錯，但一眼看出是老粗。再看信，滿篇錯別字。字裡行間透露出，上

學期間，爾娟已是他心中的女神。

是啊，爾娟那麼好看，又多才多藝。培敏想起有一次，她的目光被馬路對面的一個女孩吸引。那年代，間或有綠軍裝和灰中山裝，滿街是一樣的藍色服裝。那個女孩子也是一身藍，不同的是胸前飄著一條紅紗巾。培敏加緊腳步，過了馬路，想搞清楚她到底什麼地方讓人感到與眾不同。走近，培敏大叫一聲：「你啊？」爾娟嚇了一跳。見培敏上上下下地打量自己，疑惑地問：「沒吃錯藥吧？」想到這，培敏笑了，爾娟問：

「笑啥？笑他那些錯別字？」

「現在，寫錯別字不遭人笑話，祖上有錢、有文化才遭人笑話。」

爾娟特想知道培敏對這件事的看法。培敏決定不說自己真實的想法，她已深切地體驗到人無希望是會厭世的，剛剛，自己險些投入水中。讓爾娟活在光明中吧！哪怕是一根火柴的亮度。培敏推說沒她早熟，不懂這些事。

培敏認為成為隨軍家屬只是爾娟的一廂情願，因為和軍人結婚是要經過政審的。她聽鄰居講過一個真實的故事：一個女孩喜歡上了一個男生，這個男生考上軍校，畢業後留在部隊。女孩未婚先孕，男方打結婚報告，部隊趕緊派人到女孩單位政審，結論是不合格。出路只有兩條：一是男方放棄女方，二是男方轉業。還好，男方選擇後者。前車之鑒：爾娟不可以和軍人結婚，成不了隨軍家屬。

爾娟的想法不同，她身邊有兩個鮮活的樣板，一個是她媽媽，一個是她姨，她媽媽找了個資本家出身的大學生，如今活在社會底層。她姨嫁給軍人，一路上昇，要風得風，要雨得雨。培敏理解爾娟的心思。只願她的好夢長些，別醒！

31 農閒鬥地主

　　農忙時節巴望農閒，農閒來了，還是不得閒，各種會議要開。今天先是知青會議，然後是社員大會。由於知青分散住在社員家，彼此並不熟，尤其是培敏，幾乎一個知青都不認識。

　　培敏趕到小隊部，聽到裡面很多人在說話。這是她第一次進到隊部，隊屬的院場不大，西邊立著兩根馬樁，分別拴著一匹馬、一匹騾子，牠們正低頭吃著槽子裡的草料及豆餅。東邊堆著草堆，放著一掛馬車。

　　進到屋裡，見南北兩張長長的大炕，可容納幾十個人。兩炕之間是過道，過道堵頭的牆面上掛著一幅毛主席的標準像。先來的都坐在炕頭，那時東北的天氣已經很冷。培敏因為過不了勞動關，心情壞透，頭不抬，眼不睜，不和任何人打招呼，徑直坐到炕中間。

　　主持會議的叫楊佔勇，培敏聽過這個名字，吳小芳曾提醒她：「你小心他點兒。」這個人培敏見過，鬥爭校長時，站在後面拎著校長、踢校長、用武裝帶抽打校長的就是他。今天，培敏總算把名和人對上了。

　　楊佔勇說：「把大家召集起來，開個動員會，今天我們要把南廊大隊第三小隊的階級鬥爭蓋子砸開。『文化大革命』進行了這麼久，這個小隊的地主、富農居然沒有被鬥爭過，是可忍，孰不可忍！過一會兒召開全體社員大會，批鬥地主夏德階和富農王富茂，希望大家『不忘階級苦，

牢記血淚仇』，要敢於鬥爭。」他掃視全場一遍，眼神到培敏這停了一會兒，培敏感到一股殺氣。

吃完晚飯的社員們仨一群倆一夥，連說帶笑地走進來。看到殺氣騰騰的知青，立刻噤口。培敏不斷地為進來的社員讓位置，已坐到了炕梢。

社員到齊後，楊佔勇簡略地講了幾句，然後大聲吼道：「把地主夏德階、富農王富茂押進來！」四個知青押著兩個人進入。煤油燈下，培敏看不清每個人的臉。楊佔勇厲聲一喝：「站這！向毛主席請罪！」培敏的心跳加速。

「你這是請罪麼？」啪啪兩下，是手打脖子的聲音。

「不老實？跪下！」撲通撲通，兩個人被踢，繼而跪下的聲音。

一個女知青領頭喊：「打倒地主夏德階！」「打倒富農王富茂！」「剝削有罪！造反有理！」她每喊一句，大家就跟著喊一句，炕頭的知青聲音最響。突然，十幾個人跳下炕，撲通撲通的聲音，培敏渾身汗毛豎了起來。接著，是拳打腳踢、扁擔打人的聲音，隨之，是地主、富農撕心裂肺的慘叫聲。培敏覺得身子在發抖，不得不盡力靠在炕梢的牆上……

鬥爭終於結束，培敏夾在人群中走回住處，沒人說一句話。培敏躺在炕上，只覺得炕很涼，難以入眠。

第二天，又有通知下來，晚上繼續開社員大會。培敏真的怕像對付走資派一樣，沒完沒了地鬥下去，早知農閒是這樣，她情願在田裡割稻子，流汗、流淚、流血。她慢慢地向隊部走去，特意等人多時隨大流進入。依然挑炕梢的位置，涼是涼點兒，總比渾身發抖強。

又是楊佔勇站在前面講話，還好，這次是讓全體社員「早請示，晚彙報」。看社員一臉迷茫，楊佔勇解釋：「早

請示：就是早飯前站到毛主席像前，先給毛主席他老人家行個禮，然後念毛主席語錄，最後要祝福毛主席他老人家萬壽無疆。晚彙報：就是晚飯前，先行禮，然後念毛主席語錄，最後跳忠字舞。有知青的家庭，跟知青學跳忠字舞，沒有的，祝福毛主席萬壽無疆之後就可以吃飯了。」

培敏落戶的人家，人口不多，兩個兒子都成家了，一個在供銷社工作，一個是公社的幹部。家裡只剩下個叫夏齊豔的女兒，已到談婚論嫁的年齡。她話不多，愛笑，不過笑容並不甜蜜，有不好意思和嘲諷的意味。

第二天早上，培敏醒來，發現他們三人已站在毛主席像前等著，要和她一起早請示呢。飯已擺在炕桌上，培敏嘴急，向毛主席像行完禮，對他們說：「今天就念毛主席語錄『為人民服務』吧！」

他們問：「就五個字？」

「這五個字非常重要。」五個字說完後，又說了九個字「祝福毛主席萬壽無疆！」一共十四個字，開始吃飯。

晚飯前，培敏估摸大爺大娘不好意思跳舞，便說：「我們豎著排隊，我打頭，齊豔第二，大娘第三，大爺最後。」他們很高興。培敏就選《向著北京致敬》這首歌，跳忠字舞。她邊唱，邊跳，後面的人跳得好不好，跳與不跳都不管。

吃飯時，大娘告訴她，挨打的地主夏德階起不了床，醫院說肋骨被踢斷了兩根。大爺乾咳了一聲，給大娘使眼色，大娘不再說下去。隔了好一會兒她問培敏：「你什麼時候回瀋陽？」

「沒定，有事麼？」

「齊豔沒進過城，想跟你進城看看，行麼？」培敏知道媽媽好客，一口應允。

32 相聚的時光

　　培敏家雖屬雙拼別墅，但院子已很不成樣子，本來就不大，現在只剩下過道了。孩子們陸續長大，該結婚卻沒地方成家，只能在自家的前後空地上「壓」個小房，其實是佔了院裡的公共用地。所謂壓小房，即是用從各處撿來的廢磚頭，藉助已有的牆，砌個帶小窗戶的簡易房，房頂鋪的油氈紙用磚頭壓著，家家如此。日本人建的一層別墅已全部被各家壓的小房擋住，院裡滿目破敗。培敏媽沒有壓小房，但也在後院壓了個倉庫，在前院砌個雞舍，養了幾隻雞。

　　齊豔到了培敏家，培敏媽犯愁，她雖有廚藝，但難為無米之炊。為了女兒，培敏媽把一隻下蛋的雞殺了，連吃了三天。齊豔非常感動，加之培敏帶她到處逛，覺得很開眼，直為知青惋惜，好好的城裡人，一聲令下就變成了農村人。

　　齊豔走了以後，原來的那些朋友來培敏家聚。幾乎每個人都有一個「齊豔」隨知青進城開眼，現已都被送走。

　　這下可有了話題，第一個講農村人笑話的是文佳。

　　「信不？她們沒見過樓梯！」文佳停下來，眼睛在每個人的臉上掃了一圈，說下去。

　　「一進聯營（百貨公司），迎面是五階的樓梯，對吧?!」大家忙著點頭回應，「我落戶這家的小霞一看到，驚訝地喊道，哇！還有這麼大的洗衣板！」哄堂大笑。

梅怡接著說：「我們隊趕馬車的老把式，下車時發現東西忘在火車上，可是火車已開動，情急之下，他對著火車就連喊幾聲『籲——籲——』，火車不是馬，照樣往前開。」

高琦說：「瞎編，埋汰車把式呢！」

培敏說：「談不上埋汰，沒坐過火車，很正常。」略加思索，說：「我有話在先，絕不是笑話老農，是實話實說。剛走的齊豔，話很少，但還是露怯了。我領她去小白樓店買菜，她看到成把的香蕉，說：『這茄子真有意思，怎麼長到一塊兒去了呢？』」

培敏又講了一個屋裡吃，屋裡拉的故事：齊豔要大便，我領她去廁所，告訴她便後一拉繩，大便就會被水沖走。齊豔便後回來，詭異地笑，我問她笑啥？她說，村裡的大紅鼻子進趟城，回來逢人便講，城裡人屋裡吃、屋裡拉。大家說他胡說八道，說不臭死了，還能住人麼？齊豔說：這個大紅鼻子只說屋裡吃、屋裡拉，就沒說拉出的巴巴被水沖走。」

小芳接過來說：「笑話他們也無妨，我們剛下鄉時，他們也沒少笑話我們啊！」

一天，高琦出乎意料地領著老萬到培敏家來。老萬和高琦是同班同學又是鄰居，老萬的爸爸也是畫報社的編輯。培敏到下河泡和朋友聚會時見過他，知道他很有水準。老萬中等個頭，眼睛不大，眼神厲害，一眼能把人看透。他說起話如投槍，直中要害。聽高琦說，他爺爺是北大畢業生，當年參加過五四運動。

高琦說：「老萬聽說咱這每天都挺熱鬧，也過來湊湊。」其實大家都明白，老萬是因為喜歡高琦才來的。老萬不愧

是老萬，大家背後叫他「萬事通」。他看的書多，魯迅的書差不多都看了。

培敏心裡總有很多想不明白的問題，自然希望聽聽老萬的看法，說：「現在革命激情褪去，連楊革都看明白了，說：『我夠沒文化了，社員比我還沒文化，怎麼倒讓我們去接受他們的再教育呢？』」

老萬說：「純粹是沒看明白！『接受貧下中農再教育』就是幌子！有人說是『狡兔盡，走狗烹』，我不這麼看。國家主席劉少奇已被拉下馬，本該收場，造反派卻自己鬥起來，三令五申要停止武鬥，可他們連毛下的最新指示都不聽了，這不是真反了麼？所以必須都分散到廣闊天地裡去。」

培敏又問一個自己最關心的問題：「你看我們真的要在農村待一輩子麼？」

老萬說：「如果光是我們這六屆，我們有可能回不來，關鍵是現在工廠的工人都沒活幹，政府的幹部成天坐在辦公室學毛選《毛澤東選集》，文藝團體人員就八個樣板戲可以演，就算全國都演，能用多少演員？如果後幾屆繼續下鄉，回城的可能性是有的。你是知道的，你想進下河泡，人家不要，說明農村也安排不了。有進就得有出啊！否則農民也吃不上飯了。」

提到樣板戲，培敏想到爾娟，爾娟這次回城，又拜了個新老師，原來的老師已教不了她。爾娟天天賣命地練琴，左腮下都磨出了繭子。培敏問老萬：「爾娟能考進樂團麼？」

老萬忙說：「咱不研究她考進考不進，你不覺得爾娟活得特別用力麼？這說明她心氣高，不甘平庸，一門心思

想突圍。」

培敏轉身對小芳說：「咱們還能在家待上差不多一個月，一塊兒學學英語唄！」

「千萬別學！明哲保身，保身最重要，別和英語沾邊！」小芳說到這，聲音哽咽。培敏為剛才的建議後悔不迭。

小芳的爸爸因為留美而喪命，專案組人員懷著對美帝特務拒不交待罪行的憤恨，幾次毒打她爸。小芳見到爸爸的屍體時，已瘦得不成樣子，且遍體鱗傷。專案組人卻說小芳的爸爸是睡覺時自然死亡，至今死因不明。好在調查結果出來，不是美帝派回的特務。

禍從天降，小芳的媽媽無法承受又無處申訴，整日以淚洗面，人已瘦了一大圈。好在姐姐把媽媽接去同住。小芳將一切嚼碎，咽進肚裡，從不和人談及此事。

培敏很發愁地問：「學點啥好呢？看爾娟我都眼饞，人家好歹沒虛度光陰啊。咱可好，時間全浪費了！」培敏衝著老萬問：「你學啥呢？」

還沒等老萬回答，高琦就望著老萬替他說：「他啊，忙著呢！成天練寫作呢，沒準今晚回去就開始寫你了，」老萬趕緊接過去：「沒，沒，別聽她瞎說。」

梅怡把話題一轉問道：「老萬，我問你個事兒，我一直沒敢說，我親身經歷的。我不是腳崴（扭傷）了麼？隊長讓我和一位老農一起切豆餅。他是雇農，我問他：『解放前，你都咋過的啊？苦死了吧？』你猜他怎麼說？他說：『不苦！比現在過得好，吃得比雇我們的地主還好，地主捨不得吃，捨不得穿，有點兒錢就想買地。為了讓咱們給他好好種地，天天把飯送到地頭，隔三差五，不是豆腐就是

小魚小蝦，有時候還有點兒肉，地主自己都不捨得吃。』他毫不顧忌，可把我嚇死了。我反駁他，地主騙你的。他說，是真的。他還說，我爸給地主他爸打長工，我給他家打短工，我要是想當地主也能成，但我愛耍錢，還去嫖。咋回事呀？這地主到底是壞蛋還是好蛋啊？」

老萬說：「這個事兒我不能回答，我只講個希特勒的故事。希特勒是個大壞蛋，對吧？但你知道當年全德國人都願意為他賣命，為什麼？希特勒知道敵人的重要性，把猶太人當敵人。沒有『假想敵』，老百姓……」大家徹底服了。老萬，你咋懂得這麼多呢？看起來，看書和不看書真不一樣。不學英語了，趕緊找書看吧！培敏側頭看高琦，崇拜兩個字寫在她臉上。

爾娟到了。一進門就看見了老萬：「唉，今天這屋子怎麼多了個賈寶玉？」爾娟意味深長地盯著高琦，高琦立刻解釋說：「他是來湊熱鬧的。」

大家七嘴八舌地聲討爾娟：「難得，你還想到來接見我們！」「拉琴拉累了吧？」爾娟笑而不答，高琦說：「來個彙報演出吧，讓咱們看看這個老師教得怎麼樣。」爾娟起身，只說了一句：「我回去取琴去。」

和朋友們在一起真好，培敏希望天氣永遠冷下去，這樣就可以不回那無聊透頂的農村。

33 ▼ 掘祖墳

　　儘管培敏心裡拒絕春天，路邊的樹木已隱隱約約地冒出新綠，培敏不得不再次和媽媽告別，朋友們也都返回各自的村莊。

　　齊豔見培敏回來，甚為高興，彼此間似乎多了一層親情。

　　開春第一份農活是平整土地。去年年底分紅，知青佔了農民的工分，連培敏這個割稻子只能報兩壟的「半拉子」，也分到三十二元。知青掙到了多少，農民就少分多少。也許為了平息農民的怨氣，公社提出了向邊邊角角要效益，鼓勵開墾荒地。

　　據說又是楊佔勇提出，變墳地為田地。農民早就耳聞紅衛兵的厲害，加上楊佔勇鬥地主的狠勁，沒人敢反對。

　　這些，培敏一概不知，仍舊每天隨大流出工、收工。這天，平整土地，她發覺社員們都站著聊天，不下鍬挖土。她正要動鍬，被齊豔叫了過去，問一些無關緊要的小問題。培敏不敢多聊，正待回身幹活，突然，一大塊黃不黃、白不白的大腿骨扔到離她不遠的地方。培敏嚇得魂飛魄散，趕緊跳到那群婦女中去。齊豔對著培敏的耳朵小聲說：「別過去，挖人家祖墳呢！」培敏愈發提心吊膽，躲到人群後面，總算挨到下工。

　　回到住處，見齊豔正和齊豔媽講白天的事，只聽大娘說：「應該是村頭二寶他家的墳地。」大娘問齊豔：「你沒

挖吧？」

齊豔說：「就他們知青挖，社員都躲一邊，生產隊長看著也不管。過去我們要站著嘮一會兒嗑，得給他罵死，這回，臨尾都找不到他，不知貓哪兒去了。」

大娘說：「太好了，咱可不能作孽啊！」大娘無不擔心地追問培敏：

「你挖了麼？」

齊豔斜視著培敏，嘴角掛著那獨有的帶著諷刺意味的笑：

「她剛要挖，我把她叫過來了。」

大娘說：「太好了！沒挖就好，要不然會招報應的。」

「報應？」這是培敏沒有想到的。

「刨人家祖墳還得了！那得多大的仇？別看這家只剩孤兒寡母，人家祖先都在天上，能饒他嗎?!城裡人信啥我不知道，我們鄉下人就信祖宗。不光我們鄉下人信，古時的皇帝也信，要不父母死了咋讓守孝三年呢？守啥啊，就是守墳啊。祖墳選得好，子孫代代好。人家說啊，毛主席為啥能做皇帝？祖宗墳塋地在龍脈上。」齊豔趕緊打斷：

「毛主席是主席，不是皇帝。」

「反正是最大的頭頭，祖塋地不好是當不上的。」培敏贊同地說：「去韶山回來的人說了，說主席家的祖墳特別好，三面環山一面朝水，說蔣介石家的墓地不好，遠處有一座大山擋著，那座大山就是毛主席，所以蔣介石要挖主席家的祖墳。」

「祖墳挖不得的，人得壞到啥份上才能挖人家祖墳！祖塋地，再窮也得讓風水先生給選。沒聽說麼，誰家子孫後代陞官發財，大家都說：『他家祖墳冒青煙了。』」

「這麼重要，隊長咋不反對吶？」培敏問。

「上級要開荒，你們紅衛兵看中墳塋地。都說紅衛兵造反有理，隊長哪敢反對！」齊豔說。

「那是六六年的事了，現在紅衛兵要接受你們的再教育，沒必要再聽楊佔勇的。」

齊豔一家人把培敏當自家人看。這讓培敏很佩服媽媽的為人處事。

34　知青點

　　五月底，知青點建成了。座落在村西頭，是簡易的一層平房，男、女住處由廚房隔開。廚房的設施很簡單，一個奇大的爐灶，上架著奇大的黑鐵鍋（專用來貼苞米麵大餅子），一個大水缸。角落堆些柴火。

　　女知青點，位於廚房東側又分成東西兩屋。一小隊、二小隊的知青住西屋，東西兩面牆壁都是暖牆。培敏所在的三小隊和四小隊的知青住東屋，這屋炕梢的東牆，是冷山牆。

　　大家都明白，東屋北炕炕梢是最冷的位置，東北進入十月底開始飄雪，不好熬。這民辦學校學生一進知青點，就搶佔南炕，尤其是炕頭。兩個女生幾乎同時跨入門坎，同時把行李甩到南炕的炕頭，顯然，事先已謀劃好。兩人都說自己的行李先到。她們爭吵時，一些女生把南炕全佔了。培敏沒有搶的習慣，媽媽從小就給她講孔融讓梨。三年困難時期（指一九五九年 —— 一九六一年間發生的全國性大饑荒），別的家為爭一口吃的打架，她家卻推來讓去。看著她們，培敏一方面佩服她們率真，一方面又認為沒文化真可怕。

　　她悄悄地把鋪蓋放到北炕的炕梢，立刻有一種鶴立雞群的感覺。挨冷山牆的位置是大家避之唯恐不及的。培敏後來得了嚴重的關節炎，若干年過去，當培敏右肩及膝關節疼痛難忍時，眼前會冒出「搶炕頭」的畫面，她問自己：

如果當初就明瞭今天的後果，她會不會去搶那個炕頭？答案是否定的。

　　放下行李後，培敏往下河泡走去。培敏剛剛得知，知青點住著一百多名知青，包括四中的高三學生和民辦學校的初中生。後者是任何中學都考不上的非正式學校的學生，一看就是專撿芝麻，不要西瓜的主。培敏明白她和她們不會有衝突。她要向高琦、小芳瞭解的是她們的同班同學曲巖的情況。

　　曲巖跟培敏在一個小隊，現在又同一個宿舍。三小隊只有三個高中生，除培敏，男的叫楊佔勇，女的叫曲巖。顯然，楊佔勇已拜倒在曲巖的石榴裙下，每次出工，楊都快快地幹，然後去幫曲巖，農民管這叫「接地頭」。

　　過去培敏和他們沒有往來，現處一個屋簷下，她必須要瞭解曲巖的人品。三小隊的知青沒人搭理培敏，卻巴結曲巖，固然有楊佔勇鬥地主立威的因素在內，但曲巖沒點手段也成不了這局面。剛剛就有人主動把佔到的北炕炕頭的位置讓給曲巖。位置雖沒有南炕好，但炕頭總是熱的，而炕梢總是涼的。屋裡就兩個女高中生，一個在炕頭，另一個在炕尾，可見地位差距。耐人尋味的是，能讓愛計較蠅頭小利的民辦學生把到手的便宜讓出去，這是何等人物？

　　培敏見到高琦和小芳，第一句話就是：「曲巖這人咋樣？」話音還未落地，高琦、小芳幾乎異口同聲：「王熙鳳！」

　　培敏腦子裡浮現出《紅樓夢》裡小廝興兒的評價：「嘴甜心苦，兩面三刀；上頭笑，腳底下就使絆子；明是一盆火，暗是一把刀」，她渾身汗毛已豎起來，她最怕的是這

種人。進到三小隊，面對的不再是同聲相應的朋友，而是一群無法交談的民辦初一學生，亦是不幸。另兩個高中生，又是造反派頭子加王熙鳳，這挑戰太大了點吧？

培敏懷著滿腔愁緒回到知青點。還好，西屋還有個陳美芸，要不是她去找公社婦女主任，培敏還不知在哪待著！她對自己說，應過去打個招呼。

陳美芸拿話點培敏：「你那屋可不光是初中小傻子，有心眼多的，注意點！」培敏明白她指的是曲巖。從下河泡往回走的路上她已決定對曲巖敬而遠之。她輕鬆地告訴陳美芸：「沒事兒，她住炕頭，我住炕梢，遠著吶！」陳美芸苦笑，欲言又止。

一天，收工回來，培敏拿了分到的幾個玉米麵大餅子，準備抹點兒用肉餡炸的大醬，那是媽媽帶來的，可怎麼也找不到。只好回到了灶房，一看缸裡沒有水，揭開鍋蓋，鍋裡也沒一滴。給她們做飯的是大隊長的老婆，人凶得很，常罵知青懶，不挑水、不撿柴。可這活本該是她做的，仗著有靠山就是不幹。知青每天出工已精疲力盡。這東北大平原，一馬平川，只有一片稀稀拉拉的小樹林。在夏天變成河泡子的窪地旁邊，林子裡的殘枝敗葉早給社員撿光了，唯一的柴禾是稻草，稻草一見火，呼一下就沒了，所以大餅子多半只有八成熟。

找不到水，培敏就用石頭把大鹽粒子砸碎，用八成熟的大餅子蘸著小鹽粒子吃。吃第三個時，曲巖進灶房來。培敏趕緊把眼神移開。曲巖把幾封信遞過來，說：「你的朋友真多，這裡沒誰有信，有也是家裡來的，只有你盡是同學的信。」培敏把信壓在屁股底下，又專注地吃大餅子。曲巖繼續說：「你和咱班的高琦、小芳還有實驗班的爾娟

處得像姐妹似的。以前我和高琦、小芳也是好朋友，但她們倆確實無組織、無紀律地跑去北京，我只是在會上說了幾句，就不理我了。我也是遵從上面的指示，讓我發言我能不發麼？」

培敏抬起頭看著她，想確定她說的是不是真話。曲巖瞅著培敏的眼睛說：「東屋就咱倆是高中生，和這幫民辦小初中生能談個啥？她們只會合計如何佔個小便宜，偷雞摸狗的！」這話說到培敏的心坎上，她差點喊出：「我的大醬可能就是她們偷走的！」媽媽的叮嚀起了作用，話沒有出口。

曲巖接著說：「我看你這個人不錯，認識你的人都說你好，我很想和你交個朋友。我五六歲時父母去世，是三個姐姐帶大的……」聲音已有些顫抖，培敏眼神變得柔軟。「住在姐夫家，姐姐待你再好也是寄人籬下，要看人家的臉色。」培敏感到自己的同情心要泛濫，驀地想起她是王熙鳳，又想到她和楊佔勇的關係。齊豔見過她和楊佔勇在小樹林裡摟摟抱抱。培敏拿起最後一個大餅子，說：「我留著明天早晨吃。」說著就往外走。曲巖趕緊在培敏後面說：「我那裡有大醬，你早晨吃時到我那抹點。」培敏稍作回頭說：「不用，我帶到田頭吃。」

梅怡因媽媽走「五七道路」（依照一九六六年五月七日毛澤東指示，在職幹部分批下放農村），也下放要去農村，這段時間常回瀋陽。媽媽托梅怡又給培敏帶來一瓶大醬。培敏知道遲早被偷，心生一計，分給大家。反正已習慣大餅子蘸鹽粒子，吃不吃大醬都行了。

無論如何也想不到，這瓶大醬會為培敏扭轉頹勢。以前上工下工培敏孤零零地走在後面，這回一個民辦學生站

在土路邊等著她。培敏一走近，立刻挽起她的右臂，讚歎：「我真佩服你，你居然敢潛逃。」培敏以為她指的是逃火車票，剛要咧嘴笑，再想，不對，便問：「潛逃，什麼潛逃？」

「把你打成反動學生，你居然敢潛逃啊！」

培敏的氣衝到腦門，一擰眉毛，剛要喊出：「誰給我造的謠？」媽媽那句「語要遲」救了她，只淡淡地反問：「你信麼？」

這女孩真的沒心眼，坦白了：「是曲巖告訴我們的啊！」

高琦、小芳說得太對了，曲巖真是王熙鳳。每次培敏走到炕梢，要經過她的炕頭，她都預備著討好的微笑。沒想到她當面陪笑臉，背後竟如此地傳播壞話，不怪沒人搭理培敏。

一天，另一個睡南炕的民辦學生見曲巖不在，走到北炕炕梢告訴培敏：「別說是我說的，曲巖說你家各國特務都有，又說你很反動，淨接觸右派、壞分子，說你老去下河泡，你那裡的朋友都是反動分子的後代……」

說完，她再一次四處瞅，確定沒人看見，走開了。培敏最先的反應是替曲巖不值，她每天使盡心力討好，培敏只分點大醬給她們，她們就把她給出賣了。其次，培敏不解，在進知青點前，她跟曲巖，除偶爾點頭打個招呼，從沒說過話。為什麼要這樣的劃類、定性、戴帽子，是習慣使然？是風氣使然？還是以此顯擺自己的「階級覺悟高」？好像不全是，是女人對同性天然的嫉妒？妒忌什麼？論長相，曲巖屬好看類，大眼睛、高鼻子、小嘴，而培敏雖有一雙大眼睛，但鼻樑不高、嘴巴不小，不值得妒忌；論才學，才學已淪為無價值，無人會嫉妒才學；論勞動，培敏倒數第一。思來想去，理解不了曲巖整人的動機。猜不透

別人，就從自己下手，培敏開始琢磨戰略戰術。回憶她在灶房說的話及那滿臉堆著的討好笑容，斷定她的心力沒自己強大，決定不出手，我行我素。斷定她這套作風會自貶身價，越走越沒路。

只要有空，只要還有力氣，培敏就往下河泡跑。人多麼需要友誼啊！

爾娟的小提琴拉得更棒了，她拉著，居然不知道培敏已坐到了炕上。下鄉前，培敏幾乎是她的精神支柱，下鄉後，她倒成了培敏的主心骨。高琦、小芳、梅怡，她們都不敢想未來，因為未來就是身邊的這些大嫂、大嬸。下地幹活、餵豬、餵雞，大著嗓門跟丈夫吵、跟孩子叫。唯一的樂趣是冬天。全隊的男女老少聚在隊部那兩鋪長長的南北炕上，一邊剝苞米（把玉米棒上的玉米剝下來，玉米粒作第二年的種子），一邊說黃色笑話。新媳婦羞紅著臉，低頭暗笑，潑辣的老媳婦肆意大笑，並用知青聽不懂的土話回擊，引來更大的哄笑。農村的苦，培敏受不了，農村的這種樂，培敏也受不了。可是爾娟從不焦慮，反倒過得特別踏實。

培敏問爾娟：「我們不太痛苦時，你很痛苦，現在我們很痛苦，你反倒不痛苦了。為什麼？」爾娟抿著嘴，笑笑地瞅著培敏，良久才說：「因為我從來沒感到這麼平等過。」培敏頓時明白，過去她痛苦，不是因為日子苦，是因為待她不公平。而今，囂張跋扈的紅五類子弟也好，不堪的黑五類子弟也罷，無差別地來到農村、無差別地幹著農活。爾娟繼續說：「你知道我是百分百沒資格進大學的。面對比你學習差得多的同學走進大學校門，我卻面臨失業，這種難堪誰受得了？現在好了，一碗水端平，我還有什麼

不知足的？」

　　爾娟不像培敏那般心直口快，說一兩句總要停一停。爾娟停頓後繼續說：「今天，是我過去無論如何也想像不到的最好結局。」培敏驚訝無比，爾娟看著培敏張著大嘴，瞪著大眼，居然咯咯地笑起來。培敏為什麼常來找爾娟？因為只有在這兒，才能看到一點兒亮色，憂鬱會減輕一些。和其他人在一起，只有哭泣、嘆氣。

　　她笑夠了，又說：「培敏，我留在城裡，無非當個小徒工，從早幹到晚，還要參加各種政治學習，還要爭取入團入黨，又肯定不會被接納。哪次運動來了，把我當靶子打，也是大概率事件，想不恐懼都難。現在不同了，農活是累點兒，生活是苦些，但是精神不苦。你看社員，誰琢磨入團入黨？誰關心你是黑五類還是紅五類？再說一年差不多有半年閒，我可以做自己喜歡的事。去劇院看演出啊！拉琴看書啊！如果當工人，要參加一場接一場的運動，一年四季要上班，哪有自己的時間，咋練琴？」

　　這讓培敏看到愛好的重要性。她曾總結幸福主要來自親情、友情、愛情三方面，現在明白還應該再加上「愛好」這一項。

35 ▼ 上逆天時，下悖民意

　　公社下達「三個不過一」的指示，即四月一號必須開始育苗；六月一號必須開始插秧；十月一號必須開鐮割稻。定得很死，不得違抗。可是，十分不合時宜。今年比往年冷很多，四月一日地上還有霜，最先撒下的種子，左等右等不見出苗，原來已凍死，只得再播種一次。

　　六月一日那天，準時插秧。一大早，光著腿的培敏，手拿著稻秧，一邁入稻田，不料她和周圍的人都連喊帶叫地往出蹦。寒冷刺骨，根本無法忍受。可是能蹦到哪裡去呐，腳抬起，落下還是冰冷的水田。腿立刻紅脹，直到麻木。很多女知青從此不來例假，培敏也一樣。但她們毫不在意，不來就不來，省去很多麻煩。

　　插秧結束後，放了五天假，培敏媽得知培敏閉經，氣得不知說什麼好。「種莊稼那得按農曆，我們小時候都會背：『春雨驚春清穀天，夏滿芒夏暑相連，秋處露秋寒霜降，冬雪雪冬小大寒』，現在這幹部盡瞎指揮，為啥定四一、六一、十一？又不是搞獻禮，純屬是向上級領導顯擺他們有改天換地的魄力，他是撈到陞官的資本了，可把我閨女害慘了。」培敏為此吃了半年多的中藥。

　　第三個「不過一」到了，真令人發愁。稻子沒有像領導預想的那樣稻穗低垂、田野一片金黃，小脖子仍舊綠綠地仰著，一點也不聽上級指示。

　　生產隊長頭一天把小隊的地都查看一遍，認定稻子正

在灌漿。明天就是十一了，割還是不割？不等成熟就開鐮，損失太大。這可直接影響每家每戶的全年收入啊。

他抬頭望向天空，一片澄藍，白雲懶洋洋的一動不動。雖然打春晚了些，但一整年風調雨順，不澇不旱，是難得的好年景。低下頭想了想，前天開過會，領導強調十一必須開鐮，怎麼也不能有旨不遵吧？再晚個十來天，不，哪怕再晚個五、六天，南頭那塊地基本熟透，待把南頭地割完，其它地的稻子也差不多陸續灌完漿，收成提高個二三成肯定沒問題。

可明天開鐮……他晃晃腦袋，取出煙袋，抓了些煙絲，用紙捲上，劃火柴點燃，狠狠地吸了一口。割，真捨不得。不割，小胳膊扭不過大腿，難啊！他狠狠地又吸了一口，把煙蒂扔在地上，使勁踩上好幾腳，再用鞋尖碾了又碾。

第二天淩晨三點半，咚咚咚，生產隊長敲窗，培敏被驚醒。頭不梳臉不洗，拿把鐮刀往外走。所有知青都和她一樣，迷迷瞪瞪地跟著社員們向稻田走去。培敏恨死那些假積極分子提出的口號，「早上三點半，晚上看不見！」自古至今，農民種地，也沒像知青來後這樣子。這年頭，什麼事都要擺出「革命加拼命」的架勢。報紙上整版整版地宣傳鐵姑娘、王鐵人，培敏真希望和他們一樣，有著鐵打的身體。

到地裡，天矇矇亮。大家在地頭坐下，一是歇息，二是聽生產隊長佈置任務。隊長的叔叔指著生產隊長的鼻子大聲嚷：「你這是咋搞的啊？咋越幹越回陷（東北方言，讀 hui xian，指一個人的認知水準比之前還差）了吶？這稻子頂多夠個八成熟，怎麼就要開鐮啦？」

「不是我『回陷』，是上級指示，我昨天看了一天了，

就這塊地算是成色最好的。」生產隊長的兩道眉毛恨不得擰在一起，委屈地說著。

「聽他們的幹啥？咱們農民是靠節氣種地的，打不出糧來，他們給補麼？還不是我們自己擔著！」大家不說話，但表情透露出對這話的讚許。

看得出，生產隊長希望有個人站出來說這句話。對過眼神，隊長的叔叔心知肚明。他朝大夥兒一揮手，大膽地說：「大家坐一會就回家，熟透了再來割。就不信他公社領導還下來檢查。」

生產隊長站起身來，一邊找人，一邊嘟噥：「咋能說公社不知道呢？我們不是還有大隊政治指導員嘛！」

他看到楊佔勇，問：「楊佔勇，你表個態，割還是不割？」

所有人的目光集中到楊佔勇身上，楊毫不猶疑地說：「上級指示雷打不動！」。

「什麼叫雷打不動，你說明白點。」

「就是執行公社『三個不過一』的指示，不打折扣！」

生產隊長壓著火說：「聽不懂，你就說是割還是不割？」

楊佔勇堅持：「割啊！」

生產隊長轉身對他叔，也是對大家，說：「明白是不是我回陷了吧？」然後，氣沖沖地衝著大家喊：「開割！」

36 強龍壓不住地頭蛇

　　培敏真替楊佔勇捏把汗，上逆天時，下悖民心！他太敢犯眾怒，難道不知道強龍壓不住地頭蛇嗎？

　　果不然，到年底交完公糧，一算賬，一個工分才合上六角三分錢，去年一個工分還能合一元兩角七分呢。何況去年比前年，即知青落戶前的那年，每工分已少分三角多錢，今年的收入比前年竟跌去了六成。

　　又是刨墳開荒，又是「早晨三點半，晚上看不見」，累了一年卻得到這結果，農民當然怨氣沖天，一致認為是不等稻子成熟就收割造成的，話裡話外都在罵楊佔勇。

　　趕巧，農閒時節，公社要求各隊選毛著積極分子去公社講用。培敏素來認為這種事與己無關，可是唱票結果出來，獲得最高票，她情不自禁地向楊佔勇看去，他滿臉尷尬，本該是他啊！爾娟說得對，農民不關心知青的出身，他們有自己的看人標準。

　　更沒想到，培敏在公社講用一舉成名。

　　她一上臺就引起臺下嗡嗡地議論，一個女孩子，穿黑不黑黃不黃的破棉襖，腰上紮著一根黃色的草繩子，和剛才上臺亮相的幾位截然不同，那幾位都用心打扮過。培敏不知緣由，朝主席臺望一下，發現坐中間的一位也咧嘴笑著，目光含著讚賞。培敏有了底氣，實實在在地講如何過勞動關，從割稻子只報兩根壟，被甩在大夥兒後面講起，之後如何天天舉磚頭練臂力，到第二年秋季割稻子竟然打

了頭趟子，又講了很多活思想，如何不甘心在農村生活，把聽眾逗樂了好幾回。當然，培敏也根據領導的要求，做了「拔高」，把一切都歸功於學習毛主席的著作。

沒出三個月又到了改選大隊政治指導員的時候，培敏再度最高票當選，楊佔勇只得到三票，輸得一塌糊塗。

爾娟、高琦、小芳得知後，諷刺培敏：就你這樣的咋還成了學毛著積極分子了呢？爾娟說，這老小子可有票緣了，在我班，只要選舉，她總是票王。培敏說，瞎說，我哪是有票緣，純屬借了好人光，今年這光景，莊稼竟減產，社員把賬都算在楊佔勇身上，當然也連累了曲巖。剩下還有誰了？就那些民辦學生了，這才叫「時無英雄，遂使豎子成名。」培敏半蹲下去，扮成矮人。大家都笑了。培敏又對爾娟說：「當初，進三小隊，我覺得命苦，沒想到壞事變好事了。」

楊佔勇失勢，很不甘心，黑五類子女怎麼可以作大隊政治指導員呢？他到公社去，把培敏家的政治問題及本該被打成反動學生的事全抖落出來，由於那次講用大會，培敏贏得上下一致的好評，公社並沒有聽他的。

領導考慮到楊已沒有群眾基礎，無法開展工作，把他調到公社中學當老師。據說中學上上下下都不歡迎他，可見他攪屎棍的惡名遠播；隊裡的農民十分高興，說如果楊佔勇不走，小夥子連媳婦都娶不上了。過去一個工分可得一塊五六角錢，遠近的姑娘都願意嫁過來，現在一個工分只有六角多錢，哪個姑娘願意跟你受窮？

37　越不過去的高牆

　　楊佔勇從三小隊調走，培敏非常高興，想告訴爾娟一聲。剛走進大娘的院子，聽到二胡聲，是阿炳的《二泉映月》，好悲切啊！爾娟怎麼拉上二胡啦？培敏趕緊向屋內走去，只有爾娟一人在家。大娘出外撿柴禾去了，雖然知青都已搬進知青點，但大娘就是不讓爾娟走，爾娟也不願搬，畢竟那裡不方便練琴。培敏走近爾娟一看，滿臉的淚水。不用問，是談對象出了問題。

　　爾娟見培敏坐到她對面，把二胡放到炕上，瞅了培敏一眼，一聲沒吭。培敏想當然地問：

　　「部隊政審不合格？」

　　她搖搖頭：「還沒到那一步。」

　　「那咋了？」

　　「他媽媽堅決不同意！」

　　培敏當場氣憤起來，「我就不明白了，你是高攀還是低就？沒錯，他是紅五類，你是黑五類，在這點上你是高攀了。可是他自個兒連初中都沒考上，全靠他爸走後門進的部隊。現在軍人紅了，他也狗尿苔放到金鑾殿上，是個人物了。他寫信錯別字連篇，每封信就那幾句話，你跟他能有什麼共同語言？現在他媽不同意，正好借坡下驢！」

　　爾娟滿臉愁容，說：「原以為做個軍人家屬，能改善一下政治地位，以後有可能進個樂團啥的，現在一切都涼了。」

「爾娟，你醒醒吧！你酷愛藝術，我理解！但這是婚姻，你也看過《簡愛》，婚姻是需要平等，需要真感情的！反正仰人鼻息我受不了！一想到會被你那個根紅苗正的婆婆瞧不起，我就反胃。」

「那照你的意思，我就得找個黑五類的，生個孩子跟我一樣的命唄！」爾娟帶著氣說。

「爾娟，說實話，你愛他麼？」

「培敏，我有愛的權利麼？」爾娟淚眼婆娑地望著培敏，恨恨地說，嫌她不理解她。

「培敏，你是知道的，我八歲沒了父親，之後遭到的歧視，一齣一齣的。是我做得不好？是我不夠努力？不就是我媽沒找個出身好的對象麼？看我姨，找個軍人，我那表妹又入團又當紅衛兵，還受毛主席接見，說起話來，腰桿子硬硬的，哪像我受盡窩囊氣！」

培敏眼前浮現出爾娟被命令吃掉灑在地上米飯一幕，理解她了。爾娟抬頭望著房樑，嘆口氣說：「本想通過婚姻改變命運，為了我的孩子，即使做些犧牲也認了！可是……」她哽咽了，不想再說下去。

「你想犧牲，人家不接受啊！」

爾娟兩眼繼續望著房樑，沒搭理培敏。默默地坐了很久，最後培敏說出自己的觀點：「婚姻別太委屈自己，做家裡的二等公民可能更苦，我勸你回封信告訴他：尊重他媽媽的意見，以後只做個普通朋友。」

爾娟點點頭：「只能如此。」她重重地嘆了口氣，說：「我終於知道自己的身價了，不會再找對象，這輩子有琴拉就行了！」說著眼淚又湧出。

一個多星期後，爾娟到南廊大隊知青點找培敏，「想

曹操，曹操到，」培敏一邊說著一邊從枕頭下面取出于非的信，拉著爾娟走出門，說：「好消息！我們知青真的有可能回城了！」

爾娟一點反應都沒有。

培敏知道最近這類傳聞太多，沒人信了，說：「于非的媽媽、爸爸都解放了，官復原職，級別沒變，工作變了，于非的媽媽就負責咱們知青這一攤。」

兩人在離知青點不遠的小土坡上坐下，培敏把剛收到的于非的信遞給爾娟。太陽西沉，天色轉暗。爾娟草草瞭了兩眼，說了一句：「只要分三六九等，我就是那最低等的，誰走我也走不了。」

培敏勸爾娟別再一門心思地拉琴了，多和老農以及知青們走動走動，農村講究投票，票數很重要，爾娟不想再聽，岔開話題說：

「我和李愛黨（那位軍人）的關係徹底結束了，我理解他，他媽說得對，他唯一的政治資本就是根紅苗正，找了我，他也就一無所有了。」

培敏連忙說：「好事、好事，一定有個好人在等著你，不是說你大難不死必有後福麼？別著急！」

爾娟斜著瞪了培敏一眼，說：「誰著急了？是他在商店裡見到我，就開始粘粘糊糊地追，現在又來這一齣。」爾娟滿臉的委屈。是啊，面對赤裸裸的歧視，誰的自尊心能不受打擊呢？何況爾娟為進紅五類的隊伍，不惜作任何犧牲，只是她不知道她面對的是一堵無法逾越的高牆。

爾娟臉上的痛苦表情比哭更讓人揪心，隔了很久，爾娟失神的眼睛望著前方，自言自語：「他媽連人都沒見過，一聽我資本家出身就死活不幹，說如果跟我處對象，他媽

就死給他看。表面上說得好聽：什麼『出身不由己，道路可選擇，重在政治表現』，全不是那回事。我崇敬毛主席，聽黨的話，聽老師的話，遵守一切規章制度，你們笑話我是個小綿羊，可是我還是被當作壞人看。我要怎樣做，才能得到平等待遇呢？可能考樂團也只是個白日夢！」

培敏剛要說：「對！那就是白日夢。」突然意識到這是傷口撒鹽，把話吞了回去。

爾娟繼續自言自語：「唉！活著真苦，真想破罐子破摔！真羨慕那些民辦學校的孩子！沒有任何追求，成天傻樂。」

「是啊，有句老話說『心比天高，命比紙薄』。」

「就是想到樂隊拉個琴，這追求還高麼？」爾娟憤憤地說。

看到知青點的燈亮了，怕爾娟愈追問愈痛苦，培敏轉移了話題。

問爾娟：「你們下河泡也通上電了吧？」

爾娟點頭：「我不喜歡通電！」

什麼意思？怎麼又開始胡言亂語了？電線通到農村，晚上可以有電燈照明，大家都高興極了。她怎麼還不喜歡？爾娟蔫蔫的，似乎渾身上下沒點氣力，懶洋洋地說：

「有電了，農民就會買收音機聽廣播，現在農民喜歡你就是喜歡你，我跟大娘說我爸爸被打成了右派，她照舊喜歡我。可有了收音機以後，大家的想法就會跟報紙社論說的一樣了，知道我是地富反壞右的子女，就會恨我、煩我、歧視我。」

培敏眼睛直直地看著爾娟，說得對啊！

38　科學種田

　　公社領導又來指示了，要求科學種田，各大隊必須成立科學試驗小組。培敏又一次被選上，擔任科學實驗小組組長。時運來了，好事擋都擋不住。她五穀不分，二十四節氣不知道幾個，居然要領導科學種田，想想都暗笑。

　　大隊為此騰出一間房子作實驗室。培敏脫產搞科學實驗了。身子閒了，腦子可累了，絞盡腦汁想不出點子。請示大隊長，大隊長一臉的嚴肅，扔下一句話就走了：

　　「傻子過年看街比兒（跟街坊鄰居學）！」

　　培敏明白了，大隊長並不指望她真找到什麼方法，只是和別的大隊拉齊，別落後，對上級有個交待就行。幾經打聽，都說北廊大隊搞得好，培敏決定向這「街比兒」學習，好在哪個大隊都有校友。

　　到了北廊，校友帶領，參觀了「實驗室」，地上、窗臺上擺放著很多的瓶子，瓶壁呈苔蘚綠色，非常清新，瓶裡盛著半下水，培敏蹲下仔細觀察，覺得很像是小球藻。初一時，培敏養過小球藻，那是饑荒年代的營養品。

　　培敏問道：「這是小球藻吧？」

　　對方皺起了眉頭，好像嫌她瞎說，「不是，是綠藻！」

　　「和小球藻有什麼不一樣呢？」培敏不死心。

　　「區別可大了！」他欲言又止，臉上帶著嘲諷的笑，意思是：怎麼這麼笨！非得我直說嗎？「說它是小球藻，大家都知道，說它是綠藻，就沒人懂了。」

培敏盯著他，小心地問道：「其實是一樣的，對吧？」

對方看了她一眼，搖著頭笑了，無可奈何地說：「我都說到這份上了……」

培敏忙說：「我記得，小球藻是人吃的，這跟科學種田有什麼關係？」

「能給人營養，放到水田裡不就給大地營養了麼！地有營養了，不就高產了麼！」

回去後，培敏給大隊長如實彙報，大隊長不是很感興趣，只問了一句：「需要多少錢？」

「不需要錢，只需要一些沒用的瓶瓶罐罐。」大隊長說，「那你就幹吧！」培敏明白，大家都在應付上級，她也只能如法泡製。

夏日一個午後，培敏正在洗刷從老農家要來的瓶子，曲巖進來了。培敏不解，無事不登三寶殿的主有什麼事？培敏直愣愣看著她，曲巖有些難為情，一邊從褲兜裡往外掏糖，一邊說著：「我和楊佔勇結婚了，這是給你的喜糖。」

培敏差點脫口而出：你傻啊？馬上就要回城了，結婚了還能回去嗎？轉念一想，他倆革命口號喊得震天響，一有機會就表態：響應毛主席的號召，扎根農村一輩子。這話如果說出口，她肯定會打小報告給公社黨委。

於是改口問她：「有新房嗎？」

「哪裡有新房？校領導同意我們晚上住辦公室裡。」

「多虧楊佔勇調到學校，否則……」

「哪是調動啊？那是被人家硬排擠走的，咱家佔勇沒心眼，淨被人家當槍使。你說，咱們知青上哪知道，這農村都是親套親的，鬥爭地主把生產隊長給得罪了，誰知道生產隊長一個好好的貧下中農出身，幹嘛非娶個地主的女

兒？真怪了，地主的女婿還有這麼大的勢力，幹不過他們啊。唉呀！你看你多好，……」

她正要往下說，培敏打斷她，不想聽她當面奉承：「你們怎麼這麼著急結婚呀？」

她稍加思索後說：「我知道你不會跟別人說，我懷孕了。已經聽說知青可能要回城，但是沒辦法啊！我不在乎回不回城，我怕的是佔勇回城不要我，那我還能活麼？」

「那你倆就在農村待一輩子啦？」

「那有啥法，佔勇想要我把孩子打掉，我不幹，必須先結婚。結不成婚，懷過孕的人誰要啊？還好，他同意了。」

「那你倆為啥不偷著結呢？這樣就不影響回城了。」

「哎呀，藏不住了，這村裡的老娘們可厲害了，好幾個人都看出我有了。」

「如果回不了城，你會後悔麼？」

「我現在都後悔了，佔勇脾氣不好，聽說我懷孕，發了好幾次火，非要我打掉，我不聽他的，差點沒揍我！」

「啊！」培敏嚇到了，曲巖感到自己說漏了嘴，趕緊往回收。

「你知道，懷孕時，心情都是不好的，也是我沒控制好情緒，跟他頂了幾句，他氣得揚手就要打。」

「打到了麼？」培敏急不可耐地問。

「好漢不吃眼前虧，我跑掉了。」

「那後來呢？」

「你知道，佔勇就那個暴脾氣，過一陣子就好了。我以後讓著他就是。但讓我打胎，我決不讓，這要是讓姐姐、姐夫們知道我未婚就有了孩子，不得笑話死我啊！還好我終於結婚了，孩子生下來就說是早產。」

39 合力

　　真是稀客，老萬去公社辦事，路過南廊，居然到培敏的實驗室來了。聽到老萬喊著自己的名字，培敏慌張起來，怕他問這問那。果不其然，老萬手指著滿地、滿窗臺的瓶子正要問，培敏就趕忙堵嘴：

　　「千萬別問做的是什麼實驗，我是照貓畫虎，一問就露餡，咱聊點別的！」老萬笑了。

　　「咋把你緊張成這樣？」

　　「不是我緊張，是真的心虛，裝模作樣地搞科學試驗，一天啥活不幹，乾拿工分。」

　　「理直氣壯才是，公社領導的指示，誰敢不執行？不是你，也是別人，總得有個人應這個景吧！不過……」老萬的眼神帶著穿透力：「你和社員的關係混得不錯啊！」

　　「高看我了，我哪會混關係啊，我這是借了『好人』的光。社員恨楊佔勇恨得要命。」培敏將食指、中指、姆指捏在一起搓著：「他碰到社員的命根子——錢啊！」

　　老萬不屑地說：「楊佔勇不過是個替罪羊，『三個不過一』是上級定的，這些社員純屬是不罵皇帝罵太監的主！」

　　培敏不完全贊同：「他本人毛病也很大，揮舞上方寶劍狐假虎威！」老萬又一次以銳利的目光注視著培敏：

　　「如果是你，你會怎樣做？」

　　「首先我佩服他犯眾怒的勇氣，這點我沒有。但是面對割青穗我會心疼，我會對生產隊長說：『農業我沒你們懂，

你定吧！」儘管我可能因此受批評或被免職，我想我會承受。」

老萬點了點頭：「決策者做決策不從現實出發，只是為了取寵。」

「楊佔勇就是，只為迎合上級，無視老百姓的利益。」

「合力！都是合力的結果！」因為楊佔勇和老萬是同班同學，培敏詢問楊佔勇文革前是個啥樣子？培敏對文革中人「如何會蛻變」極感興趣。

老萬說：「不用我說你也知道，他學習一直上不去，所以很難在班上顯山露水，但是，他在政治上有追求，跟老師及政治輔導員關係都很好，早早入了團。不過，無論如何也想不到他在文革中這麼張狂。」

「我不明白，他是想出人頭地，還是真心革命？割稻子時好好的，割完稻子，就硬說隊裡階級鬥爭的蓋子沒揭開，把地主、富農拎出來暴打一頓，打斷了人家兩條肋骨，就認為階級鬥爭蓋子揭開了！為人是不是太損了點？」培敏瞅瞅老萬，見他沒有接茬的意思便繼續說：

「這裡的農民沒有收音機，也不看報紙，階級覺悟真的不高，他們不知道人性論已遭批判，還用舊社會善良不善良的標準看人，說楊佔勇心毒，是攪屎棍子。」老萬只是聽著，面部毫無表情。

培敏突然想到一直存在心裡的一個想法便說：

「老萬，過去在我心裡，革命這個詞是特神聖的詞，這幾年親身經歷一場又一場革命運動，無非是燒書、剪頭髮、剪細腿褲、砸商店的招牌、掛著破鞋遊街、鬥老幹部，連踢帶打。難道革命就是一部分人殘害另一部分人麼？如果革命就是這個樣子，我這性格肯定是成不了革命接班人。

最讓我不理解的，是把于非她爸鬥得死去活來，現在又解放他，讓他官復原職，這革命的意義何在？」

這回老萬接茬了：「你很愛思考！我認為是這樣的：很多我們原來信仰的東西，從紙面變為現實後，讓我們看到它的本來面目，這樣有可能使我們成為無信仰的一代。好在，大多數人雖然有同樣的經歷，但卻沒有思考，上面也不提倡獨立思考，所以大多數人云亦云，這就很容易形成剛才我們提到的『合力』，上下形成的合力足以摧毀一切。」

「很可怕！人一旦進入革命狀態，人性惡的一面就出來了。陳美芸平常老實巴交的，血統論流行時，她紮上武裝帶，開始唱『老子反動兒混蛋』，又設專政桌；那個李鳳傑，瞅著多文質彬彬，居然命令爾娟把掉在地上的米飯吃下去。這都是咱身邊人發生的變化，真讓人接受不了。我現在倒挺愛看魯迅的書，他對國民性看得是真透。」

老萬打斷培敏的話，「光把國民性看透還不夠，還得看懂奴性。我爺爺念北大時是『五四運動』的急先鋒，我爺爺對我爸說：不是打倒了皇帝，皇權就結束，只要每位老百姓心中仍住著一位皇帝，皇權就還在那。」說到這，老萬欲言又止，似乎在猶豫說還是不說，終於他問培敏，「戈培爾這個人聽說過沒？」培敏想了想，搖了搖頭。

「他是希特勒的國民教育部長和宣傳部長，他通過控制思想，讓你自覺自願地做他要你要做的事。他有句名言：『謊言重複千遍就是真理』，他還有一句名言：『報紙的任務就是把統治者的意志傳遞給被統治者，使他們視地獄為天堂。』他一上臺先焚書，然後把媒體等一切老百姓能看到的傳播工具都壟斷。」

培敏頓時明白，為什麼老萬在說戈培爾之前躊躇良久。她不敢再問，老萬也適可而止，又回到「合力」的話題上。

　　「不喜歡獨立思考的人最愛抱團，東西越薄，越容易粘在一起，越厚越能各自獨立。現在為什麼廢除大學教育，為什麼把書燒掉？」說到這，老萬停住了，培敏以深意的眼神盯著他，點點頭，表示不必深說，明白！

　　「無知的人民加一個領路人，就成為力量。看到羊群了吧，領頭羊從懸崖上往下跳，後面的群羊也都義無反顧地跟隨著跳下去。」老萬不緊不慢地說著。

40 知青回城

　　于非信中透露的消息果然準確，上級來指示，選調一批人回城，城裡各條戰線都缺人，青黃不接。

　　選調採取雙軌制，生產隊的社員給知青排名次，知青自己也排名次，兩種排名，培敏都拿了第一。她慶幸自己紅得正當時，花無百日紅，人無百日好，看著楊佔勇曇花一現，唯恐自己也遲早零落成泥。

　　所有被抽調回城的知青都到公社所在地集合，很多老鄉聞訊趕來，為關係好的知青送行。齊豔也來了，她話不多，只是拉上培敏的手就不鬆開，培敏走不開，頻頻轉頭和周圍的人打著招呼，有一句、沒一句地說著告別話，眼睛卻在人群中尋找爾娟。她看到了高琦和小芳也正忙著和老鄉告別，卻沒看到爾娟。前天她去下河泡，爾娟哭得一塌糊塗，她希望臨走之前再寬慰她幾句。培敏意外地發現曲巖也來送行，當目光相接時，曲巖向培敏走來，「哎呀！真羨慕你呀，從此你就是城裡人了，我是回不去了。真是一失足成千古恨！」曲巖說著，眼圈泛紅。

　　「不一定，不定什麼時候政策就變了。」培敏寬慰她，好久不見，她已忘掉她從前的種種。

　　「不論政策變不變，我都要離婚了。」曲巖湊近培敏低聲地說。

　　「不會是為了回城吧？」培敏聽後大吃一驚，問。

　　「我以前很敬佩他的革命性，可一起過日子，實在沒法

忍受，這個人太渾！已經打我三次了，幾個姐姐堅決要我離。」

「那孩子……」

「剛作完產檢，發現胎兒有問題，診斷是脊柱裂，昨天為孩子的事他又打我，說讓我把孩子打掉，我不聽，結果把他害得回不了城，孩子也保不住。」

「嚴重麼？我不懂脊柱裂是什麼病。」

「很嚴重，胎兒出生後有可能是腦積水，我現在結婚了，一切都名正言順了，什麼都不怕了，孩子有病，打掉也正常。」培敏望著曲巖隆起的肚子，先前聽說楊佔勇及曲巖因結婚而回不了城，心裡隱隱地產生了「惡有惡報」的快意，此刻聽到這不幸的變故，只剩下對曲巖的同情。

有人在招呼大家上車，培敏低聲對著曲巖的耳朵說：「我覺得你姐姐說得對，聽你姐姐的！」隨後，培敏爬上了敞篷大貨車，她站在貨車上，向下在人群裡搜尋爾娟，終於確定她沒有來，倒是曲巖眼睛紅紅地在和大家揮手告別。

培敏哪裡知道爾娟此刻正坐在河泡邊的一塊石頭上。一個來月沒有下雨，河泡正散發著腐朽的味道，蚊蠅嗡嗡地在湖面上飛舞著。爾娟無心理會，想起當年，就在這裡，培敏述說著自己不想活的場面，她苦笑了一下，現在朋友們都已柳暗花明、滿園春色，只有自己雪上加霜。男朋友吹了，小提琴手當不成了，朋友們又都走了。以前有苦可以跟培敏聊，今後培敏不在，心裡苦跟誰說？又想到院裡鄰居看到培敏回城，一定會打聽她為什麼沒回城，該怎樣議論；再想到自己的媽媽看到培敏一家團圓，心裡該是什麼滋味？

剛才心中只是一片茫然，此時已如坐針氈。其實論幹

農活，她哪一樣都不比別人差，她的工分每年都是最高分。而培敏第一年幾乎是半個工，第三年又搞什麼科學種田，不再出工。哪裡能和自己比！搞不懂，回城居然靠人緣，誰票多誰走。其實應該按掙的工分排名次。誰掙的工分最多誰先走。她搞不懂自己的票緣為什麼總是差一些，而那個笨笨、傻傻的，敢於違反班級紀律，又愛和同學吵架的培敏，只要選舉，得票總是最高的；自己從不敢得罪人，事事忍讓，得票卻常常很低，是他們欺軟怕硬？還是嫉妒優秀？

在培敏面前，爾娟是有很強烈的優越感的，在校樂隊裡，同是小提琴手，培敏從不好好練琴，經常調皮搗蛋。大家在練琴，她卻把所有人的圍巾疊起來，排出五顏六色的鋼琴鍵子，還裝模作樣地給大家作鋼琴「伴奏」。唉！她拉那小提琴，只能是濫竽充數。論唱歌、論表演，甚至論長相她都甩出培敏幾條街，可今天她倆的差距可大了，一個農村人，一個城裡人。她承認培敏在識人斷事上確實比自己強一籌，她後悔當初沒聽培敏的話，多接觸些社員和知青，如今丟了太多的選票。

蚊子早已從湖面轉到爾娟的頭上、腿上，它們食欲大開、瘋狂叮咬，她不動，聽任牠們吸她的血，真希望身體的癢能分散心中的痛。天色已晚，終於，她站了起來，向大娘家走去，她不想讓大娘四處找她。

午後，四時餘，大貨車已將知青送到鐵西百貨大樓的北側，知青們個個興烈采烈地蹦下車。這裡離家不遠，培敏提著簡單的行李，手舞足蹈地往家跑，還未進門，就大聲地喊：「媽，我回城啦！」媽媽一臉喜悅：「太好了，我女兒又是城裡人了。」培敏把選調的過程簡單地跟媽媽講

了，就往于非家跑去，媽媽喜滋滋地抱怨，「這丫頭屁股還沒坐穩……」

沒想到，往于非家這一「跑」，竟搬動了命運的「道岔」。

這些年培敏和于非的媽媽有了很深的感情，培敏管她叫佟姨。佟姨個子不高，皮膚白皙、五官端正，齊耳的短髮，不是那種張揚的漂亮，但確實美麗。年輕時，為了逃婚，天不亮，趁家人熟睡未醒，就從農村跑到瀋陽加入了革命隊伍，在組織的安排下嫁給了大她十三歲的于叔。對此，佟姨並無怨言，因為于叔對她太好了，佟姨的工作熱情及能力不是一般人能比的，年年被評為先進工作者，很快當上小學校長。「文革」中她和于叔雙雙淪為走資派，于叔不可以回家，佟姨還可以。

一天，于非向培敏訴說，她帶媽媽去醫院打針，孩子們往她們身上扔石頭。培敏說，下回不用你去，我領佟姨去！

培敏領著佟姨剛走出家門不遠，石頭扔了過來，培敏個子高，用身體護住佟姨，把她安置在一棵大樹後面，順手從樹下撿一塊大磚頭，朝那群孩子大步走去，「誰敢再扔一個？打不死你們！」那些半大不小的男孩子們立刻抱頭跑開，從此，護送佟姨打針的任務由培敏包下。

于非家擁有一座兩層樓的日式房子，于非父母落難時，小樓分成幾戶被人家強佔，于非一家只得住在樓外的小暫舍中。一天，培敏去于非家，屋裡一片漆黑，問佟姨為什麼不開燈？佟姨說發給她家的燈泡票被別人貪汙了，真是虎落平陽遭犬欺，培敏感到極不公平。轉身跑回家，不顧養了幾年的熱帶魚死活，把魚缸裡的燈泡卸下，拿到佟姨

家。燈泡度數低，不很亮，但畢竟看到東西了，佟姨高興的不得了，培敏只為佟姨家做了這兩件事，佟姨恢復職務後，幾乎逢人便講。

培敏進屋，大喊「佟姨，我調回來了！」

佟姨趕緊問：「調到哪個局了？」

「不知道！」培敏覺得問話有點多餘，對知青來說，只要能回城，掏大糞都幹！

佟姨像檢查工作一般，再次問：「去接你們的工作人員沒跟你們講分到哪個局麼？」

「可能講了吧，我忙著告別，沒聽見。」培敏沉浸在「回城」的激動中。佟姨和培敏核對下鄉的公社及大隊名稱，搖頭說聲：「這孩子！」下樓去了。

于非比培敏早三天調回，培敏問于非：

「你分配到哪個局了？」

「鐵路局，屬下哪個單位還不知道，後天報到，就知道了。」

不一會，佟姨回來了，佟姨家沒電話，她剛才離開是到樓下前面一個單位的收發室，借人家的電話跟她的秘書通話。

她告訴培敏：「你被分配到二輕局。」培敏對各局沒概念，只知道分配到國營好，分配到大集體低人一等。便問佟姨，二輕局是大集體麼？佟姨說二輕局下面有上百個廠子，有的是大集體，有的是國營。

佟姨若有所思，待了一會，轉身又下樓了，說了一句：「我給程代表打個電話。」

培敏問于非：「程代表是誰？」

于非說：「我不太熟，好像是二輕局的軍代表，現在

各局都是軍代表說了算。」

報到那天，二輕局俱樂部裡坐滿了人。臺上，工作人員說：「下面我唸到名字的，請到禮堂的後面集合，由鋁製品廠的王主任帶你們到廠子報到。」

培敏趕緊問身邊的人，「鋁製品廠是幹什麼的？」

「做鍋的，你們家的大蒸鍋，燒水的鋁壺……」還沒等她說完，培敏趕緊問：「是大集體還是國營？」

「好像是大集體。」

培敏緊張起來，暗裡不停地唸叨：「千萬別叫我！」人真是挑肥揀瘦的動物。

一個單位一個單位地唸下去，唸到最後，偌大的禮堂只剩下幾個人，唸名單的工作人員走了。培敏慌起來，難道沒有單位要我？好久，出來一個人，一面問姓名，一面在手中的名單上劃著，然後對她們說：「你們明天到研究院去報到。」

培敏幾乎不敢相信自己的耳朵，高中一年級的文化程度，居然去大學生才能去的地方。走出大禮堂，培敏不會走路了，她一蹦三跳地跑，到家就問媽媽：「媽，猜我分到哪了？」

「看你樂成這樣，肯定是國營了！」

「不但是國營，還是研究院！」

這時培敏媽說了實話：「昨天我還擔心呢，二輕局大部分是大集體單位，鐵路局裡的單位都是國營的。」提到鐵路局，培敏想到于非，拔腳就走。培敏媽在後面喊：「要吃晚飯了，你這去哪啊？」

培敏拉開于非家的門，還沒看到人，迫不及待地大聲喊：「我被分配到研究院了！」

佟姨聽後對于非說：「你程叔還真給面子！」

　　看佟姨進了廚房，于非對培敏說：「我媽對你可是不一般，多少人求她，她一律不管，輪到你，我媽主動去求程代表，那天下樓打電話就是為你的事。」培敏感動得一句話都說不出來，世間居然有這樣熱誠的好人。

　　晚上，培敏無法入睡，索性坐起來給爾娟寫信，把好消息告訴她。

　　這次抽調，培敏和高琦、小芳都回城了，親密的朋友中，只有爾娟留在農村。她平時不太接觸社員和其他知青，所以兩處排名都在後面，沒有選上。

41　摻砂子進研究院

　　進了研究院，培敏才知道自己是借了紅五類子弟的光，為了改變研究院資產階級知識分子一統天下的現象，上級決定「摻沙子」。毛主席當年對付政敵有著名的三把斧：「甩石頭」「摻砂子」「挖牆腳」。把貧下中農出身的知青調入到研究院，以加強對資產階級知識分子的改造，據說研究院未來的領導人，要從這批人中遴選。培敏是因軍代表點了名，才跟著這批紅五類子弟進來了。

　　市裡三派的大聯合已經三年多了，但研究院裡的派性鬥爭仍火藥味十足，三十幾名知青成了兩派爭奪的對象。培敏發現所裡的知識分子大都是八三一派的，政工幹部、管理人員及領導多是遼革派的。她傾向知識分子，因為他們對她講的都是他們挨整的故事，這讓她知道了誰最能整人。培敏不喜歡整人的人，但又怕整人的人。他們要她選邊，她假裝聽不懂，用不停地提問題代替表態。不過不參與、不站隊很難，先裝傻吧，能裝一天是一天。

　　除了培敏，所有知青都站到遼革派那邊，不過，培敏身後有軍代表，那邊沒人敢碰她。他們想撬開培敏的牙縫，確切明白她和軍代表的關係，培敏總是回答「沒有關係」，結果欲蓋彌彰，人們更加確定關係「不一般」。一個不大的 L 型二層小樓，裡面充斥著如此多的矛盾。有人形容研究院是：「廟小神靈大，池淺王八多」。

　　原有的員工本已無事可做，新來知青更顯多餘，領導

遲遲不分配知青到各科室，他們只好當臨時工。不知是煤堆（為冬天取暖而備）真需要換個地方，還是領導找不到別的活計，小小的院落內，煤堆從西移到東，距離不到五米。不過，看似多此一舉的活計，卻使培敏給研究院員工留下了很好的第一印象。

培敏幹活不懂藏奸耍滑，這在農村第三小隊裡是有名的，「成名之作」就是第一年的夏季拔草，拔第三遍時，多數人雙手在稻秧兩側攏一攏，幾乎是大步流星般往前走。培敏卻仔細尋找藏在稻秧裡的稗草，拔完稗草後，還要檢查，以確保無漏網的。因此遠遠地落在後面，組長不得已從前面折回，對她說：「割稻子被人落下，怎麼拔草還能被人落下呢？你看看別人都是怎麼拔的。」組長指了指前面的人說：「行了，趕快跟上大隊伍去。」培敏指著她前面還沒拔的稻子，問：「這些不拔啦？」組長不耐煩地揮了揮手，示意不拔了。事後，組長說：「說她傻，她還真有點缺心眼。」

知青在院裡搬煤，各科室員工站在屋內向院裡看，培敏拿到鐵鍬後，埋頭幹起來。大多數人不動手，只管聊天。不知誰小聲說：「領導來了」，所有人立刻起勁地揮舞鐵鍬，這時培敏恰恰累了，杵著鍬把子歇氣，領導走到煤堆子邊，看大家幹得熱火朝天，滿意地走了。

許多年以後，研究院一些老員工依然記得這個場景，說，最先讓他們記住的都是名號大的，先前當過公社黨委副書記、公社團委書記、公社婦女主任這些人，沒想到這次搬煤，發現他們嘴裡一套，實際幹活又一套，本事只在會裝蒜。

一次，為食堂的下水道挖溝，培敏瞭解到同來的知青

都是來自法庫、昌圖等離瀋陽市很遠的農村。這些曾混到公社一級幹部的，個個能咋呼。大家挖累時，一個叫範明豔的跳出溝外，放下鐵鍬，揮起拳頭，高喊：「下定決心，不怕犧牲，排除萬難，去爭取勝利！」一次次地重複著這條主席語錄。培敏斜眼瞅她，心想，幸虧就她一人喊，如果大家都這樣，活誰幹？

休息時間，大家坐在一起聊天，這些人的心似乎還在農村，講的都是公社裡的事。漸漸地，話題集中到一個叫趙長春的男生身上，喊口號的範明豔先開的頭，她說，咱公社秋後揀莊稼時，無論哪個公社領導來，社員都不怕，但一聽是趙長春來，嚇得馬上跑光。這倒引起培敏的興趣，她認為這不可能，對社員來說，知青是外來戶，哪有這麼大的威力？旁邊一個叫牛世英的對範明豔說：「你說的這個人，我可能認識。」怕說的不是同一個人，兩人開始核對長相：中上等個子，一米七五左右，國字臉，眼睛不大，但挺帥，老高三，每項都對上，是他。

趙長春是瀋陽市紅衛兵團的二把手，全國興起長征拉練的熱潮，他作為瀋陽市紅衛兵長征拉練團的團長，率領一百多名紅衛兵從瀋陽徒步走到井崗山[10]。

頭幾天，大家一路又唱歌、又背毛主席語錄，興高采烈。可過了幾天，渾身已疲乏得不行，腳上又磨出了一堆水泡，走路痛得鑽心，牛世英等幾個人坐在路邊不肯再走。趙長春從隊伍的前邊走到後面，問牛世英：「出發前沒想到這麼苦麼？」牛世英看他一臉嚴肅，一句話沒敢說。「隊伍裡沒有一個人腳上沒泡，拉練為的什麼？不就是磨練革命意志麼？你們幾個人後悔還來得及，我可以打電話給總部，讓總部派個車把你們接回去。你們想想，給十五分鐘

的時間。」然後他衝著隊伍喊：「原地休息！」

這個趙長春真的很幹練！培敏心想，她好奇地問：「那你回去了嗎？」

「沒有，這傢伙確實威嚴，百多人的隊伍，沒人不怕他的。」

「你走到井崗山了？」培敏雖沒資格參加，但人家能一步步從瀋陽走到井崗山，全程五千多里，心中已暗自佩服。

「後來不累了，越走越輕鬆了。」牛世英說。

又一個人接茬：「趙長春是不是在局裡負責知青分配的？那人說話太噎人了！我不想來研究院，要求他調換，他問我為什麼？我就順嘴說『不喜歡那小破樓』。」他來一句：「樓大樓小都不屬於你，市政府樓大，你進得去麼?!」

這一天，培敏心中，趙長春成了傳奇人物，更沒想到在後來的日子裡，趙成了她心心念念的人。

42 爾娟來信

　　昨晚培敏做夢，爾娟在前面急速地跑，她在後面邊喊邊追，爾娟頭也不回，跑得更快了，醒來，培敏悵然。回城後培敏連給爾娟寫了兩封信，都未見她回信。前幾天又發了一封，責備她不該人一走茶就涼，這樣刺激她，不知會不會回信？

　　還好，下午收發室告知有她的信，她趕緊去取，一看地址是下河泡，急不可待地拆開。第一句：「親愛的培敏：我朝夕思念的真誠的朋友」，培敏趕緊離開收發室，因為眼睛已經濕了。

　　首先應該祝賀，你如願以償地分到了研究院，我知道你一直羨慕在研究院工作的人，如今你居然成為其中一員，作為朋友為你高興，雖然時間晚了點，但確是真誠的，請接受！

　　培敏，你在信中提醒我，千萬別欣賞及奉行阿慶嫂「人一走茶就涼」的人生哲學。我哪裡敢？不過，當你們興高采烈地離開農村，留下我一人，那心裡的滋味真無法說，那種心情誰都不能充分理解。看到你們終於可以回城了，固然為你們高興，可我能不想到自己麼？我幹得並不比你們差，為什麼你們都走，唯獨我留下？要說不嫉妒也是不可能的。你是知道我的，每到這個時候，我只會咬緊牙，不說話。我也試著給你回信，但一次次拿起筆又放下，現在我只能對琴訴說，訴說我難言的隱痛。

培敏，我無時無刻不在想念你，我們同年同月同日同地生，童年就相識，中學又一個班，後又成為鄰居，我們又是同等的命運，相互慰藉，相互同情。天底下哪有這樣奇巧的事，然而我們就是這樣有緣。我清楚地記得，在你家、在你那歡樂的小屋裡，我經常與你談到深夜，有時我們歡快地唱歌，我們談著一切一切，每次都是妹妹非常不滿地招呼我回家，我才戀戀不捨地離開，離開你的小屋。

　　多少個白天、多少個夜晚，我們肩併肩、手牽手，順著無限延長的路燈漫步、暢談，我們一同去大戲院做好事，一同去千山遊玩，一同看電影《椰林怒火》，還有校園東邊的那片小樹林，我們無數次地徜徉其間。我們是無所不談、心心相印的好朋友，就連洗衣服，都要將洗衣盆搬到一起，面對面地洗，這樣珍貴的友誼，我怎麼可能「人一走茶就涼」呢！

　　你勸我不要再拉琴了，我知道你為我好，可我無論如何做不到，心中越苦悶就越離不開它。我酷愛藝術，我曾將「成為一名演員」作為我的理想。命運沒有讓它實現也就算了，現在連業餘愛好都做不成，你說我能受得了麼？高琦來信說你們共同欣賞了話劇《風展紅旗》，我心裡又泛起了浪花，激起了我對未來美好的幻想，我喜愛舞臺，即使成不了演員，能經常看舞臺上的表演，我也會甘之如飴。

　　培敏，千萬別生我的氣，我耳邊好像有你的聲音：「真不夠朋友，連封信都不回。……一點情分都沒有，還總說什麼童年就建立的友誼」。好在，我沒有聽到你說這些話，但我若是你，我會這樣說的。唉，培敏，我的心亂極了，不是我瞧不起人，那些不如我的人現在都比我混得好，叫我如何

平衡？為什麼背運的總是我，一次又一次。我能做的就是把痛苦嚼碎，生生咽下去，我就不能走運一次麼？

過兩天又要開始打草片了，想到去年打草片，手指腫得像胡蘿蔔，不能拉琴，我就去找你談心。今年呢？今年我找誰去？原諒我，我實在寫不下去了。

還是要來信啊！那會讓我得到安慰、智慧和力量！

握你的手

爾娟

看完信，培敏恨不得踢自己兩腳，只顧顯擺自己的時來運轉，怎麼就沒想到爾娟的痛苦呢?!

下班後，培敏沒有馬上回家，留在辦公室給爾娟寫回信。

親愛的爾娟：

你的信讓我從天上掉回地上，這幾天我確實飄飄然，樂昏了頭。人生第一次嚐到特權的滋味，我真有些找不著北了！是啊，現在你我調個位置，我該是何等心情？你沒抱怨我，反而是我抱怨你，儘管一直是你在包容我，但這次我確實為自己不能設身處地為你著想而難過。

爾娟，昨天我又去于非家了，于非媽媽讓我告訴你，這次抽調只是第一批，很快會有第二批、第三批。讓你千萬別上火、別著急。于非媽媽同意我的觀點，要搞好群眾關係。因為每次抽調都需要群眾投票。

我不是反對你拉琴，你一有時間就在大娘家拉琴，做為沒兒沒女的五保戶，她當然歡迎你，可別人不瞭解你啊，這次你的票數落到後面，沒有第一批回來，這應該是很大的原

因。所以我還是希望你這個時期少拉點琴，多接觸點群眾，我相信你有這個能力。

還有件事，齊豔前天給我來信，談到她的哥哥最近當選為公社黨委副書記，齊豔家在當地還是很有影響力的，而且齊豔對你印象很好。我走了，你就把她當作我好了，齊豔是個很實在的人。

爾娟，相信我，你不是老說我說話準麼？再信我一次，你肯定第二批就會回來。別傷心、別難過，冬天奪走的一切，春天都會還回來。好像是普希金說的，我記不住原話。

因為工作的關係，我不能親自前往，但願這封信能早早飛到你的身旁，聽你勝利的消息！

緊握你的手

培敏

43　情迷「高營長」

　　一晃到了十月，那天，天空佈滿陰霾，濕冷的風從北邊颳來，研究院的知青要去撫順市參觀萬人坑階級教育展覽館。大貨車停在研究院門外，因為路途不近，臨行前，大家都去廁所。

　　培敏解完手，低著頭走出廁所，偶一抬頭，和一個男生打了個照面，只一瞥，雷轟電掣一般，身體一抖，這感覺好奇妙！培敏從未經歷過。這不是《南征北戰》（電影）裡的高營長麼？英武、莊重。培敏沒敢再看第二眼，低下頭，向院門外疾步走去。

　　貨車向撫順市急速行駛著，因為沒有車棚，寒風刺骨。女生都坐在後擋板前，擠在一起互相取暖。培敏不由地望向站在前面迎著寒風的男同事，這一望不打緊，心裡一陣狂喜，剛才「電擊」她的那位也站在那裡，腰板筆直，像個軍人，培敏無法把目光移開，他不是研究院的人，怎麼會在這個車上？他是哪方神聖？

　　車到了撫順，大家紛紛跳下車。有兩個男生認識他，和他說話，看得出對他很尊敬，表情中帶著諂媚。他沒向女生這邊望一眼，培敏一直站在他的斜後方，看他的側臉，他的表情始終莊重。培敏從來沒見過這樣的男子，不光帥，還有一種居高臨下的領袖魅力，她被迷住了。視線像舞臺的追光燈，一刻沒離開他，展覽館講解員說了什麼，一句沒聽進去。

第二天，培敏希望在研究院裡再看到他，中午食堂吃飯，她第一個進食堂，最後一個出來，眼光不停在人群裡搜索，沒有！她想打聽這個人是誰？在哪裡工作？幾次想問和他說話的那兩位，都因不好意思而放棄。

兩個月過去，培敏被分配到金相實驗室作試驗員，上班鈴剛響過，他們被通知去室主任辦公室開會。一進去，培敏驚呆了，是他？他怎麼來了？培敏裝出若無其事的樣子，心狂跳不已。室主任介紹說：「這位是趙長春同志，以後在物理實驗室工作，趙長春同志原是……」啊，他就是趙長春！電擊培敏的竟然就是那位「傳奇人物」。

是老天爺送給我的麼？「你已走近，來與我相見」……培敏想入非非，室主任吹捧他的話如秋風之過耳。

物理實驗室在一樓，培敏的金相實驗室在二樓，培敏辦公桌的位置正對著樓下拐角處的物理實驗室，她看到物理實驗室一反常態地熱鬧起來，很多人進進出出，這個趙長春太有魔力。

最奇怪的是，院裡從前負責知青事務的常鐵生接連到他那裡好幾次，很多人猜想趙長春來了，常鐵生會「不得煙抽」，意思是：好事沒常鐵生的份了。沒想到常鐵生竟來巴結未來的政敵。還有，把趙長春渲染成「傳奇人物」的範明豔和牛世英也去了好幾回。培敏始終不去，偶爾碰到趙長春，也視若無睹。

一天，培敏家裡有事，下班鈴一響，就拿起早已準備好的包，像離弦的箭一樣衝出去，為的是趕上二十路公交五點十分那班車。快跑到車站，培敏傻了，趙長春站在那裡，難道他每天也坐二十路汽車？培敏狂喜，仍舊不打招呼。看他從前門上車，培敏立刻從後門上，進到車裡，眼

晴向前門他站著的地方瞟去，他和培敏一樣都坐到終點站。換乘有軌電車時，培敏發現他居然也是去鐵西，心中樂開了花，早該想到的，他家是工人階級出身，爸爸是老工人，他當然應住在鐵西區。

那天之後，每天早來晚走的培敏變了，上班她照樣早到，但每天下班鈴一響，培敏就是一支離弦的箭，不為別的，只為和他同坐一輛車。

但她從不和他在同一個門上車，等車時也保持著距離。儘管培敏已無數次地向閨蜜們宣佈她在暗戀，朋友們奇怪，同一科室，認識這麼久，竟未說過話。培敏是碰到了同類，她從進高中後，從不主動和異性說話，這個趙長春和她是一路貨色。

尷尬的局面被趙長春打破。那天，有軌電車因為全市停電，無法行駛。培敏要步行回家，沒走出幾步，耳邊響起他的聲音，低沉、穩重、帶著磁性：「你家好像不遠，就在雲峰街，對嗎？」

培敏點了點頭，反問他：「你家遠嗎？」

「我家比你家遠多了，在工人村。」

稍停一會，趙長春單刀直入，「劉永廉不是挺好麼？你怎麼不同意？」

哇！消息真夠靈通。劉永廉是研究院裡唯一的「文革」前畢業的大學生，據說，研究院同志給他介紹的對象就不下幾十個，他都沒看上。這些日子，他託了好幾位同志向培敏轉達，要與她處朋友。那時院裡規定學徒工三年內不許搞對象，他卻這樣公開，一而再、再而三地託人牽線，培敏覺得他處理問題很蠢，再說心裡已裝著趙長春，一口回絕了。

此刻，培敏真想對趙長春說：「因為你啊！」但少女的羞澀阻擋了這樣露骨的表白。

「我不喜歡他！」培敏找了個理由。

「你和他沒接觸過，怎麼知道？」培敏一時不知如何回答，心中暗想：這傢伙平時目不斜視，不言不語，一旦說話竟開門見山，真夠勇敢。

想想，說也無妨：「我跟他接觸了！」培敏仰起頭看他，他顯出出乎意料的表情，但沒說話。

培敏接著說：「前天早上，我剛到實驗室，他就進來了，說是借給我兩本他摘錄的名言警句，可別說，摘的真有水準！不過他說的話讓我感到特別不舒服！」

他笑著問：「他說什麼？」

「他說：『小陳，我不理解，你怎麼可能不同意呢？』。」

「你說說他是不是自視太高？後來他又問我，你想找啥條件的？我說：『沒什麼條件，就是想找個能做我老師的』。他恭維我：『一看你就是讀過很多書的，能做你老師的，恐怕很難找到！』」

劉永廉原話的開頭是：「你溫文爾雅，一看就是讀過很多書的人……」培敏沒好意思說出「溫文爾雅」。這四個字用在她頭上，要讓培敏媽聽到，不笑掉大牙？翻牆爬樹的野丫頭……趙長春似乎在琢磨這句話，隔了一會，若有所思地說：「劉永廉說的不錯！」

啊？趙長春你也認為能做我老師的人不多？培敏正在暗自得意，對面走來一個人，捶了她一拳，這不是文佳麼？要不是在趙長春面前，她倆一定會摟在一起又蹦又跳，文佳很聰明，向趙長春看了一眼，對著培敏說：「我晚上去你家！」一句結束，飄然離去。

趙長春問：「你的同學？」

培敏大幅度地點頭。

他說：「我可以認識你的朋友麼？」

這傢伙，要麼不跟你說話，要說話就這麼大膽！一眼就看中了？培敏深深地嫉妒起文佳來，心想，我要是有這魅力該多好！

晚上，文佳到培敏家來了，她是險票回的城，知青投的票很高，社員的票少了點，被分配到木柴加工廠，是國營企業。

培敏問她：「你知道站我旁邊的那個人是誰嗎？是趙長春！」趙長春三個字是一個字一個字地蹦出的，像在說一個大名人，有隆重推出的味道。

「趙長春？開玩笑！他哪是《南征北戰》裡的高營長？就是個老農啊！」

「老農？你狗嘴裡吐不出象牙來，我不跟你說！」培敏的手向她一揮。突然她口氣一轉：「喂，傳授一下，你的魅力也太大了，趙長春只見你一面，就讓我把你介紹給他，我們認識這麼久了，今天他才第一次和我說話。」還沒等培敏說完，文佳就嚷起來：

「開玩笑！我跟你說，你那位『高營長』自始至終沒看我一眼！我老遠就看見你低著頭往前走，他側著頭看你，我走到你跟前時，他的頭早轉向一邊，瞅都沒瞅我一眼。」這話，培敏特別受用，這才是她心目中的趙長春。

「想處處麼？」培敏問。

「你的高營長還是你留著吧，友夫不可奪！」

培敏白了她一眼，咽口唾沫，嘆道：「還妻啊夫啊的，連朋友都不是。」

「我告訴你啊，他看上你了，想藉認識你的朋友，創造接觸你的機會，你這個大傻子，還給我介紹！」語氣是十足的嘲諷。

「你真高抬我了，研究院的女孩都明裡暗裡追他，個個根紅苗正，長得都不賴。」

「你這人看誰都好看，告訴你，小初中生根本不是你的對手，不可能有你這氣質！」

「氣質，我啥氣質？」

第二天，站在物理實驗室門口，培敏猶豫了很久，覺得還是應該給趙長春一個回話，便硬著頭皮開了門，自從他到物理實驗室後，這還是第一次進來。她對趙長春說：

「昨晚我跟我那同學提了，她說她有對象了。」她認為編這理由不會傷害趙長春的自尊心。誰知他卻笑了，抿著嘴卻帶有幾絲嘲笑的成份，意思是太滑稽了：「你誤會了，我沒有讓你提對象。」

「你不是說讓我介紹她給你麼？」

「可能我的表達有問題，我是覺得你們學校的學生素質都很好，想向她學習。」說完，從抽屜裡拿出一本書《少年維特之煩惱》。

「這本書你看過麼？」他問，培敏搖了搖頭。

「想看麼？」

培敏狠勁地點了點頭，他又笑了，儘管嘴更緊地抿著，但笑意卻蕩漾在嘴角及眼神中。培敏拿過書，起身要走，他帶著無法理解的表情叫住她，那態度像大人對孩子：「就這麼大張旗鼓地拿走？」他凝視著她，目光中帶著濃濃的情意。這是她和他第一次四目相對，培敏感到不好意思，他察覺了，收回視線。局促的培敏發現他沒有一絲責怪，

反而似嗔卻喜地從桌上拿起一個舊檔案袋，把書放進去，緩緩地把書重重地遞給培敏，說：「回家再看，千萬別讓人看到。」仿佛叮囑一個不懂事的少年。是呀，封資修書籍怎麼可以明目張膽地拿出去呢？

真夠蠢！培敏罵自己。

回到辦公室，培敏感到莫名的興奮，抱著書在屋裡轉了兩圈，然後把書藏在書包裡，早就知道《維特》是歌德的成名作，據說拿破崙在遠征中把它看了七遍。她一直在尋找。今天得來卻全不費工夫。但是，這不足以讓她激動，最要緊的是它出自趙長春之手，這說明彼此的精神世界是相通的。再想到他那含情脈脈的眼神，一種奇妙的歡快、一種不斷昇騰著的喜悅，從心底強烈地湧出。

回到家，培敏立刻打開書。書中有一頁被折了一個角，紅鉛筆劃的一句話映入眼簾，「我為什麼羞於表達自己的想法？」她感到心跳加快，一陣狂喜。什麼意思？他也在暗戀我麼？他用這種方式向我表達麼？培敏隨即開始尋找紅鉛筆劃的其它句子。又找到兩處：「我只要看到她那雙烏黑的眸子，心裡就非常高興！」培敏對號入座，是指我的眼睛麼？不可否認，眼睛還算烏黑明亮。「在讀到一本心愛的書中的某一處，哦哦，我和夏綠蒂就會有一種心靈的交融……」有心靈的交融太美好了，這是他的嚮往麼？

她反覆咀嚼這幾句，她多麼希望是他劃的。可是他借書給她時，分明說了一句，這本書是朋友借給他的，她急於想破這個謎，加上這書不厚，一個通宵看完了。

第二天去還書，他大吃一驚，說：「真夠快的！」過去，培敏一旦發現別人不想向她敞開心扉，會識趣地避開。這一次，培敏決計要巧妙地闖進去，她說，一直在尋找這本

書，終於讀到了，非常感謝你這位朋友。一提到這位朋友，趙長春很有話說：一九六五年高中畢業，本來可以考上大學，但他太激進，別人是一顆紅心，兩手準備，考不上大學才下鄉。他卻是一根筋，不考大學，直接奔赴最艱苦的地方。

培敏說：「那不就是侯雋、邢燕子麼？」

侯雋、邢燕子是國家樹立的典型，號召全國的中學生向她倆學習，放棄考大學，到祖國最需要的地方去，以改造落後的農村為己任。

趙長春說：「侯雋、邢燕子行啊，全國各地做報告，受到各級領導的關懷。我這朋友就可憐了，剛去時村幹部還挺照顧他，『文革』後就沒人管了。他生活能力又低，冬天屋子奇冷，一個人吃飯又瞎對付，結果得了類風濕，又帶出甲亢，他掙那點工分就夠吃飯的，根本看不起病。」

「類風濕不治會咋樣？」

「慢慢地，腰直不起來，身體彎曲成蝦狀。」

「好可憐哦！不過，他看書倒很認真，好句子都用紅筆畫出來！」培敏鼓足勇氣加了後面一句，並大膽地察看趙長春的反應，他像沒聽見，表情紋絲未變，謎底沒有揭開。

從此，趙長春不時地借給培敏一些世界名著，仍然有的書頁被折起，紅鉛筆劃出的句子仍然像有情人在訴說衷腸。她不再熱血沸騰，因為那是他朋友劃的，跟趙長春無關，她只是不明白，他那位朋友的家裡怎麼會有這麼多好書。

44　和舞台在一起

　　九月中旬，天空藍得透徹，培敏站在窗前傻立著。有人喊她接電話。已經聽到一些抱怨，說打給培敏的電話太多，她趕緊跑出去，唯恐對方喊起來沒完。

　　電話裡傳出爾娟的聲音：

　　「培敏！我調回來了，知道我被分配到哪嗎？東北局俱樂部，離你單位不到十分鐘的路。你下班別走，我五點多到你單位接你。」爾娟一口氣笑著說完，不容培敏插話。

　　爾娟的單位，門口有士兵持槍站崗，院子極大，她們從側門進去。側門離研究院近，走正門得半個多小時。

　　院子裡有兩片樹林子，走過小樹林，一排帶有凹槽的羅馬柱格外搶眼，雄偉、華麗、氣派。這是原東北局俱樂部的建築，東北局原是東北三省的最高領導機構，「文革」中東北局被撤銷，改名為省政府大禮堂。

　　培敏跟著爾娟拾階而上，經過華麗的羅馬柱，邁入大禮堂，門內是少見的大理石地面，寬大的前廳，掛著豪華的水晶吊燈。爾娟把培敏引進劇場。她順手開了幾個燈，哇！好大啊！能容納千八百人，培敏兩手激動地拍著爾娟的肩膀：「你真的和舞臺在一起了！」

　　爾娟笑了，嘴角上的「括弧」格外美麗，說：「我總問自己『這是真的嗎？』」

　　培敏說：「是啊，我剛到研究院時，也這樣問自己，走在馬路上老想蹦、想跳。」

培敏問爾娟具體做什麼工作？爾娟說今天只是報到，還未分配，不過只要有舞臺，有節目看，掃廁所也幹！這話爾娟以前說過好幾回了，現在夢想成真。

　　爾娟說，「能分配到東北局俱樂部，可能是齊豔的大哥幫的忙。」

　　「真的？」

　　「回城那天，我們都到公社集合，在上大卡車前，我去她哥的辦公室，她哥說了一句『這個單位你肯定喜歡』，我猜她哥知道我喜歡文藝，把我的檔案投到這個俱樂部，她哥還讓我替他問你好呢。」

　　「真有可能！管它是不是，我也該給齊豔寫信了。」

　　臨別，爾娟對培敏說，「以後別叫我爾娟，叫我東紅，我早就隨繼父改了姓，這次到新單位，都不認識，新名可以叫開。另外千萬別提我生父，否則他們會歧視我的。」培敏說：「放心吧！」爾娟接著告訴培敏，她的繼父已出獄。

　　爾娟住在單位裡，每天沒有上下班的概念，憑著熱情工作。劇場經常演出到很晚，爾娟從不需要別人輪流值夜班，她說她愛看劇，又住在劇場裡，演出後的一切事務她都可以包辦，領導有了爾娟，工作輕鬆了很多。後來，爾娟做了主管，來劇場演出的名角需要辦點私事都找她，漸漸地都成了她的朋友。

　　劇場經常上映內部電影，這讓爾娟社交網更加擴大，培敏也跟著受益，看了很多在電影院根本看不到的電影，如《蝴蝶夢》《亂世佳人》《第六顆子彈》，培敏跟著爾娟，還認識了很多名演員。

　　一天，培敏去爾娟那裡，見到爾娟正在和一位風姿綽約的中年女子說話。爾娟招呼培敏過去，問：「認識嗎？」

培敏一眼認出，她就是當年那個白雪，暗暗佩服爾娟的交際能力。稍事寒暄後，白雪拍了一下爾娟的肩膀說：「你考慮考慮！」說完又像當年一樣飄走，培敏問爾娟什麼事？

爾娟漫不經意地回答，給我介紹個大學生。

「不想看？」

「不想看！一個臭老九。」

「哪個大學的？」

「上海交大。」

「上海人？」

「嗯。」

「多高個？」

「說是一米八。」

「這個可比那個李愛黨的條件好太多了，你應該看！」

「知道他出身麼？和我一樣，也是資本家，我剛把自己洗白點，找個這樣的，又染黑了。」

「那也得看！你這個介紹人硬啊！咋也得給她個面子吧。去看一眼，身上也掉不了二兩肉。」爾娟耷拉一下腦袋，作出無可奈何的姿勢，算是同意。

爾娟問培敏：「你覺得白雪變化大不？」

「挺大。」

「不美了麼？」

「美還是很美，感覺有點滄桑。」

「行啊你！說對了。知道麼？她丈夫死了。」

「怎麼死的？

「她丈夫是延安魯藝的紅小鬼，因為和周揚是老鄉，湖南益陽人，硬說他是周揚反黨集團裡的，『文革』初期被鬥死了。」

「那她沒再婚？」

「她說曾經滄海難為水，不再找了。」

三天後，工作時間，爾娟來電話，培敏急於想知道相親的結果，趕緊從辦公室溜出去，小跑到爾娟的單位，發覺爾娟樂得合不攏嘴。

「人咋樣？」培敏開門見山。

「太棒了！」

「長得行不？」

「太帶勁了！」

「說話吶？」

「太有水準了！」

「啥情況？看中了？」

「第一眼就被他槍斃了！」她說話不留餘地，又嬉皮笑臉，培敏弄不清是逗樂還是真的？

「別開玩笑！」培敏作嚴肅狀。

爾娟勉強換上嚴肅的表情，「說的都是真的！」

「哇，太好了，好好處吧！」

爾娟的臉一下子晴轉陰，說：「唉，人是沒得說，可惜，是臭老九，偏偏又是資本家出身。」

「別老臭老九、臭老九的，沒聽老萬說麼？那是元朝的分法，人分十等，妓女第八，讀書人第九。讀書人比不上妓女，正常嗎？誰想愚民誰就不待見知識分子。」

「那你咋找個老高三，又根紅苗正的吶？」

「我哪裡是找的啊？是一見鍾情，瞬間就掉進去，出不來了，你說有啥法？再說，他還不知道咱家這德行吶，知道了準不能幹！」培敏嘆口氣，陷入沉思中。是啊，說不準趙長春就是李愛黨第二，想到這，萬念俱灰的悲傷從心

底深處瀰漫開來。

培敏好像是對爾娟說，又好像是自言自語：「爾娟，我可能要步你的後塵了⋯⋯」

「千萬別，太痛苦了，被人拋棄的滋味太折磨人了，什麼時候想起他媽說的話，都像傷口再被撕開。」

「怎麼辦啊？他天天都在我這裡趕又趕不走。」培敏指了指自己的腦門。

「爾娟，你罵吧！把當初我罵你的話，講的大道理都還給我，看我能不能跳出來。」

爾娟沒有罵，她說：「李愛黨是軍隊的，軍隊政審最嚴，研究院的普通職工，結婚還需要政審麼？」一句話點醒培敏，說得對！培敏感覺葉又綠了，花又紅了，鳥又叫了。

爾娟見培敏不愁了，馬上問：「那我怎麼辦啊？說實在的，我真喜歡他。但我媽好不容易為我們把資本家的出身改成貧農，我又找個資本家出身的，我媽還不氣死。」

培敏想了想不由得樂了，說：「你說咱倆還能嫁麼？找出身好的吧，怕人嫌棄，找出身不好的吧，咱還嫌棄人家。如果某天，趙長春嫌棄我家的政治背景，我也不怪他了，大家都一樣。」

「別老說你那個趙長春了，快幫我拿個主意！」

「反正我對臭老九不反感，我喜歡有文化的人。現在就這五屆大學生了，不算空前也確實是絕後了。前三屆年歲大都結婚了。就剩最後這兩屆，沒結婚的也不多，物以稀為貴，不是我嚇唬你，過了這村就沒這店兒了！再說資本家，用老話說，你們兩家那叫門當戶對。難得你一眼就看上他，要我說就應該先處處。」培敏心裡舒暢了，長篇大論起來。

45 ▽ 左撇子的自我糾正

　　不知什麼風把趙長春颳進培敏的金相室來了，他整天穩坐自己的辦公室，「接待」這個，「約見」那個的，從未見他去過別的辦公室。見到他，培敏相當驚喜，便打趣地問：「深居簡出的人親自登門，有何重要指示？」他們接觸了幾次，現在可以隨便逗笑了。他沒接茬，問：「你師傅呢？」

　　「他沒事就去各室瞎轉，很少在自己室裡，你找他麼？」他搖了搖頭，一屁股坐在師傅的椅子上，四下打量。培敏說：「別太官僚了，帶你參觀參觀，瞭解一下金相室是做什麼的。」她未說完，他已站起。培敏指著一個小的加熱壓縮設備說，這是鑲樣用的，把需要檢測的金屬和電木粉放在一起加熱壓縮製成試樣。又指著一台拋光機說，然後把試樣在拋光機上拋磨得像鏡面一樣，不得有一絲劃痕，第三步是用化學試劑加以腐蝕，到此，金屬試樣完成，可以拿到顯微鏡室觀察了。

　　培敏領他走進顯微鏡室。窗戶掛著厚厚的防光窗簾。她開燈，門口處右側，臥著一台一人長的顯微鏡，德國進口的。迎面的水泥長條桌上，放著三台坐式顯微鏡。培敏問趙長春：「你能相信嗎？黑黢黢的鋼鐵竟有非常美的內在。」趙長春始終不發一言，只是微笑著看著培敏。培敏把已製作好的試樣放在顯微鏡的載物臺上，耐心地調好焦距，讓趙長春觀察鋼鐵橫斷面上呈現的各種花紋。

培敏特別喜歡觀察這些花紋，不同的花紋有不同的名字：鐵素體、珠光體、索氏體、馬氏體等等。通過這些花紋可以知道每一爐的鋼材淬火的溫度夠不夠？回火溫度是否合適？進貨的材質有無問題？最後，寫出結論。很像醫院裡的 X 光檢查，不同的是對象。

　　「聽說你師傅先後帶過四個徒弟，都說學不會，半路改行了？」趙長春問。

　　「我一進金相室，師傅就是這樣嚇唬我的。俗話說教會徒弟，餓死師傅，他是不想帶徒弟的。不過，我用不著他教，借一本大學專業課的書《金屬學》，慢慢琢磨。其實有些不常見的『體』他也不認識，但他做金相報告，只寫自己認識的部分。有一次檢測試樣出現一種花紋，特別亮，他在報告中就沒有寫。我說這種花紋叫二次馬氏體，必須寫，它的出現說明這批材質有很大的問題，應該把『二次馬氏體』拍出照片，貼在報告上。這以後，他不再玩神秘，遇事常找我研究。」

　　「他背後對你評價很高。」

　　「真的？」

　　「是的。」

　　培敏又領趙長春進入暗房，講解如何把照下來的底片顯影成照片，以及如何放大。重新回到辦公室後，她開始搜腸刮肚地找話題，生怕冷場。

　　「趙長春，人們怎麼都管你叫『老左』呢，是說你很革命嗎？」

　　「不是，因為我是左撇子。」他答道。

　　「噢，看來你媽挺慣你的，我小學班裡有個左撇子，生生讓他媽給打過來了，後來正常了。」

「左撇子不正常嗎？」他含笑問。

「當然不正常了！」說完覺得失言，但又覺得沒必要把話收回。

「你家有幾個孩子啊？」

「兩個，我和妹妹。」

「你妹妹多大了？」

「和你一般大。」啊，連我的歲數都知道，培敏好不驚奇。

沒話找話很累，她想起一個人，上回一提到他，就打開了他的話匣子。

「那位借書給你的朋友，他家是幹什麼的？怎麼他家有那麼多書啊？」

「他爺爺、奶奶、爸爸、媽媽都是大學畢業生，都喜歡看書。破四舊時，他怕家裡的書被燒，都轉移到農村自己的房子裡，好在農民多不識字，不知道是大毒草，都留下了。」他答完，沒有展開話題。

沉默。

終於，趙長春開了口，說：

「小陳，研究院追你的人很多啊。」

「沒有啊！沒人追我。」

「常鐵生不是在追你嗎？」

「他哪叫什麼追，」培敏真服了他，消息太靈通了。

這是昨天的事，培敏也是今天上午才知道，知青裡一個女生看中常鐵生，不好意思提出，求朋友去試探，常鐵生對試探的人說，研究院裡的女孩子，他只看中兩個，其中一人就是培敏。

「不到一天你就知道啦？」

趙未置可否：「常鐵生很不錯，有發展前途。」

「他就像在市場上看中了兩匹他以為不錯的馬，這和我有什麼關係？」

「他會跟你提出的。」

「你怎麼知道？」

「他跟我講了。」

「那你能幫我個忙麼？」培敏說，「告訴他我有對象了！」

他顯然有些吃驚：「真的？假的？」

培敏剛想說，「假的。」卻把話嚥回去。

這是試探他的最好時機，她緊緊地盯住他，說：「真的！」兩個字一出口，趙長春的雙肩略一下沉，眼神閃出一絲哀痛，微笑變成苦笑。他極力想恢復常態，以平淡的口吻說：「看來傅淑琴說得對，她說在太原街看見你和你的男朋友，說他不是一般的英俊，像電影明星。」說到後面一句，擠出的笑容裡夾著醋意。

試探成功。

培敏哈哈大笑起來，「騙你的，我沒有。傅淑琴那天看見的是我二哥，十幾天前，我和他一起去的太原街。」他的精神又抖擻起來，像漏了氣的氣球重新被充滿。

試探讓培敏很興奮，下班後沒有回家，去找爾娟。爾娟正在劇院裡忙碌，晚上放映電影。她問培敏看不看，培敏說：「不看，我是找你聊天來的。」她說：「那我也不看了，讓我把工作佈置一下，你先到我辦公室坐一會兒。」她順手把辦公室的鑰匙給了培敏。

不一會兒，爾娟回來了，她不等落座就笑著說：

「肯定又要聊你那『高營長』了。」培敏曾用這話取笑

過爾娟，今天她來個回馬槍。

「小心眼，報復！」培敏佯裝氣憤。

「我發現趙長春這個人挺有意思，你看他平常一本正經，不近女色。一旦有『敵人』向我靠攏，他就不要風度了。上次，他主動找我說話，是因為劉永廉追我，這回，到我辦公室，是常鐵生對我有意思。你知道，他從來不去任何人的辦公室。」培敏有意強調他深居簡出。

「你說，是不是有些沉不住氣的樣子？」培敏又補了一句。

爾娟說：「很明顯，他愛你。」

「那他為什麼不提出？」

「那你為什麼不提出？」

「我要是根紅苗正，就豁出去，向他表白。但咱家這個政治條件！唉……」培敏把頭伏在辦公桌上，半晌不想說話。突然，揚起頭說：「對了，今天我師傅說，趙長春以後可能會提陞為局長或副局長什麼的，聽說已被列入第三梯隊了。」

「那你就是局長夫人啦！」

「還局長夫人吶，他要是跟我結婚，恐怕連黨都入不了，別說當官啦！」

「那你咋辦？」爾娟問。

「咋辦？總不能把人家的大好前途給毀了吧？我活到二十多歲，從來沒看上過誰，可那個陰天，抬頭看了他那麼一眼，就雷鳴電閃把我打暈，到現在還沒醒過來。你說，我怎麼就看上他了呢？」

爾娟說：「如果第三梯隊裡沒有他，你倆不就沒障礙了麼？」

「應該沒有，兩個普普通通的小老百姓結婚，組織會管麼?!」

「我認識你們局組織部的一個人，好像是副部長，他和他愛人老來這看節目。」

「服了你了，你咋誰都認識呢！」

「她愛人和咱領導是朋友，等他們再來時，我問問他。」

「希望他不是，希望他不是，真希望他不是。」培敏兩手作揖，叨念著。

第二天中午在大食堂吃飯，大長條木製桌子兩側是大長條木製凳子。培敏通常和物理試驗室的試驗員江雲秀坐在一起，因為這實驗室只有她們兩個女知青。趙長春坐在培敏斜對面的長條桌子旁，不知說了什麼，兩條長凳子上的人爆發出一陣哄笑。

一個人說：「都這歲數，改不過來了！」

培敏問江雲秀：「他們笑什麼？」

江雲秀說：「肯定是改左撇子的事，今天上午，也不知抽什麼風，拼命練習用右手寫字，說左撇子不正常，我估計他正練習用右手拿筷子吶。」江雲秀和趙長春同一個辦公室，她經常和培敏說些趙長春的趣聞。

吃完飯後，江雲秀跟著培敏到了辦公室。中午休息一個小時，她倆站在窗前聊天，眼睛下意識地瞅著院子。

趙長春推著自行車來到空地，他剛要騎上去，車子一偏，跌倒了。他再一次要騎上去，車子又一偏，又跌倒了。往覆數次，培敏問江雲秀：「他不是會騎車麼？」

「這不是練習從右邊上車麼！過去都從左邊上車，現在不知誰說了啥，非要把左撇子改了，你說他是不是有毛病？」

如果院子裡沒人，培敏會衝下樓去，對他說：「左撇子挺好，很正常，別改了。」儘管心裡翻江倒海，但腳在原地紋絲未動。當年那個爬樹翻牆，敢拿磚頭嚇唬小無賴的女孩哪裡去了！衝動是魔鬼，培敏告訴自己。還好，趙已學會從右邊上車，在院子裡繞著圈騎。

　　不用再猜，爾娟說得對，他分明是愛我的。想到這，培敏並未感到一絲甜蜜，反而滿腹酸楚。她預感她沒有權利接納，這種預感讓她恨恨地望向天空：「你把一個陌生人變成我心心念念的人，卻剝奪我擁有他的權力，你憑什麼這樣殘害我？」想到爾娟過去的嘆息：「我就是那個不該出生的人。」培敏又自憐起來，自己怎麼生在這樣一個倒楣的家庭？

　　不到十天的功夫，爾娟來電話說有消息了。培敏向她那裡走去時，仿佛是去拿愛情的生死牌。只要爾娟確認，消息是準確的，她就失去了趙長春，雙腿立刻似灌了鉛。

　　爾娟把她領到辦公室，培敏不想說話，只等「宣判」。只聽爾娟說，那個副部長對趙長春的評價特別高，說他是當領導的料子。作風正派，穩重，有原則性，敢於批評和自我批評，和群眾有天然的親和力；雖然年輕但很有震攝力，是個能打開工作局面的人。

　　培敏打斷爾娟的話，問：「他到底是，還是不是？」

　　「是，他確實被列為第三梯隊的接班人。」

　　培敏鼻子一酸，眼淚掉下。

　　爾娟說：「如果他願意為你犧牲呢？」

　　培敏帶淚苦笑，重重地搖頭，「我最怕的就是這個，這不把人家給毀了麼！」

　　爾娟特意問了那位組織部副部長，「接班人的配偶也

得根紅苗正嗎？」

副部長說：「必須的，據我們瞭解，他目前還沒有女朋友。」

「只能退出了。」培敏有氣無力地說，感到世界在下沉。爾娟趕緊拉起培敏的手，眼淚順著臉頰滾了下來，培敏的眼淚立刻泉湧一般。彼此無話，聽任淚水沖洗心中的巨痛。很久、很久，培敏帶著濃重的鼻音，對爾娟說：「當斷不斷，反受其亂，為了他好也為了我好，當一切都沒發生。」

46 　他就是那個春天

　　心中鬱悶，培敏沒事就往爾娟那裡跑。

　　明達出現了。他推開爾娟所在辦公室的門時，培敏真覺得如果他脖子上加一條圍巾，就是電影中的五四青年。一副民國知識分子的樣子，謙和，溫文爾雅，加上個子高挑，眉清目秀，典型的上海男人。培敏本來不喜歡清秀型，但他略方的嘴角顯出堅毅，笑容不帶諂媚，讓人感到舒服。

　　培敏站起來，朝明達客氣地點了點頭，重新落座。爾娟對明達說：「這是我的朋友，來個智力測驗，猜猜是誰？」明達看了培敏一眼，眼睛轉向爾娟說：

　　「培敏。」

　　「不對！我給你講過那麼多的朋友，再猜。」明達沒再看培敏，對爾娟說：「培敏！」語氣更加堅定。爾娟走到明達面前，雙手搭在他肩上，蹦起來笑著：「太厲害啦！咋知道的？」

　　爾娟見到明達，就像鐵針遇到磁鐵，眼睛分分秒秒盯著明達的臉。不愛說話的她成了話癆，似乎說不完的話，全然忘記有朋友在場。身體粘在明達身邊，真不是一般的重色輕友，好在電影放映的時間快到，否則培敏真要找個藉口離場。

　　看完電影，想到爾娟的變化，培敏真服了愛情的力量。一向憂心忡忡的爾娟因心情愉悅出落得更加美麗，過去，那個沉靜中帶著抑鬱，荷花般清純、恬淡的女子，如今多

了幾分堅韌、活潑及自信，猶如玉蘭，貴而不傲。奇怪的是，她在明達面前像個孩子，調皮又任性，水汪汪的眼睛帶著別樣的嫵媚。事後，培敏常用「風情萬種」嘲笑她。

和爾娟見面，再無別的話題，爾娟總是講著她和明達的故事。

兩個人逛商店，爾娟談到南斯拉夫的總統齊奧賽斯庫如何如何，立刻被明達強行拉出商店，明達面對一臉困惑的爾娟嚴肅地說：

「同志，你犯了巔覆國家政府罪，齊奧賽斯庫是羅馬尼亞的總統，鐵托才是南斯拉夫的總統。」爾娟哭笑不得，對著明達拳打腳踢。

每次約會，明達都要等爾娟一個多小時，因為他總是提前半小時，而爾娟總是遲到半個多小時。久了，明達掌握規律，不再早到。有一回，爾娟感到自己有些過份，提前到了，看到從遠處走來的明達，爾娟裝哭，明達嚇壞了，以為有壞人欺負爾娟。看他著急的樣子，爾娟真的掉出了眼淚，說：「我都等你十分鐘了！」

明達一聽哈哈大笑：「你等我十分鐘就哭成這樣，我每次等你一個小時，你告訴我，該如何哭？」

爾娟把自己這些年積下的苦水全倒給明達，明達心疼得胡言亂語，一會兒要當爾娟的父親，一會兒又要當爾娟的哥哥，不知怎樣才能補償爾娟失去的寵愛。

爾娟深沉地對培敏說：「過去我老是抱怨命運不公平，認識他以後，我覺得過去所有遭的罪、受的苦都值了。你在信中說過，『冬天擄走的一切，春天都會還回來。』他就是那個春天。」

面對沉浸在幸福中的爾娟，培敏告訴自己：該去尋找

屬於自己的「春天」。

　　培敏兩次以「學徒期間不可以搞對象」為理由拒絕了對面鄰居王大哥的提親，因為那時心思全在趙長春身上。王家大哥和培敏媽是忘年交，兩家窗戶只隔一條小小的馬路，夏天，大聲說話相互可以聽到。

　　他有個弟弟，是清華大學畢業的，分配到吉林石化公司，暫時被北京石化公司借用。那天，借調結束，要回吉林，順路來看望哥哥，他哥哥便把培敏媽請去他家。

　　培敏下班回到家裡，培敏媽讚美不迭：足有一米八高，長相不錯，談笑風生，很有魅力。培敏沒搭話，她提不起興趣。

　　沒想到，幾天後，他給哥哥的信裡夾了一封給培敏的信。培敏想，壞了，媽媽出場，一定會遭對方誤會，以為女兒和媽媽一樣美麗。看了信，放心了，信很短，第一段說：「前幾天，哥哥給我的信中郵來了你的兩張照片，我都收到了。哥哥向我介紹了事情的經過，我覺得很有意思，富有戲劇性。」

　　培敏問媽媽：「你把我的照片給他們家啦？」

　　培敏媽有點不好意思：「那天他哥哥到咱家，向我要，我隨便給了兩張。」說得輕鬆隨意。但培敏認定，是媽媽和他大哥的精心設計。

　　信中又說，「暫時，我們僅是照片上相見，不過，我以為，不管以後的結果怎麼樣，互相認識，交個朋友總是有益而無害。哥哥、嫂子和你們是鄰居，彼此之間有感情，為我們互相瞭解起到很好的作用。當然，這類事情，需要雙方慎重，因為它關係到今後的幾十年⋯⋯」

　　培敏不想回信，說是要去尋找自己的「春天」，但心

卻無法從趙長春身上移開。

媽媽不停地催促她寫回信，可她總心有不甘。

趙長春在第三梯隊的培養計劃開始實施，他已不在物理實驗室，提拔到實驗廠當廠長，聽說過幾天就要開他的入黨審查會。

她突然想：上級領導讓他當官，他自己願不願意啊？如果本人不願意當，娶她就不算耽誤前程。

抱著最後一絲幻想，培敏來到西院的實驗廠，它和東院的研究院僅隔一條小馬路。實驗廠是個平房，她走過擺放著車床、銑床、刨床等的設備區，來到趙長春的辦公室。

看到培敏，趙顯得很興奮，「你怎麼來了？」目光意味深長。

培敏沒接話，直接開始試探，「行啊，當官了！我發現你挺官迷啊！」

「男人嘛！」他未加思索地答道。三個字，輕鬆脫口，落到培敏心中卻似炸彈，把最後的僥倖炸得粉碎。

往回走的路上，培敏感到腳步特別的沉重，雖然來的時候她並未抱太大的希望，現在卻是徹底地絕望。無比沮喪的她並不怪趙長春，只是覺得自己太蠢：他怎麼能不愛當官呢？他大她四歲，比她晚兩年上學。一上學就是小班長，之後就是大隊長，初中是團支部書記，高中是學生會主席，「文革」是市紅衛兵團副團長，下鄉竟陞為公社一級的幹部，一直享受著人們對他的尊崇。這些年的經歷已讓培敏看到了人們對權力的渴求，看到人一旦擁有某種權力，立馬狐假虎威的樣子。是啊，權力的社會怎麼可能有人不想當官吶？誰不想有出息？出息的標幟不就是當官麼！當官才是人上人，沒聽說官大一品壓死人嗎？

回到家，培敏乖乖地拿起筆寫回信。

王友德：你好！

現在素昧平生的通信意味著將來的什麼，我不知道。不過寫這類信在我有生二十三年來還是第一次。

從你哥哥身上我看出你的影子，雖不靠實，卻委實不錯。

我同意你信中的觀點，對於人生中這樣極為重要的一步，確實應該「慎之於始」，今後的幾十年如何度過，怎樣安排，在很大程度上取決於那位共同生活者。所謂「立身成敗，在於所染，蘭芷鮑魚，與之俱化」。

關於你工作分配問題，聽到一點，有一點看法。職業是大事，對上面的決定，既不能奴顏媚骨，又不能以卵擊石，總之要留有餘地，不要弄成僵局。假以時日，徐徐圖之，未為晚也。以上幾句，可能班門弄斧，僭越本分，但考慮到旁觀者清，當局者迷，不免多說兩句。

祝好！

陳培敏

信寄出後，很快收到回信，他寫了四頁紙，很實在地作了自我介紹。

培敏：你好。

我們沒有見過面，我給自己的評價是貌不壓眾，才不驚人，卻又戴上一頂知識分子的帽子。一段學生生涯，舊教育制度培養出的最後一屆大學生，讓我淪為臭老九、再教育的對象，想逃也逃不脫，只好認了。

在政治上，我肯定是沒有什麼作為的，不會有多大出息。

學術上又沒學到很多的東西，貌似強大，內心空虛。生活上連個對象都沒有，可能人家都瞧不上我們這號人。所以我總覺得自己不行，不是說假話，我的確是這樣想的。

但這並不意味著我不想改變現狀，人生只有一次——僅僅一次——所以不應該渾渾噩噩、碌碌無為。起碼我們應該努力比一般人知道得多些、強些，爭取受到人們的尊敬而不是恥笑。

兩年多的社會實踐，使我感到理想和現實是兩回事，現實生活毀滅了美妙的理想，最近的工作分配就是明證。開始讓我去材料科當材科員，我總覺得技術性差一些，不願意去。結果被懲罰了，讓我去當鋼筋工。當然，表面上說的不錯，允諾以後有適當的位置再考慮，我也信以為真，現在才覺出是給我顏色看。此事給我的打擊不小，加上食堂辦的很糟，自覺瘦了不少，唯一的收穫就是長了心智而已。你對我的勸告使我深受感動，雖然這是生活道路上的小小波折，卻不能不引以為鑒。

最後他寫道：我的信發出後，遲遲沒有收到你的來信，我一直在想，寥寥幾行字也許引起了什麼麻煩？其實是多慮了。你的來信確實給了我不小的震撼。

那個時代的人說話、寫信，多是豪言壯語。友德這封信全然沒有「可上九天攬月、可下五洋捉鱉」的氣概，而是實實在在地講了他的處境、他的問題、他的無奈。

相信這封信給研究院的任何一位女知青看，都會嗤之以鼻，然而打動了培敏，她天性心軟。爾娟給她起個綽號叫「難中亮相」（當時流行的八個樣板戲，講究「亮相」，她就用「亮相」一詞代替「出場」，意思是別人一有困難，

她就會出場）。

　　他顯然被領導擠到了牆角，培敏想都沒想，給他回了封信。裡面有這一段：

　　你的信讓我想到自己剛下鄉時的絕望，那時，差點投河自盡。但既然生，就要活，最終明白是自己太軟弱，環境無法改變，那就改變自己。所謂韌性就是人抵抗逆境的能力，農村三年，始信「天無絕人之路」；始信「成事未必不由人」；始信萬事萬物都在不斷轉化，目前的困境只是黎明前的黑暗。所以，不必把眼前的挫折當回事，一切都會過去，當把該經歷的都經歷了，我們對命運的掌控能力就會強大。

　　……

　　接到培敏的第二封信後，王友德決定立即回瀋陽見面。他讀第一封信時，不相信是培敏寫的，拿給同宿舍的清華校友看，一致認為不可能出自一名高一學生之手，絕對是別人捉刀代筆。第二封信，因為寫的是親身經歷和感受，他認定是培敏所寫無疑，他說這兩封信把他「給槍斃了」。

　　見面地點，他大哥定在中山公園和中華劇院中間的小廣場。下午兩點，培敏如約到達，只見一男生，身著一套褪色的黑衣，腳著一雙黑色舊皮鞋，靠在一輛破自行車上，一副無精打采的樣子。培敏失望極了，只看了一眼，轉身就往回走。心想：「這不是余永澤⑪麼！」余永澤是「懦弱」的符號，在全民崇尚英雄的時代，培敏毫不例外地喜歡穩重、莊嚴、英武、有震攝力的男生。

　　沒等走出幾步，他推著自行車奔到她身邊問：「你是培敏吧？我是王友德。」培敏未作回答。

　　他說：「我們沿著路邊走走吧。」

　　「不行！沿著路邊走，容易被公交車裡的人看見，學徒

期間不可以搞對象。」培敏有些著急地說。

「那我們進公園吧。」他說。

在公園裡走了一會，他看見一張椅子說：「我們坐一會兒吧。」隨即從褲兜裡掏出一條手絹，鋪在椅子上讓培敏坐。這場面她從未經歷過，有受寵的感覺。接著他又從上衣兜裡取出一封信給她看，是他的同班同學寫的。對方講已找到女朋友，並認為女朋友只要有雙明亮的大眼睛就行。培敏的眼睛常受讚美，看來他是想以這封信表明他的審美觀。

其實培敏不光眼睛常受讚美，她的白皙皮膚也常令人讚嘆。按理說她不算醜，可培敏媽就是覺得女兒很難嫁出去。那時女孩美的標準是嬌小玲瓏，可培敏卻長到一米六八，實屬罕見的高。看著培敏頂著個大腦袋像豆芽般不斷往上躥，培敏媽就沒閒著嘮叨：「傻大個、傻大個，傻才長大個，孩子啊，你長點心眼吧，別再長個了，這麼高的個子上哪去找婆家？」

凡事不用愁，眼前這位罕見的一米八的「傻大個」，沒嫌她個子高，他一直在找話說。他說，他過去找對象有三個不見：一不見兩地的，因為調轉比登天都難；二不見瀋陽的，因為婆媳關係不好處；三不見別人介紹的，因為不瞭解底細。聽到這裡，培敏心中暗笑，問一句：「那你怎麼還來了？」

他有些不好意思地說：「因為遇到了你。」

又聊了一會兒工農兵學員，他說：「不是我瞧不起他們，很多都是麵包，發麵發起來的，徒有大學生的頭銜。」

培敏說，我差點就被選為工農兵學員，上大連外語學院。各科室投票，我得票最多，但政審不合格，改由一個

貧農家庭出身的人去了。這個人說她最煩背英文單詞，一想到要去念書，痛苦死了，對我說：「要是你能替我去，該多好！」

培敏一向羞於說自己家的社會關係，這一次，她把需要向組織說明的問題全向王友德抖落出來。臨了，培敏說，別人能成為工農兵學員，而我不能，主要是別人家上輩子都在農村混，為了活著，去給地主打工，成了被剝削階級。我家上輩子都在城裡混，為了活著，給政府打工，一改朝換代，就成了為反動政權服務了，如果幹得再好點就成了歷史反革命。為保證這些人世代不得翻身，首先不得讓他們的後代受教育。

培敏言下不無遺憾。友德說：「沒什麼遺憾的，清華就是工農兵學員的試點單位。沒有入學考試，政治清白，工作超過三年的工人或種地超過三年的農民，都可以上大學，教授無法教。聲言二分之一加二分之一等於四分之一的學生，教微積分怎麼能聽得懂呢？整天不是開批判大會，就是挖防空洞、野營拉練，沒正經事。」

因為沒看上友德，培敏無意多聊。友德把培敏送到有軌電車車站，培敏正要上車，友德把她喊下來，說：「咱倆都見面了，別再用大哥來回傳話了，你明天有時間嗎？」

「沒有。」看著他失望的表情，培敏補充一句：「明天我們去農場勞動。」

農場在研究院的西院，上班無非就是伺弄西院種植的莊稼，和正常上班無區別，培敏只是找個藉口。

「我只請了四天假，希望我們能多接觸接觸，那麼後天晚上七點，我在你家附近的小白樓等你，行嗎？」他說。培敏點了點頭，踏上駛來的電車。

回到家，培敏媽趕緊問培敏：「怎麼樣？」

「什麼破玩意兒！」培敏沒好氣地回答。

「人家清華大學畢業，清清秀秀的，比你強！」

培敏不想跟她媽說，她看誰都比她女兒好。不會兒，王友德的嫂子來了，進門就問：「我家老二看上沒？」培敏一聽氣不打一處來，沒搭理她。

培敏媽接過話說：「剛到家，這不，正一口一個『破玩意兒』說著呢。」

她嫂子說：「破玩意兒，咱家二小叔是全家的驕傲，當年全市就五個人考上清華，就有咱家一個，多出類拔萃啊！」

培敏媽的手朝培敏這邊一甩，說：「沒正形，別理她！看看你家老二咋說？」

他嫂子十分不解地走了，培敏撇著嘴，模仿他嫂子說話的腔調：「『我家老二看上沒？』好像她家老二是個什麼人物似的，真受不了！」培敏坐在床上，有一句沒一句地發洩著失望和氣憤。

不到一個小時，他嫂子又來了：「我家老二在小白樓那兒等你吶。」

「我不去。」培敏執拗地說。

培敏媽一聽急了：「這孩子越來越不懂事了，怎麼能不去呢？趕快去！」

看著他嫂子離開，培敏說：「哪有這樣的，剛分別才多一會兒，怎麼又來了？像隻螞蟥似的，還叮上了！」培敏一臉的厭煩。

「哪這麼多廢話，快去！」

不得已，培敏拖著沉重的腳步出門。

走近小白樓，只見一個高個兒，白襯衫，米色褲子，腰間紮著皮帶。一隻手叉在腰上，來回踱步，很有些大學教授的風範。培敏眨眨眼睛，仔細一看，這不是王友德麼？變戲法似的換裝了，剛才還那熊樣，怎麼瀟灑了呢？

王友德看見培敏，笑著向她走來。培敏問：「你咋又來了呐？」

「我來是想向你說明，知道大哥家和你家關係好，你千萬別因此勉強。」

「你也一樣，千萬別勉強。」培敏只能這樣回答，心想，這也算再見面的理由？

這回他好像在家備了課，講了很多發生在清華校園裡的故事，培敏聞所未聞。

清華大學和北京大學幾乎是領導全國學生造反的兩所學校，四中貼出的大字報大多轉載自清華大學，因為是去北京串聯的學生抄回來的，零亂而破碎，因此勾起了培敏的好奇心。

培敏問：「你見過王光美⑫嗎？」

「她在七飯廳講過一次話，在食堂為學生打過一次飯，被批鬥時又見過一次，一共三次。」

培敏問，被批鬥時真給她戴乒乓球做的項鏈了麼？

「戴了，我還是挺佩服她的，自始至終不軟，也沒說過劉少奇一句壞話，很有氣節。」

「你是哪派的？」

「我基本上是逍遙派，武鬥開始以後，我立刻回瀋陽，不跟他們扯。上面在鬥，我們底下就是被利用，瞎起鬨。」

「你是沒資格參加紅衛兵還是不想？」

「開始時參加了，一看太嚇人，也沒退出，就是什麼活

動都不參加了。後來就跟著同學串聯去了，沒花一分錢把大半個中國走完了。」他帶著撿了大便宜的神情。

「怎麼個嚇人法？」培敏把話又拉回來。

「你知道，學生都是根據《人民日報》社論行動的，六月十八日《人民日報》發表社論說：『必須採取徹底革命的辦法，必須把一切牛鬼蛇神統統揪出來，把他們鬥臭、鬥垮、鬥倒。』工化系的蒯大富就貼出了大字報《工作組往哪裡去？》揭發工作組在依靠誰的問題上犯了嚴重錯誤，一時間，貼出很多大字報贊成蒯的觀點，把矛頭指向了工作組。

工作組手中有權，傚仿五七年反右鬥爭的『引蛇出洞』，用賀龍的兒子賀鵬飛把蒯大富引出來，搞了一場辯論會。會上鼓勵大家遞條子，聽說收集了千多張條子，有兩百多張被工作組定為反動條子。我一看，可不是好玩的，戴上反革命這頂帽子，一輩子就完了！可這頂帽子就是工作組的一句話，他說你是你就是，其實是：誰反對他，誰就是反革命。

薄一波身為副總理，來清華給工作組站腳助威，說『蒯大富不是奪清華蔣南翔（校長）的權，而是奪工作組的權，工作組是黨派來的，因而是奪黨的權。』這下子大字報幾乎又都是反蒯的了，各系出來遊行，高喊口號：『打倒反革命分子蒯大富！』我一看，別跟著瞎摻和了，對錯也沒個標準。」

「那蒯大富後來是怎麼起家的呢？」培敏問。

「其實，根本沒有對錯，只是誰權力大的問題。八屆十一中全會是八月一號召開，十二號結束的，就在會議期間，八月四日晚上，除了毛主席、劉少奇外，幾乎所有參

加全會的領導都到清華來了。近百輛小汽車開進來，大喇叭喊開會，大家都到東大操場。主持會場的是李雪峰，北京市委書記。會議的一項議程就是讓蒯大富發言，大家齊聲喊『把他轟下去！』『打倒蒯大富！』李雪峰勸阻大家說：『大家靜一靜，請讓蒯大富同學把話說完。』大家懵了，不是反革命麼？怎麼變成『同學』了？各種謾罵的條子傳到蒯大富的手裡，蒯大富的書包塞得鼓鼓的。蒯大富講完後，沒人鼓掌，只有周總理鼓了掌。其實這是八屆十一中全會的一項會議議程，通過現場表演，毛主席讓中央這些領導，看看工作組是如何挑動群眾鬥群眾的。

之後周總理講話，他說：『毛主席這次的鬥爭目標是鬥倒走資本主義的當權派，現在工作組把鬥爭方向轉到學生鬥爭學生上來，顯然大方向錯了。對蒯大富同志我是主張解放的，平反的。』大家一聽全傻了。」說完，友德看了一下錶，說：「太晚了，趕緊送你回家，你愛聽，下回再聊。」

培敏媽看培敏回來晚，顯然很高興。

四天過去，他走了，似乎把一切都帶走了，只留下清華大學的故事。培敏有些迷茫，去找爾娟，她正在大廳和一個人說話，見培敏來了，把那人打發走，把培敏領到辦公室。

「處得咋樣？」她直奪主題。

「咋辦啊？愛不起來！他在時，給我講點清華大學的故事，還算有點意思，他走了，我連他長啥樣都忘了。」

「也好，省了相思苦。」她嬉皮笑臉地說。

「別拿我尋開心，我不想處了。」說完一頭趴在辦公桌上。

好久，爾娟說話了：「別不處，你現在不愛他，不是他的毛病，是你的毛病，你心裡還裝著趙長春。你既然不跟趙長春處了，那就徹底把他從心裡清出去。」

　　「我想清出去，他不走啊！你有什麼好辦法？」

　　「我跟你不一樣，我並不怎麼愛李愛黨，我只是不想受歧視，想改變政治面貌，想讓自己的孩子有個好出身。跟他吹了以後，他立刻從我心裡出去了，我只是覺得自己連二等公民都不是，一點尊嚴都沒了，那種打擊令你抬不起頭。我是為這些事難受，而你是放不下。」

　　「我怎麼這麼倒楣啊，他一下子就進來了。」培敏指著腦袋說。

　　「仔細想想，你這『一下子』，也就是外貌唄，外貌這玩藝兒能當飯吃嗎？」

　　「也不是，看到趙長春，我的第一個反應是：像高營長，他果真穩重慎言，有當領導的素質。這個王友德，我第一反應是：余永澤第二，果真懦弱膽小，清華大學『文化大革命』搞得轟轟烈烈，他溜邊不靠前，只求安全。」

　　「你不也沒靠前麼？」

　　「我是沒資格靠前，自己是想靠前的。」

　　「懦弱也好啊，他會聽你的，在家裡，你是第一把手不挺好嗎？」

　　「爾娟，我才發現你挺會勸人啊。」培敏說，「是這個理，看來只能找他了。」

　　王友德來信了，表達擔憂：在我們接觸的短短幾天裡，你給我的印象很深刻，但是我都是冷靜地克制自己，因為我不想把我的意志強加於你；選擇生活伴侶不能強求，不應該一廂情願，否則帶來的是痛苦而不是幸福。我總擔心

你有些話不敢說，因為你連看都不敢看我，這使我感到不安。我還要囉嗦一次，不要考慮大哥和你家的關係，我們的事情我們自己作主。

　　信中又說：回來後，晚上覺都沒有睡好，這在我的睡眠史上是罕見的，從心底湧出的感情之潮，來勢無法抵擋。但我憂慮，我有可能使你成為「失去生存意義的人」，因為最瞭解我的還是我自己。不過，一個人的品質是用金錢買不來的，對於我選中的未來的生活伴侶，我將給予她的是忠、愛二字，這是毫不動搖的。

47   莫、莫、莫！

　　前天寒流侵襲，朔風凜凜，氣溫聚降。但不管氣溫是升還是降，供應暖氣必須從十一月十五日開始，年年如此。

　　培敏在辦公室裡抱著肩、踱著步，心想再熬八天，屋裡就暖和了。突然門被拉開，一股寒風迎面撲來，身著深灰色夾克的趙長春走了進來。他往靠門邊的椅子坐下，問「你師傅呢？」「在別的室吧。」培敏一邊回答，一邊坐到她師傅的座位上。他順手拿起培敏桌上的鋼筆，下意識地轉動，擱在辦公桌上的另一隻手似乎輕輕地抖著。她不知他為何表現得如此局促，但不想問，等他解釋。

　　沉悶良久，他轉動筆的速度越來越快，忽然吐出一句：「常鐵生對我說：『你和陳培敏不是很合適嗎？』」聲音發顫，顯得含混躲閃。似乎耗盡了全部的勇氣，他低下了頭。

　　終於表白了。這一刻，培敏等得太久，太久。臨近劇終，男主角才進場。他終於鼓起了勇氣，儘管還是藉常鐵生之口。

　　好在，培敏這方面並不比他更開放，她完全理解他。他們都是那種內心愈是波濤洶湧，外表愈是水平如鏡的主。

　　過去所有的猜測，都有了明確的答案，書中的紅線是他畫的，字裡行間的情語是他的自白，此時的局促、慌亂，更讓她看到他是多麼在意她。儘管到現在為止他沒說出一個「愛」字，可她分明感受到他的愛猶如磐石之重。她曾

千百次在內心呼喚他的愛，渴求他的愛，如行走在漫漫無邊的沙漠上渴求水一樣。

培敏的牙齒因激動發出格格的微響，他驀地抬起頭，眼睛紅紅的，追問一句「你說呢？」聲音極小，培敏聽到了。眼睛瞬間被淚水遮蔽，好在他又低下了頭。她知道他在等待她的一句話。

水端到焦渴之人的面前，喝還是不喝？她突然想到自己被院裡投票推薦為工農兵學員，因政審不合格慘遭淘汰的事，趙長春消息那麼靈通，當時怎會不知道？他從來不曾表白，是不是一直下不了決心？那麼今天來表白，無疑是他願為她作犧牲。

接受麼？為此，他要經受她一直經受的不平等、不公正；忍受她曾忍受和正在忍受的政治歧視。他從此失去政治優勢，仕途無望。培敏搖搖頭，何必非要把一個走在陽光大道上的人拉到自己的羊腸小道上呢！何必把一個時代的寵兒變成棄兒呢！想到，自家的老叔為了政治上「清白」，連一奶同胞的親哥哥都隱瞞。算了！局組織部副部長不是已經明確說出，第三梯隊的配偶必須他媽的根紅苗正麼？不知是他媽的哪一級領導的規定？

培敏心裡天人交戰無比激烈，閘門外，被擋著的是愛的狂潮。拒絕是剁手之痛，接受是剜心之痛。她聽到靈魂深處的聲音——「接受就是坑人，不再是愛！」足足四十分鐘，培敏沒有說一句話，也沒看對方。黯然神傷的趙長春悄無聲息地離開了。

傳來門被關上的聲音，培敏再也抑制不住，衝進暗房，一把鼻涕一把眼淚地哭了起來。臨了，她抬起頭，舉目黑暗，感覺生活一如淚水般苦澀，心中無比憋屈，她早來晚

走，勤勤懇懇地工作，年年被評為優秀員工，為什麼就不能嫁第三梯隊的人？培敏用鼻子恨恨地哼了一聲。想到從前林林總總的荒謬規定，什麼『三個不過一』，什麼禁種四辣（理由是薑、辣椒、大蒜、大蔥屬『資產階級口味』），想到兩地生活調轉的規定，想到……數不清蠻不講理、狗屁不通的條條框框，把多少人的青春和幸福毀了。培敏如陸放翁般撕心裂肺地發出長嘆：「桃花落，閒池閣。山盟雖在，錦書難托。莫、莫、莫！」

48 又一個「余永澤」

　　新年放假，王友德提前一天回到瀋陽，約定六點半，在培敏家附近的雲峰車站見面。那時談戀愛被稱為「壓馬路」，因為無處可去，只好像壓道機一樣在街上來來回回地「走」。

　　友德見培敏走過來，作出握手的姿勢，培敏卻把手放到身後，她實在不想與他握。他後來算這筆「老賬」，說她給他「訕出一臉大水泡」。肩併肩走。各自說了一會兒別後的情況，友德突然問：「你為什麼不敢看我？」

　　培敏想都沒想地說：「不是不敢，是不想。」

　　「為什麼不想看？」

　　「你眼睛長得太陰險了！」這句話剛說完，友德哈哈大笑起來，培敏也覺得說得太直，偏過頭偷笑。

　　他趁機扳著她的肩膀：「你肯定沒好好看過，好好看看，陰險麼？」培敏執意不肯，他扳肩膀的手順勢摟住她。她覺得不舒服，但不好意思把他的手拿下，心想：不能太過份。

　　「你說這話其實是誇我，我身上最缺少就是這兩個字，真希望我可以『陰險』一點，哪怕一分也好。」

　　「不光眼睛陰險！……」沒等培敏說完，友德完全鬆開摟肩膀的手，站著不動，驚訝地喊道：「啊？還有呢？」看他故作大驚小怪，她樂了。

　　「沒事，受得了，快說，我洗耳恭聽。」

「你特像余永澤。」

「余永澤不好麼？」

「余永澤不好，是反面人物。」培敏以為他沒看過這本書，特意指明。

「我幾乎不看小說，但《青春之歌》還真看過。說實話，我挺喜歡余永澤的。人需學有專攻，他膽子小，不喜歡搞革命，也不適於搞革命，但一心鑽研學問，是個很正常的知識分子。楊沫非要醜化他，那就沒辦法了。」

「那你是余永澤麼？」

「是，以後會是。我對現在搞的這些不感興趣。哪有這樣的，報紙社論號召批判反動學術權威，就把所有的一級教授拉出來批鬥遊街，戴高帽，拳打腳踢，都多大年紀了？別說他們都是學富五車的國寶，就是普通老人也不該這麼虐待。再說，一級教授就一定反動麼？從古至今一直是尊師重道，現在，學生竟批判起老師來了，這不是愚昧在批判文明麼？我是無論如何都理解不了。將來我只能靠技術吃飯了，好好鑽研業務，再學一、二門外語，這一生只求仰不愧於天，俯不怍於人。」

培敏聽了，覺得在理。以一技之長服務國家，也不失為出身不好者的一條出路。余永澤就余永澤吧！

三天後，他離開了，沒有引起培敏半點思念。他一絲一毫都沒走進她的心裡。好人，老實人。僅此而已。她就是不喜歡。

把這難題交給朋友們吧，已好久沒和她們見面了。

自從與友德通信後，她就不再追那二十路公交車，還從家裡搬進集體宿舍。

她下班後，踏著自行車往朋友家騎去。路上，想著自

己，愛的不能去愛，不愛的卻逼著自己去愛，掉下幾滴委屈的淚水。

先到賀文佳家，文佳一見到培敏，大叫起來：「正愁找不到你，可好，自投羅網來了。」

培敏問：「啥事找我？」文佳給她飛個眼神。培敏明白，八成是要談對象的事。心裡話都不在家裡談，兩人便一起走出家門。

文佳果然有了難題：三天前一個男生手捧鮮花（文佳稱之為「出洋相」）找到文佳所在的木材廠，詢問：「有個姓何的小姑娘嗎？」

收發室的大爺說：「我們這裡沒有姓何的。」那個男生走了。過了一會兒，又回來了，說：「大爺，這個人肯定在你們廠子裡，是剛調回的知青，人長得很漂亮。」

「喲，不姓何，姓賀。」

「哦，對，姓賀，我可以見見她麼？」

文佳聽說有人找她，就從車間跑到收發室，見到那人，文佳完全愣住了：「我不認識你啊。」

那人說：「是的，我也不認識你，你還有兩個小時下班，我在這兒等，慢慢跟你聊。」

原來這位男生要出國，為此，必須結婚，按規定，單身人士是不可以出國的。

「又是規定？什麼狗屁玩意！為什麼單身人士不可以出國？」培敏沒好氣地問。

「怕滯留不歸。」

「外國人民都生活在水深火熱之中，誰願意留在那裡？」是啊，一代人從小被灌輸，世界上還有三分之二的人生活在水深火熱之中，衣不蔽體、食不果腹。

「他去的國家好像不窮。」文佳說。

「那，你覺得這個人行麼？」

「還行。」文佳遲疑地答。

「那就處處吧。」

「沒有時間處了，如果同意，半個月內就得結婚，然後按『已婚人士』上報。」

「哇，那太嚇人了！沒感情怎麼結婚啊？」培敏大驚小怪地叫道。

文佳也說：「是有點莫名其妙。」

培敏開始給她分析：結婚是終身大事，對女孩來說更是。在全然不瞭解對方的前提下結婚，是豪賭。關鍵是：冒這麼大的風險只是為了成全一個陌生人出國，實在不值。

文佳聽完，連連點頭，但又怕錯過機會：「他各方面的條件倒還不錯。」

「不錯，不等於合得來，只有相處一段時間才知道，光條件好，合不來也不行啊！」

就這樣，那個要出國的男生倒在培敏的槍下，文佳決定明天回絕他。

「你那個高營長咋樣了？」文佳開始關心培敏。

培敏說，徹底結束了，現在處的叫王友德，特像余永澤，男子漢還挺柴米油鹽的。

文佳說：「你這個人有毛病，我得離你遠點，過兩天你還不把我當成戴愉^⑬了？」

培敏愛用文學作品裡的人物「套」現實中的人，文佳對此素有看法。

「不能！」培敏堅定地表示。

「戴愉是男的，你是女的，性別我還分得清。」

說笑歸說笑。文佳認為，膽子小，柴米油鹽都不算毛病。

　　「這年頭，膽小是好事，我爸膽小，啥話都不敢說，挺好，全家平安。柴米油鹽也不算毛病，你這種油瓶倒了都不扶的甩手掌櫃，真需要找個過日子的。總不能兩個人都天馬行空吧？」

　　不過，文佳認為兩地分居不好，人口控制得這麼嚴，小城市往瀋陽調根本沒可能。培敏很少考慮實際困難，這類問題壓根兒進不了腦袋。

　　第二天是週日。培敏去了小芳家。小芳的媽媽一直住在大女兒家，屋子裡只有小芳一人。她已有了男朋友，高二級的，父母兩個文革前都是局長，曾被定為走資派，受盡磨難，現已官復原職。小芳在一所中學裡教書，雖說沒當成大學老師，但也算為人師表了。

　　培敏問小芳，對這個男朋友滿意嗎？

　　小芳說：「還行吧，不過，我喜歡野性一點的，這個，太文縐縐了。」

　　培敏說：「我最嚮往的愛情，一定要含敬仰的成份，如果沒有，很難激起我的愛。」

　　小芳不同意：「只要一起生活，敬仰就消失，再說，仰著脖子生活，太累！」

　　「那，沒有愛呢？沒有愛可以一起生活麼？」培敏說出了心中的癥結。

　　「沒有愛怎麼能結婚啊？」

　　「那我慘了，愛又愛不起來，吹又吹不了。」

　　「培敏，你是不是遺傳你媽呀？一輩子只能愛一個人。」

那年，小芳媽媽給培敏媽介紹對象，培敏媽拒絕，培敏曾對小芳說過：「我媽這輩子只能愛一個人。」

「我記得你當時勸說你媽：『掉到水裡，要緊的是爬出來，幹嘛總泡在水裡？』」

培敏說：「我明白了。」

中午，小芳留培敏在家吃飯。飯後，培敏和小芳一起去高琦住的集體宿舍。

高琦和老萬已訂婚，雙方正在籌備婚禮。高琦和老萬的父母都是遼寧畫報社的員工，還在五七幹校⑭，住在農村。兩家的房子都被別的人家佔用，害得高琦和老萬回城之後，都住在各自單位的集體宿舍。

見到高琦，培敏問：「結婚的日期定下沒有？」

「這不正借房子呢，借不來咋結婚？培敏，找對象可得找有生活能力的，老萬這吃糧不管穿的主，全等我張羅。真受不了。」

「現在講革命化，婚禮買點糖塊、瓜子招待就可以了，別搞得太複雜。」

「培敏，老萬跟你一個觀點，你們都不是過日子的人。叫個家，鍋碗瓢盆得買吧！床上鋪蓋得買吧！結婚穿新衣服，得買吧，要買的東西可多了，他全不管。」

培敏又問了一下梅怡的情況，她跟著媽媽去了開原縣的五七幹校。雖說離城比「下河泡」遠，但一家人在一起。而且她還在那裡找到了她的白馬王子——開原縣京劇團的大提琴手，也是知青。聽說兩人糖粘豆似的，天天演「十里相送」，他送她到家，依依不捨，她又送他回去，他不放心又堅持再把她送回去。往返不知多少來回。男方逢年過節回瀋陽，梅怡哭成個淚人似的。

高琦晃著頭說：「梅怡媽是作家都受不了，說沒見過這麼愛的。」

「小說家，」培敏特意叫著高琦的外號，質疑她：「不會又是虛構吧？」

「是梅怡媽的原話。」高琦一本正經地回答。

走出集體宿舍，小芳對培敏說：「兩人工資加起來才四十二塊錢，這日子夠高琦過的。」

「還好，明年出徒就可以拿三十八點六元了。」那年代，參加工作從學徒工開始，第一年工資十七元，第二年十九元，第三年二十一元。三年學徒期滿，轉成正式工人，工資為每月三十八點六元。

晚上，培敏到了佟姨家，得知于非也處了男朋友，他是孔姨手下的一名轉業軍人，素質很好。兩人現在正在外面壓馬路呢。

一圈訪友結束，培敏心情平復不少。大家都在準備過小日子。要說過日子，「余永澤」還真不差。培敏告誡自己：「別像媽媽那樣，得爬出來！」

那我就用一輩子等

　　臨近春節，按假期友德又提前一天回來。現在，培敏決定走出趙長春的陰影，和友德好好相處。她不想讓友德蒙在鼓裡，認為這樣有失公平。

　　「你覺得我進入狀態了麼？」培敏問。

　　「沒有。」

　　「你咋知道沒有？」

　　「看也不願看一眼，信中連句思念話都沒有。」

　　「那你為什麼不結束？」

　　「因為我掉進去了。」

　　「什麼意思？」

　　「不可能再愛上別人了，我要找的就是你。」赤裸裸的表白，並沒有讓培敏感動。

　　「我確實沒有進入狀態，不過和你無關，是我剛剛結束一段感情，還沒走出來，也不知道能不能走出來？這段時間，我發現根本無法愛你，這對你不公平，所以幾次都想結束。」

　　友德說：「千萬別結束！不介意的話，可以講給我聽嗎？」於是培敏從第一眼見到趙長春開始，到為了和他同車，如何每天追趕二十路公交……所有細節都原汁原味地講了。

　　事後，賀文佳嘲笑培敏：「該告訴的人，你守口如瓶，不該告訴的人，你竹桶倒豆子。」

友德聽後說：「我理解，見你第一面，我就有被電擊到的感覺，從此腦子裡全是你，每天就像踩在蜘蛛網上一樣暈頭轉向。我喜歡你的坦白和直率，這樣我們都不累。當然，還有你的善良，做事老能為對方著想。我哥說你媽媽就善良，說找老婆一定要先看丈母娘。」看來，友德一點也沒在意她的暗戀史，這令培敏很感動。

友德意猶未盡：「聽你談這些，覺得你不瞭解男人，我太瞭解他們了。你把一個人看得太高，只說明你對他缺乏瞭解。你自始至終都只是遠距離看趙長春，你如果熟悉他，反而可以走出來。」

培敏搖搖頭說：「我不可能去瞭解他了。」

「另外，你喜歡趙長春是因為他像電影裡的高營長，其實高營長是宣傳機構塑造的形象。樣板戲也好，電影也好，小說也好，高大上的男主人公，生活裡哪有？你不覺得他們假嘛？」培敏搖了搖頭。

「那你聽過『拔高』這詞沒？」

提到「拔高」，培敏想起了她參加公社「學毛著講用會」的事，上級審查她的發言稿，很不滿意，因為培敏沒有把她的進步歸結到學習毛主席著作上，表明「思想境界不高」。領導特派一人專門為她的講用稿作了一番「拔高」。

他說：「這你就清楚了！大字報揭出很多英雄人物包括全國勞模都是編造出來的，銀幕上光彩照人，現實生活中一塌糊塗。這幾年看到了太多的真相，我不可能再崇拜誰了，包括毛主席。」

「毛主席？毛主席我還是很崇拜的！」培敏說。

「還是距離的原因。毛在文革後期調動工宣隊、軍宣

隊，都是臨急抱佛腳。清華園裡，『老團』和『老四』兩派就是打，史稱『百日武鬥』，愈打愈激烈，誰說都沒用，沒辦法只能把部隊派進去，把工人派進去。根本就不是報紙上說的高瞻遠矚。所以別把誰看得太高。大家都是正常人。當然我沒有貶低趙長春的意思。」培敏想，千萬別貶低他，這樣會傷害我的感情。

「如果我終生都走不出趙長春的陰影，咋辦呀？」

「沒關係，那我就用一輩子等。」

培敏睜大眼睛看著友德，想確定這是肺腑之言還是男人慣用的花言巧語。

「就像你不瞭解男生一樣，其實我也不瞭解女生，只覺得你和我過去見過的女生都不一樣。大哥說你是很難得的女孩，我起初以為無非就是我見過的那些女孩的樣子，沒想到確實與眾不同。這也是我第一天換一套衣服再去見你的原因，生怕被你『槍斃』。」

這馬屁拍得正中下懷。培敏最喜歡別人說她「與眾不同」。友德又講起他工作單位那批清華同學找老婆編的順口溜：

　　　　　一般相貌
　　　　　政治可靠
　　　　　能看書報
　　　　　自帶飯票

「政治可靠？指家庭出身？」培敏難以理解清華的學生居然也在意政治可靠。

「不是，指的是在家裡議論國家大事，老婆別去打小報告。」

「這四項標準也太低了點吧？」雖然大學生已淪為臭老

九，但培敏還是認為設的門檻太低。

「你呢，標準一定很高吧？」友德在探培敏的底。

「談不到高與不高，其實是我的需要。」培敏自行攤牌：「第一條作風要好。」

「為什麼？」

「丈夫再好，作風不好，不是自己的，有啥用？」

「據說作風大多來自遺傳，我爸爸、我哥都非常忠於婚姻，我想我不會在這方面出問題。」

「第二條脾氣要好。」

「為什麼？」

「因為我脾氣不好呀。」培敏理直氣壯。

「脾氣不好不要緊，講不講理？」

培敏斬釘截鐵地回答：「不講理！」

他笑了：「這我就放心了，能承認自己不講理的人都是講理的。」之後，他表白說：

「我脾氣也不算太好，但你放心，保證打不還手，罵不還口，不跟你吵。」

「第三條，要勤快。」

「為什麼？」

「因為我不會幹家務活啊，尤其是伺弄爐子，聽說老得記著給爐子添煤。」

「那咋樣？」他問。

「那不把我的生命都燒沒了嘛！」語氣很橫。

「就這三條？」他問。

培敏點了點頭。

友德鬆了口氣說：「我都能做到。從十一、二歲起，我就負責給全家人做飯，踩著板凳給全家人擀麵條。考清

華大學時，我背上背著最小的弟弟，一隻手拿著飯勺攪粥，一隻手拿書。結婚後，看爐子、做飯，一切都交給我好了。」

友德說完，培敏傻了，雖然她要的他都可以做到，但依然感到他不是她想要的人。細想從第一封信、第一次見面起，他沒有任何偽裝，都是如實展現自己。問題已鮮明地擺在那裡：是如他所是，接納；還是如己所願，堅持。培敏痛苦地搖了搖頭，一時仍下不了決心。

春節期間，爾娟提出四個人聚一下，培敏跟友德說了。

「一定要去嗎？」他問。

「一定要去。」培敏知道他不喜歡人多，不願意和生人接觸。

「那好吧！」

見了面，大家寒暄了幾句，爾娟提出打撲克。培敏和友德都表示不會。爾娟說那我教你們玩一種遊戲，輸者要被刮鼻子。玩過幾次，培敏發現明達常是有意輸給爾娟，爾娟要刮他鼻子，他不讓，等著爾娟撒嬌、生氣，才讓她刮。每到這時，爾娟就像個孩子，轉「怒」為喜，蹦過去狠狠地刮他的鼻子，而明達的眼神充滿著愛意，像看自己的小女兒。然後他抓住她的兩隻胳膊不鬆手，如果不是培敏他們在場，下個動作就會順勢把爾娟擁到懷裡。

出來後，培敏感慨：「這兩人真夠浪漫的！」

「你羨慕嗎？」友德問。

培敏點點頭，說：「不過我做不來。」

「我不羨慕也不喜歡，你就這個樣子挺好。」友德說。

為了一到明達面前，爾娟就變樣，變得格外地活潑、開朗、浪漫，培敏曾提醒爾娟：

「我發現你在明德面前很裝，好像很活潑的樣子，這得

裝到啥時候是頭啊？」爾娟聽後，神色陡變，她兩眼直直地盯了培敏一會，說：「不，這不是裝，這才是我，這才是我本來的樣子。」

　　一句話，往事如萬花筒般在培敏的腦海裡轉起，這麼多年，培敏已習慣了那個憂鬱與沉默的爾娟，習慣了那個政審不合格後，像下了鹽的蘿蔔一天天蔫下來的爾娟。卻忘記，從前那個顧盼生輝，渾身洋溢著青春活力的爾娟，在爸爸面前恃寵撒嬌的爾娟。培敏內心感到莫名的苦澀。

50 革命化婚禮

　　研究院的知青都已成家，培敏佩服他們速戰速決的作風，有的相識三個月，有的相識半年。

　　最乾脆的是趙長春，從認識到結婚不到兩個月。局組織部部長近水樓臺先得月，託人把自己的侄女介紹給他。將未來的局座收作自己的侄女婿。

　　趙長春的新娘子是工人，文革時讀初一，爸爸媽媽都是老工人。婚後，培敏見過她，長相一般，舉止略顯俗氣，不知趙長春看上她啥了？聽說趙長春學會了抽煙，她跟著一起抽，再後來趙長春每天晚上都喝酒，她跟著喝，有時，兩人一起醉，總算志同道合了。

　　現在培敏倒成了怪物，人們不理解怎麼處了兩年多還不結婚。培敏不想結，友德也不催。培敏羨慕爾娟與明達的相親相愛，看著泡在蜜罐裡的爾娟，心裡酸酸的。再次決定結束和友德的關係，去尋找真愛。

　　五一勞動節放一天假，友德坐火車回到瀋陽，培敏告誡自己，無論如何這次一定要一刀兩斷。

　　見到友德，她面色冷冷，一板一眼地說：「我來見你是要告訴你，我已下定決心──絕不再處了。」只見喜笑盈盈的友德渾身一抖，陡然臉色蒼白。培敏不忍目睹那絕望的表情。見面之前，她一再告誡自己不能心軟，她立馬把頭扭向一邊，生怕自己再看一眼就會繳械投降。友德沒有說話，過了一會，他無力地拿起培敏的手去摸他的右頰，

培敏嚇了一大跳，觸電似的把手縮回，冰涼得嚇人。友德又拿起培敏的手摸他的左頰，溫度正常。培敏傻了，這關係還能結束麼？真結束豈不把他毀了？

唉！算了，即便能嫁給國家主席，也不能這樣害人！

「那我們結婚吧！」培敏脫口而出。

培敏在那晚的日記中寫道：不能再心猿意馬了，不知今天的決定，日後會暗自慶幸還是悔恨、嘆息？

結婚很簡單，既然沒有房子，就什麼都不用買。但培敏媽堅持要給女兒一份像樣的嫁妝，那時結婚比鋪蓋。家裡被格疊得高，如同現在擁有一臺好車那麼體面。被面全部用上等的杭州綢緞，被裡是最貴的柞蠶絲被套。培敏媽因當年娘家給了她很好的陪嫁，所以早早就開始為培敏準備，幾年前就託人從杭州、上海往回帶。婚禮那天，媽媽做的水綠色、水粉色的四鋪四蓋，引來很多讚譽。還有那兩個牛皮箱子（那年代家家只有木頭箱子，培敏媽特意為之，以顯檔次）裡面裝滿衣服、面料及開司米毛線。加上女兒騎的自行車、手上戴的手錶。培敏媽認為，再有錢人家也不過如此。

婚禮革命化，不需任何儀式。研究院的同志湊分子，關係近的隨一塊、兩塊，關係稍遠點隨幾毛錢。買了暖瓶、洗面盆、鏡子、枕巾等。錢數寫在紙上，隨禮品一起交給培敏。培敏平時愛幫人，又是知青群裡最後脫單的，收上來的分子錢大大高於別人，他們又用多出的錢買個大洗衣盆。下班後，同志們拿著這些禮品陸陸續續來到培敏的婆家，吃點糖果、瓜籽，說幾句恭喜的話，一樁人生大事宣告完成。

培敏有三天婚假。第二天，研究院卻炸開鍋一般，大

家都驚訝不已，議論紛紛：培敏怎麼能找這樣的婆家？窗簾打補丁，補丁居然五六種顏色；房子沒有兩氣（暖氣、煤氣）也罷了，連上下水都沒有；最主要的，是怎麼也不能找個外地的啊，多少兩地生活幾十年都調不到一起，將來有了孩子，一個人帶，眼淚有得掉的。

曾經想為培敏介紹對象的，大談他們的遺憾，都覺得自己要介紹的人比友德的條件好太多，只是以為培敏心高，沒敢開口。

第四天培敏上班，風言風語傳進她的耳朵，心裡自然不好受。想想也覺得屈：政治上，出身不好；經濟上，家那麼窮；生活上，牛郎織女。真為愛情也值了，偏偏又無論怎樣都愛不起來。難道這婚姻只是成全另一個人的愛？難怪媽媽老說自己傻。培敏偷偷地擦眼淚。

還好，沒等懷孕，培敏已將友德調回瀋陽，當然是當年被打倒後又被解放的當權派幫的忙。雖然結束了異城的兩地生活，但同城後依然「兩地」。培敏的單位在瀋陽的最北頭，友德的單位在瀋陽的最南頭。各自住在單位集體宿舍過著單身的生活。

但友德知足得不行，早早設計好未來的家庭運作模式：「你當主席，我當總理。」

培敏忍不住嘲笑他作大。

「我的意思是這個家由你定事，我幹事。我幹事還行，但沒有決策能力。再一個，我主內，你主外……」這句話讓培敏想起電影《李雙雙》中的臺詞，脫口而出臺詞的下一句：「四個孩子，我管一個你管三唄。」這話要是讓培敏媽聽到，一定說她「沒正形」。

自從培敏懷孕後，友德不再讓培敏吃食堂，買了個煤

油爐子，每天下班趕緊炒兩個菜。天天從南到北給培敏送飯，即便北風暴雪也不耽誤。這舉動感動了培敏，也感動全研究院的人，因為友德總能和研究院下班的人碰上。

趙長春對培敏說：「愛惜點勞動力吧！」看培敏沒聽懂，又說：「這天天騎著車，頂著大北風就為給你送頓飯，太過份了。」

培敏說：「那就拜託你了，我說了幾次全不頂用，最好你跟他談。」培敏心裡不再酸酸的了，終於發現「被愛」也不錯。儘管還是羨慕爾娟他倆，人家兩人都是一見鍾情，雙向的愛與被愛。

51　我不想和你分開

　　爾娟對人生中最大的兩件事：職業及男朋友，都感到滿意。她又迷上了劇場的廣播工作。培敏每次去劇場，爾娟都會問：「能聽出誰廣播的麼？」

　　培敏毫不遲疑地回答：「你呀！」

　　半年後又讓培敏聽，她再仔細也分辨不出是誰，因為像極中央廣播電臺播音員的聲音。

　　爾娟自豪地告訴培敏，不論炎夏寒冬，每天早晨必定五點起床，到小樹林裡去做口部操，練習咬字及吐字歸音，還有共鳴發聲……培敏想不到「說話」有這麼大的學問，也沒見過哪個單位的廣播員這般對待工作。爾娟怎能不成功？她廣播達到的專業水準，連名演員都佩服。

　　爾娟和明達準備結婚。但她和明達戀愛的事一直瞞著媽媽，知道她不會同意，果然，她媽媽問她：

　　「你以為我跟他（爾娟的繼父）在一起很幸福是吧？我之所以跟著他，只是為了給你們換個好出身，剛出火坑怎麼又找個火坑往裡跳呢？我當年找個資本家的兒子、大學生，看這罪遭的。怎麼你要找個跟你爸一樣的？那時全國還沒解放，我看不明白。今天一切都活生生地擺在那裡，你怎麼還走你媽的老路呢？」

　　爾娟到明達獨身宿舍，把一切說了。明達一聲不響地站起，從架子上取下個像框放到爾娟的手裡，那是爾娟初中時拍的照片，這是分手的意思。爾娟大哭。明達痛苦地

說：「你媽媽說得很對，現實就這麼殘酷，我愛你，但是不想害你。畢業這麼多年，廠裡的師傅們經常要給我介紹對象，我一律不見。你是我見的第一個，如果介紹人不是白雪，我不會見。沒想到在白雪家，你推門一進來，我就知道死定了，沒救了。我的內心一直在糾結著。爾娟，今天應該哭的是我！……」

沒等明達說完，爾娟泣不成聲地喊道：「我不想跟你分開！不想跟你分開！」

在明達那裡沒有解決的問題，爾娟拿到培敏這裡來了：「怎麼辦啊？我媽堅決不同意，而我根本離不開明達了。我媽確實是為我好，說得也都是事實，你說我應該怎麼辦？」

培敏有個感覺，自從她和王友德相處後，爾娟心中不再那麼糾結明達是臭老九及他的出身。

「要我說，離不開就不離。我知道那滋味，那不是人受的。再說，你也很難找到像明達這樣的伴侶了，他就是為你量身訂製的，寵你都寵得沒邊了！說實在的，我挺佩服明達那不買賬的勁兒，指望他給領導溜鬚拍馬？絕對不可能。你看這些年，人人都識時務了，儘量學貧下中農，裝貧下中農，竭力表現粗鄙。明達卻比文革前的知識分子更知識分子。可是，他見到你卻低聲下氣，瞅那樣都能給你洗腳！」

爾娟帶淚的臉漾出甜甜的微笑，夾雜著些許羞澀：「真給我洗過！我去他獨身宿舍，凍得直跺腳，他燒了一壺開水，讓我暖腳，蹲在地上就給我洗上了。」

「知足吧，爾娟，你在他面前多能耍呀，不論你多過份，他就是喜笑顏開地受著。你知道這有多重要嗎？高琦已經跟我哭過兩三次了，老萬看問題是有水準，可說話太

尖刻，他們結婚不到一年，已吵崩兩三回了。高琦說老萬可以是好朋友，但絕不是好丈夫。」

爾娟趕緊接過話：「明達從來沒說過我。」

「是啊！他給你個煮雞蛋，還得做成荷包蛋，上面點綴配料，像幅畫似的端給你。你倆在一起那小情小調，我看著都嫉妒。我那位，就別提情調了。好在他對我好，我也就不強求了。」

看著爾娟的臉色在舒展，培敏直奔核心問題：

「我覺得你和你媽媽不一樣，你媽媽沒文化，她和你爸在一起，你爸彈琴她欣賞不來，說話她領會不了，她和你爸之間不可能有你和明達這種默契和精神交流。你仔細分析一下你自己的情況，有必要那麼在乎明達的出身嗎？還想考樂團麼？」

爾娟搖搖頭說，「他們不會招我這個年齡的了。」

「也沒必要考。喜歡拉琴就自己拉，喜歡藝術，天天看演出，和名演員們談三論四，比你做樂隊的小提琴手還愜意。」爾娟頻頻點頭。

培敏又問：「想當官嗎？」爾娟又搖了搖頭。

「結了婚，回到家，關起門來自成一統，兩個人親親熱熱。誰陞官、誰入黨也別眼饞。說句不好聽的話，你就是再改出身，也得不到重用，所以一個資本家出身和兩個資本家出身沒多大區別。」

「我是什麼都認了，關鍵是……」

培敏搶過話頭說；「我知道你想說關鍵是孩子，你知道不？小時候那次政審，叫你掉進那口井了。我絕對相信物極必反，現在都左到什麼份上了，誰知道將來變啥樣啊。大不了不要孩子，也不能不要明達！你得讓人家活啊！他

都陷進去那麼深了。你現在跟我在這兒聊著，他找誰聊呀？我看他死的心都有。」

培敏順著話愈說愈來勁，最後一句讓爾娟慌了神，她看了看腕上的錶，站起身來說：「什麼孩子不孩子的，大不了不要了。我不跟你聊了，我得趕緊上明達那兒去。」

旋即，又坐下，頹然地喊道：「我媽，還有我媽的問題沒解決呢！」

「交給我媽！讓我媽對你媽，曉之以理，動之以情。不過你得配合，嚇唬你媽說，非明達不嫁！」

52 ▽ 弟弟被捕

　　時局的變化真不是老百姓能預料得到的，就在培敏媽要去找爾娟媽那天，也就是一九七六年的九月九號，下午四點鐘，中央人民廣播電臺宣告了毛主席逝世的消息。

　　治喪期間，爾娟家飛來一場橫禍。爾娟給培敏打電話，培敏拿起電話就聽見爾娟嗚嗚的哭聲，培敏趕緊問：「怎麼啦？」

　　「我弟弟，祥瑞！──葬禮前被抓走了──」她已泣不成聲。

　　培敏喊道：「爾娟，別急！我馬上到你那裡去！」

　　「辦公室──直接到我辦公室──」爾娟說。

　　一路上培敏後悔，沒有將于非的電話內容轉告給爾娟。原來，已提拔成政工幹部的于非，在主席逝世後，特意給培敏打電話：他們接到上級的指示，全軍已進入一級戰備狀態，治喪期間，要求各級一定要防止階級敵人搞破壞，要盯住反對毛主席的各種表現，包括盯住「沒有哭」的人。

　　接完于非的電話，培敏緊張起來，在學校那次大家都喊口號她沒喊，差點被打成反動學生，這次要是哭不出來，一定得打成反革命。

　　萬幸的是，培敏淚點低，追悼大會上，看到別人掉眼淚，培敏立刻就落淚了，尤其是面對很多人進入會場跪倒在地，嚎啕大哭，培敏已淚流滿面。

　　培敏敲了敲爾娟辦公室的門，進去。爾娟兩眼紅腫得

只剩一道縫。

爾娟把門鎖上。

「因為什麼把祥瑞抓走？」

培敏難以相信一說話就臉紅的靦腆男孩，會犯什麼錯？

原來，開追悼會那天，祥瑞正在和一個人說話，有人往他胳膊套黑袖紗。祥瑞和那人正在小糾紛上，戴袖紗的人笨手笨腳，老套不上去，祥瑞不自主地一甩胳膊，順嘴說了一句：「我不戴這玩藝兒！」在場的人都愣住。空氣瞬間凝固，氣氛令人窒息。祥瑞意識到自己犯了天大的錯誤，兩腿瑟瑟發抖，不停地說著：「我說說說錯了，我不不不不是這個意思！」

一切都來不及了，政工幹部正帶著任務監視著每個人，捕捉階級敵人的新動向。明擺著向上級邀功的好機會，怎能錯過？很快，專政機構來人，給祥瑞戴上手銬，押上警車。

培敏問爾娟：「押到哪裡了？」

「不知道，他的同事就跟我說了這麼多。」

「我們找領導解釋去，說孩子當時和同事說話正在氣頭上，不小心說錯了話。」

爾娟邊哭邊說：「我和我媽昨晚去領導家了，沒用！領導說祥瑞分明是仇恨偉大領袖毛主席，每個人都呼天搶地地哭，只有他沒哭。說祥瑞犯了反革命罪，叫我們不要包庇。」

「祥瑞肯定要被判刑，我媽現在已下不來床，兒子就是她的命根子。我媽要有個三長兩短的可咋辦啊？」爾娟哭得更傷心。

培敏寬慰她：「爾娟，判幾年也比打殘了強。我們單位昨天在大禮堂開追悼會，一個人穿了雙紅襪子，加上他爸爸是歷史反革命。開完追悼會後，和我一起進研究院的幾個男知青把他堵在辦公室裡，用皮帶抽，用椅子往他腦袋上砸，椅子腿都砸斷了，腦袋沒開花，但人昏過去了，現在還在醫院，人事不省。醫生說，這個人就是醒過來，也廢了！肯定是個傻子！」

　　爾娟驚呆了，自言自語：「就因為一雙紅襪子？」

　　「是啊，書呆子，會好幾門外語，天天翻譯資料。四十多歲還單身，平常不修邊幅，估計是順手隨便一穿，沒在穿戴上用心思。」

　　爾娟已無心情思量婚事，為早晚照顧媽媽，搬回家住了。

　　十月尚未進入中旬，瀋陽最好的季節，天天雲淡風輕。一天，快要下班，爾娟來電話讓培敏去她那一趟。說有好消息。見到爾娟，她嘴邊那個好久不見的「括號」，分外搶眼，可見喜悅按捺不住。

　　爾娟把培敏引到辦公室，門剛關上，她就說，「知道麼？『四人幫』全給抓起來了！」培敏一聽，張大嘴半天沒合上。

　　「不能吧？江青也給抓起來了？」

　　「全抓起來了！」

　　「消息準確麼？」

　　「百分百準確，正逐級往下傳達吶。告訴我的這個人，他爸是部隊高幹。」培敏騰地從椅子上蹦到地上：「太好了！太好了！」

　　兩個人手舞足蹈。突然爾娟停下：「培敏，出去千萬

別說啊，文件還未傳達到基層組織，聽說有的地方，當官的以為是謠言，把說出來的人當反革命抓了。」

「是啊，誰能信吶，主席的夫人、中央文革小組的一把手居然被抓了。」

「你說我弟弟能不能放出來？」

「能！他本來就沒罪，就是周圍的人壞。你媽媽怎麼樣了？」

「好很多了。」

「那讓我媽去和你媽談，行麼？」

「估計我媽無心管我的事了，讓孔姨跟她聊也行，她若不同意，讓孔姨停下，別刺激她。」爾娟說。

過不久，培敏媽找個機會與爾娟媽聊，果然，爾娟媽不再反對。

春節期間，爾娟跟著明達回上海，為的是讓公公婆婆見上一面，公公婆婆原來擔心東北姑娘粗野，沒想到兒子領回家的女友如此高雅漂亮，再看到兒子愛爾娟如心頭肉般，心中甚是歡喜。馬上對親友們宣佈訂婚，儀式隨後在上海舉行。

爾娟從上海回來第二天，就到培敏的宿舍來了，她為培敏帶回不少上海貨，嬰兒的服裝，從一個月大的一直買到六個月大，說不知是男孩還是女孩，再大就不敢買了。又拿出二個高高的白瓶子，是魚肝油，哺乳期間喝，孩子眼睛會亮。培敏拿起嬰兒服看，嘖嘖稱讚：「上海貨就是洋氣。」那時，在瀋陽根本買不到上海貨。

「培敏，我太喜歡上海了，不想回來。我去尚彭霞（著名歌唱家）家拜訪，她鼓勵我調到上海去，說她可找上海市委書記。」

「太好了，上次友德從吉林小城市調到瀋陽，找的是妮妮的媽媽，她媽一去組織部，部長一疊聲地說，沒問題！那一年瀋陽市只調進一個人，就是友德。」

「那敢情啦！妮妮的爸爸是省委副書記嘛！」爾娟感嘆道。

「上海市委書記比他還大一級吶，肯定好使。」

「妮妮是咱們的鐵哥們啊！不知道尚彭霞能使多大的勁幫我？」

提到妮妮，培敏眼睛一亮，臉上浮現出神秘的表情：「你知道咱市有個特供商店麼？」爾娟搖了搖頭。

「我才知道他們高幹想吃啥就可以吃啥，不用『票』，也不用錢。特供商店裡雞鴨魚肉要啥有啥。魚就好幾種，我只認得平魚、淨魚，還有好多種魚我都不認識，全都一般大。」培敏用手比劃著。

「還有肉，分肥肉、瘦肉都切好擺在那裡，一條一條的。想要肥的拿肥的，想要瘦拿瘦的。還有牛肉、羊肉、整隻的雞、整隻的鴨，還有各種蔬菜。妮妮每樣都拿的不多，我問她：『為什麼不多拿些？她說：『吃了了再來拿，這樣總能吃到新鮮的。』現在的妮妮可不是當初了，那時在咱家吃窩頭都覺得香。」

爾娟對不用錢很感興趣，培敏說，從頭到尾我都陪著，沒見她拿錢，她只是拿張卡片，好像記在卡片上。

爾娟想到尚彭霞告訴她的小道消息：鄧小平可能要第三次復出，說民間流傳一首打油詩「人生七十古來稀，小平已有七十餘，若不出來再工作，恐怕一切來不及」。又說，只要鄧小平出山，肯定能恢復高考。

「完了，我咋考啊？這孩子再有一個多月就出生。爾

娟，你感謝明達的資本家出身吧，要不現在你也有孩子了。」

「沒孩子也不可能有資格。能不看出身麼？無產階級專政能讓我這種人念書嗎？」爾娟說。

培敏想到十多年前關於「不予錄取」的那次談話，生怕又勾起爾娟的情緒，趕緊轉移話題：

「你弟弟咋樣啦？」

「按冤假錯案報上去，等上面批。不過，祥瑞的狀態不好，幾乎不說話，我媽跟他多說兩句，他就煩。」爾娟眼圈紅了。

培敏感覺話題沒轉移好：「知道麼？前幾天小芳跟我說她也懷孕了，小芳說希望我懷的是男孩，她懷的是女孩，咱倆就可以結親家了。」

這回爾娟笑了。

53　恢復高考

　　一九七七年十月二十一號這天，《人民日報》正式宣告，全國高等院校恢復招生考試。

　　「符合下列條件者，均可申請報名：一、政治歷史清楚，擁護中國共產黨……」這一條爾娟已能背下，但不信，可能麼？光「政治歷史清楚」就可以了？黑五類子弟也可以高考麼？她迫不及待地找她姨問，她姨也不信，準備找北京高教部的朋友，打聽清楚。

　　三天後，爾娟姨來電話了。這次招生主要抓兩條：第一是本人表現好，第二是擇優錄取。不再像過去那樣查三代，據說，關於政審，由鄧小平一錘定音：主要看本人的政治表現。姨說：你報考沒問題！

　　爾娟給培敏打電話，驚喜萬分地說：「你信麼？居然取消政審，黑五類子弟可以報考，我可以報考！我有報考的資格了……」培敏因為孩子剛出生不久，正在哺乳期內，不可能投考。聽爾娟像祥林嫂一樣嘮叨，也覺得變化大得不可思議，天大的好事降臨！

　　培敏問：「你考麼？」

　　「培敏，從小到大，看著別人擁有各種的發展機會，而我從來沒有，知道那有多難受麼？」她聲音已哽咽：「這是我有生以來第一次，別人有，我也有！我肯定拼了。努力了，不錄取也無撼！」

　　「爾娟！只要不拿你爸爸、你爺爺擋著你，你永遠是

跑在最前面的人。考，當然要考！我肯定會聽到你的好消息！」放下電話後，培敏的眼睛很潮，她望向窗外天空，爾娟這隻鳥，一旦腿上的石頭被解除，一定會騰空而起！想想自己，也是腿上綁著石頭的鳥，不同的是，這塊石頭沒等解下，另一塊石頭又拴上了，孩子來得真不是時候。她真嫉妒爾娟，人家正好踩在點上。她一定能考上大學，一定能乘上這班時代的快車，之後把自己甩出十萬八千里。

爾娟又來電話，距上次電話已過去二十多天。培敏知道她早一頭栽進備考中。

「哇！培敏，我現在腦袋都木了，每天只能睡二、三個小時。知道我為什麼給你打電話麼？我欠你一聲謝謝。」

「謝謝？莫名其妙，啥事感謝我？」

「培敏，現在明達天天給我補數學，這交大學生的水準就是不一樣。多虧當初找這個『臭老九』了。培敏如果不是你，他怎麼可能出現在我的生命中呢？越想越覺得你高瞻遠矚。」

「高瞻遠矚啥！不過碰對了，要還是『四人幫』掌權，你現在肯定得在心裡罵我！你得感謝你媽，要不是她反對，你現在還不是和我一樣當媽了。你看這夥朋友，不是在哺乳期內就是挺著大肚子，全後悔結婚早了，哪個高中生不想考大學，就你有了這個機會。」

「你知道我報的哪個大學麼？上海復旦大學。」

「啊！太敢報了，不怕考不上？」

「明達說他保我能考上，他說高二學歷是這批考生中基礎最好的，高三沒比高二多學多少，高三那年，大部分時間花在復習上。」

培敏想想說道：「也對，婚也不結，孩子也不要，不

念個好大學就不值了。」

「最重要的是我不用求尚彭霞，考上可以直接進上海，戶口問題解決了。」

「爾娟，太陽又轉到你家窗前了。」

「明達說他明年五月就去參加考試，爭取回交大念研究生。」

「那我也讓友德回清華念研究生。」

「還別說，培敏，這群人裡就咱倆嫁給臭老九，沒想到臭老九香了。」

「現在知識有用了！我們研究院好幾個人的孩子要考大學，都找友德幫助補習數理化。他們不再替我遺憾，說我找對人了。其實這就是『僥倖』，是意外獲得，不過比使勁爭來的更讓人高興。」培敏說完，問爾娟：「離考試還有多少天了？」

「二十多天。一個月不到，好緊張啊！」

「考完給我個電話，告訴我考得咋樣。」

「不！錄取通知書下來再告訴你。」

下班後，培敏從託兒所把女兒接上，坐公交車回家。

所謂「家」其實是友德單位的一間辦公室，在培敏產女住院期間，友德的領導很有人情味，為讓培敏有地方坐月子，允許友德全家住在辦公樓裡，孩子滿月後，在領導默許下一直住了下來。

辦公室不小，一側放一木板床，另一側放二張大辦公桌，其中一張擺著煤油爐子、飯鍋、炒鍋、砧板、菜刀。另一張放著兩個碗、兩個盤子、兩雙筷子，旁邊兩把辦公椅。家，簡陋到極致；友德，愛這個家也愛到了極致。

他幾乎包攬了一切家務活，培敏只負責管孩子。東北

男人以不做家務出名，研究院的人都說友德怕老婆，培敏將這話講給他聽，友德說：「我是打不過你，還是罵不過你，哪裡是怕，自己的老婆自己疼就是了。」

有孩子後，培敏才知生活就是無數的瑣碎，而友德對此勝任愉快。她想起文佳勸她的話，「你還真需要找個過日子的人。」看來文佳確有知人之明。

生活全過成瑣碎也不行，培敏還是需要些情調的。

回憶往事，友德沒興趣，總說同樣的話：「家太窮，早早就幫媽媽幹活，沒意思，啥也沒記住。」偶爾提清華，他還可以說兩句：「好不容易考進清華，結果沒上幾個月的課，淨搞大革命了，啥也沒學到。」

友德最愛談的是當下，今天做了什麼，怎麼做的。培敏聽來如耳邊風，只知道他為這個家興致勃勃地操勞。最讓她感動的是，在坐月子和哺乳期間，他為讓老婆能多吃些雞蛋，這個不敢踏錯一步的人，竟和弟弟到農村去收購雞蛋，那年代實行的是「統購統銷」，私自買雞蛋是犯法的。每次買到，他會興奮地講很久，對他來說這可是不一般的歷險。

談夢想，友德也興趣缺缺，相識幾年，唯一一次，他說出他的嚮往：「大學生活真好，沒過夠，真希望再回清華園過一把真正的學院生活。」

如果不與一個「跟自己相反」的人一起生活，培敏真無法透徹地瞭解自己。培敏發現自己對有形世界興趣缺缺，形而上的天地卻深深地吸引著自己。舉凡歷史、文學、哲學、藝術都教她入迷。她看小說流淚，他會遞給她手巾，同時說著：「假的，都是假的，你咋那麼愛信呐？」

一次，培敏拿著黑格爾寫的《小邏輯》說：「這是第

三次拿起這本書，怎麼就看不下去呢？」友德說：「看那沒用，記住他的名言『存在即合理』就行了。」

培敏說，我懷疑的恰恰是這句話，剛要舉例，友德忙別的事去了。友德最善於識別「有用」和「無用」，而培敏做的很多事情，他常常提醒：「這沒用！」

培敏抱著睡熟的女兒剛一下車，在車站等候的友德一把接過孩子。兩個人進到三樓的家裡。菜飯都已擺好。吃飯時，培敏對友德說。

「告訴你一個好消息。」

「什麼好消息？」

「研究生恢復招生，明年五月開考。」

「我知道。」

「那你咋沒跟我說？」

「跟咱沒關係。」

「你不是特想回清華校園過一把學生生活麼？」

「怎麼可能？」

「怎麼不可能，明達明年五月就去考試。」

「我可不去，孩子這麼小，你一個人根本過不了。」

「沒事，我能過得了。」

「糧站在哪？副食店在哪？煤油爐子會用麼？」

「天塌下來，我頂著，你只管念你的書就是了。」

「說得輕巧，咱不能和爾娟、明達比，他們沒孩子，兩人又都想遷回上海，知道報考研究生都是些什麼人麼？都是四人幫時代畢業分配到小地方的人，他們說自己是驢子。」

「驢子？」

「驢字咋寫，一個馬一個戶（簡體字驢為「驴」），離

開家去念研究生的都是為的改變戶口。」

「我發現你就是個老烏龜，不動最好。」

「現在不是很好麼？還折騰啥？」

「老婆、孩子、熱炕頭唄！」

「那你還要啥？」

「要發展！都鎖在籠子裡，不知道咱倆有啥區別，籠子門打開，我恨不得馬上飛出去，你呢，根本不想。」

「想飛不想飛都得現實點，現狀是孩子太小。你根本不可能一個人帶孩子，一累一著急就斷奶。你真非要我考，那得後年再說，起碼你不用餵奶了。」

「那就一言為定，後年去考。」

「那不一定。」友德皺起眉反問：「你是不是傻啊？我一走，你還不得累死啊！」

「機會多難得！誰知道啥時候政策又變了？」培敏不無擔憂地說道。

那時的國家政策像初春的天氣，常「倒春寒」，忽左忽右的。人們流行很智慧的一句話：「好事抓緊辦，壞事拖著辦。」以避開政策對個人的限制。

54 由人還是由命？

　　七七年的冬天依然寒冷，但人們心中卻春意盎然。爾娟在接到錄取通知書後，立即打電話給培敏，聲音因激動而微顫：「培敏，我被上海復旦大學錄取了！」說到最後三個字，聲音已變味。培敏的眼睛隨之濕潤。眼前浮現當年爾娟知道自己無資格考大學，痛苦哭泣的場面，還有小公園裡那塊石頭和壓在石頭下的小草。培敏不由感嘆道：「爾娟：拴在你腿上的石頭真的不見了！從此，可以高飛了！祝賀你！」

　　「我和明達二月五日回上海，十八號春節，二十八號學校開學，走前咱倆一定得見個面。」

　　「沒事，你恢復上班就好見了，我隨時可以過去。」

　　「那你現在來？」

　　「好！」

　　去爾娟單位的路，培敏已走了上百遍。今天仿佛行走在夢境中。那個絕望中的爾娟帶著她的前塵往事一幕幕在培敏眼前浮動，不堪的歲月竟開出明豔的花朵，令培敏恍如隔世。

　　想到這條路再也走不了幾回，不免悲從中來，這裡已成了她精神寄託之處，二十多年的相濡以沫，實在是難捨難分。

　　見到爾娟，培敏愣住了。

　　「才多長時間沒見，你變化太大了。」

爾娟一臉忍不住的笑意，等待著她說下去。

「好舒展！」

「培敏，非常非常奇妙！看錄取通知書時，我眼前突然一亮，亮得嚇人！我向四周望去，哇！整個天空透亮透亮的，從未見過這麼亮的天！瞬間，眼淚就出來了！我怎麼會有今天呢？」

「神話一般！」培敏由衷地感慨。

「是啊，這兩天我腦子裡老想著我姨那句話：『她根本沒資格進大學，這是命』。」

培敏想起一個故事，那是媽媽講給自己，自己又講給爾娟的。

宋朝時，宰相府的大廳裡，宰相正和同僚議論是「由命不由人」還是「由人不由命」。大家都贊成宰相「由人不由命」的觀點，簾後偷聽的千金小姐失聲笑起來。反駁父親說，應是「由命不由人」。宰相惱羞成怒。命僕人出去找個要飯的進來。他對女兒說：「你的命是相府的千金小姐，我可以讓你變成乞丐的婆娘，這就是『由人不由命』。」女兒二話沒說跟著要飯的就離開，她變賣了隨身的首飾，置了草屋，兩人一起打柴度日，並生下一兒一女。

若干年後，皇帝要駕崩，苦於無皇子繼位。八賢王找來相師，相師測算後說：當今皇上有個皇子，就在西南某地。原來，二十幾年前，一妃子產下一個肉蛋，皇帝認為是不祥之物，吩咐太監扔掉。太監偷偷把肉蛋放在大盆裡，趁黑夜放在宮外的河面上。

後來，一個漁翁拾到，帶了回家。由於家裡窮得連刀都沒有，只好用碗的碎片劃開肉蛋，一看是一男嬰。夫婦樂極，給男嬰起名為「碗劃」。碗劃到五歲，喊一聲爹，

爹死；八歲，喊一聲娘，娘死。原來是平頭百姓受不起真龍天子叫爹叫娘。碗劃成了孤兒，從此，乞討為生。

八賢王為尋皇子，便請相師測方位，按相師指引，八賢王在一集市上，插草標賤賣自己。剛巧這天碗劃賣完柴禾，喝了點酒，聽見一人高聲吆喝：「賣相應了，賣相應（便宜貨）了！」碗劃便拿手中的錢買下來。碗劃背起八賢王往家走，走了一會兒，酒醒了，怎麼買了個糟老頭子，後悔已來不及，到了家門口。

已成碗劃婆娘的宰相千金，一看八賢王便知非同常人，好吃好喝地供著。不消幾日，家中揭不開鍋，八賢王提議：先賣兒後賣女，最後賣老婆青絲。碗劃已氣得想殺了這糟老頭子，但媳婦讓他一一照辦。

一日醒來，發現糟老頭子失蹤了。再過幾日，八抬大轎來到門前，迎接碗劃登基，並將賣出的兒女領回，全家一同進京。

碗劃繼位後，皇后要見宰相。宰相俯首跪在地上，皇后令他抬起頭來。宰相一看，竟是自己的女兒。此時皇后問其父：「是由人不由命，還是由命不由人？」

多少年前，爾娟回答是由命不由人。此刻，培敏再次問爾娟，回答很乾脆：「由人！」培敏以為爾娟這一改變，是基於自己這次勢在必得的拼搏獲得成功。然而她隨即補充了一句：「由人，由強人！」

培敏深以為然，點頭道：「英雄造時勢！」想想又說道：

「爾娟，我最在乎的兩件事，都是可遇不可求的，命運沒有給我，但都給了你。那就是：找到好老師，找到心上人，你這一生應該沒遺憾了。」

「我得感謝你啊！那個時候，你居然讓我找明達，你知

道我跟爾南怎麼說？」

「我碰到你妹妹了，她一見面就說，我姐老佩服你了，她用『非凡』兩字形容你。」

「真的，我真認為你非凡。」

「啥非凡啊，都是常識，硬說知識越多越反動，硬把大學生定為臭老九，可是誰不知道有知識就是比無知識強。」

「友德五月去考麼？」

「他不考！你沒接觸過和尚吧？友德比出家人還出家人，清淨無求！他那心臟每天跟熨斗熨過的一樣，沒有起伏。都說知足者常樂，他是真樂。跟他比，我就是個苦命的，很難樂呵起來，登上一座山還沒自豪幾分鐘，就又看到別的山了，開始琢磨怎麼去爬，其實，咱倆身上都有個不滿足的蘇格拉底。友德不同，人家不看山也不爬山，看著自己的一畝三分地，咋看咋好。」

「那還不好?!」

「談不到好，但是一絕。咱倆就沒有一樣是一樣的。就是一對齒輪，他凸的部位我一定是凹的，凡我凸的部位，他一定是凹的。」

「互補不是很好麼？」

「應該很好！但不覺得幸福，不求談笑有鴻儒，總得志趣相投吧。這位有文憑沒文化，除了技術書外，啥書都不看，連社會這本書也不讀，對任何人、任何事都不感興趣，打比方，即便他辦公桌對面的同事家著火了，他都不會打聽。」

「對你感興趣就行唄。」

「也不是，好像是前世註定，不然怎麼可能這麼奇。要麼上天看我笨成這德行，讓他來幫；要麼是派他來懲罰我，

真羨慕你和明德，我沒你命好。」

「命好啥啊，我弟弟還沒出來吶！」

「肯定會出來的，就是早一天、晚一天的事。」

「那倒是，就等上面批准吶。」

「家裡有啥事我能幫忙的，讓阿姨找我！」

爾娟去上海後，培敏很長時間難以適應，想念中也夾雜著羨慕與嫉妒。好在一年後，中央廣播電視大學招生了，培敏已不再是「奶牛」，她向領導提出申請，領導沒有批，她沒反感，因為帶工資脫產學習，教領導為難。不過，女領導終於被她說服。後來，這位領導的女兒告訴培敏，她媽之所以同意，是因為培敏說了一句話：「如果您的女兒有這樣難得的學習機會，您一定不會反對她去報考。」

備考期間，培敏領略了友德的數理化水準，培敏只念了一年高中，高二、高三的課程全靠友德講授。結果，研究院和培敏一起報名的知青有九名，只有培敏一人考上。

一年後，友德也考上了清華大學研究生。本來，自培敏去念書，友德斷了深造的想法。但培敏堅持：「你是吃技術這碗飯的，大家都知道你們那一屆大學生有名無實。以後，大學生一屆屆畢業上崗，還不拿你當高中生看？」

友德想想有道理，誰知一考竟中榜，他讀書（數、理、化）實在有天份，結構力學考了九十九分，差一分滿分，數學考試分數也是第一名。

培敏一向輕視家務活，覺得沒啥學問，不願浪費時間在上面。她好高騖遠，熱衷為未來鋪路。現在她把友德攆到北京去了，必不可少的「日常」排著隊到了她面前。

孩子的幼兒園離家較遠，她念電大後由友德接送。現在只能長托，否則自己沒有時間學習。打聽到瀋陽有一家

幼兒園，是全市唯一被評為全國三八紅旗單位，她利用關係，把孩子送了進去。第一天，她藏了個心眼，讓孩子先試睡一宿。不料，週一，培敏把女兒送進幼兒園，剛要離開，女兒趴在地上死死地抱住她的腿，發瘋似地大哭，阿姨怎麼拉也拉不開。培敏看了下手錶，不行，上課要遲到了。使勁把腳拔出，流著淚向外跑去。女兒是培敏的心尖，在生命最看不到希望的歲月，懷上了她，這讓培敏多了很多粉紅色的夢想，覺得生命有了意義。

整個上午，耳邊全是女兒的哭聲，心亂如麻。老師課上講的都成耳旁風。

天黑了，培敏騎車趕往幼兒園，想知道女兒還哭不哭。她躲在窗下，屋裡傳出一片哭聲，似乎所有的孩子都在哭，她站了近半個小時，未分辨出女兒的聲音，自己的眼淚倒不停地在流。她叮囑自己：不能兒女情長，難得的學習機會，多難都要堅持。她逼迫自己趕緊回家看書去。

兩天後，幼兒園的電話直接打到電視大學，說女兒發高燒。培敏放下電話，飛似地趕去，書包都不要了。女兒見到媽媽，小嘴憋著，眼淚一顆顆湧出，培敏哪裡受得了，一臉是淚，說不出一句話，抱起孩子往醫院跑，原來孩子得了水痘，是傳染病。幼兒園是回不去了，怎麼辦呢？

婆婆和媽媽在培敏上學一事上，都站出來反對，婆婆說：「『三十不學藝』，何況還是當媽的。」培敏媽則直接聲討：「你什麼時候能有個正形？都三十歲的人了，也分到房子了，一家人好好過日子不挺好麼？你非要搞得雞飛狗跳不成？告訴你，別指望我給你帶孩子。」

培敏向婆家走去，一則婆婆好說話，二則媽媽正在給弟弟帶孩子。看到生病的孫女，婆婆寬慰培敏：「沒大事，

我幾個孩子都得過水痘，孩子放這，你該上學上學去。」人幫人，最讓人感恩的是救急，培敏對此沒齒難忘。孩子病好後，培敏媽心疼培敏，把外孫女接過去，兩個孩子一起帶。

培敏不愛做飯，能糊弄一頓是一頓，不光是懶，也有錢的問題。友德每月工資四十六元，她只留下六元，四十元每月全部寄給友德，又不想虧待媽媽，只好拼命節省。不久，培敏天天低燒，渾身無力，培敏媽恨女兒恨得牙癢癢的，讓女兒退學。培敏不退。這低燒一直伴隨到她畢業。培敏媽罵是罵，疼是疼，終於帶著孫子住進培敏家，為著讓女兒吃上熱騰騰的飯菜。

培敏的病最後確診，是肺結核瘤。她下鄉時已被媽媽傳染，得了肺結核，自己不知道，農村的體力活累人，倒增加了免疫力，結核菌很快被纖維組織包裹，形成了結核瘤。

第一次查低燒的原因，醫院大夫懷疑是惡性腫瘤。大夫很嚴肅地把這一診斷告訴她，她做的第一件事，是把家裡桌子、椅子、床能貼字的地方都貼上了字，她要讓孩子早早認字，早早看書，免得因無知誤入歧途。第二件事是把和友德的合影照片及兩人的通信收集到一起，為的是臨終時一把火燒掉，不給友德留一點念想，讓他全然忘掉自己。

幸而另一家醫院否認了第一家的診斷。培敏的女兒得以在母愛中成長。

女兒五歲提前上了學，這樣一家三口都在念書：孩子念小學，媽媽念大學，爸爸念研究生。為紀念這一特殊歷史時期造就的「同學」現象，培敏全家去照相館拍了張照片，照片題字為「同學」。

55 處女血

爾娟的弟弟終於被宣告無罪。出獄回家後，他不去上班，也不見任何人，整天只是面向牆壁躺著。媽媽跟他說話，他煩，叫她出去。媽媽傷心，一個勁哭。爾娟趁寒假回瀋陽，陪伴並開導他。可是，就在爾娟回上海不到二周，一天早晨，爾娟媽媽走進兒子的房間，發現兒子已上吊死去。

爾娟聽到弟弟的死訊，如五雷轟頂，頓時傻在那裡，好半天才恢復意識，狠命地捶打著站在她面前的明達，大聲地哭嚎著。

弟弟是她看著長大的，在那黑暗窄小的屋子裡，親情在環境的嚴苛壓迫下，因濃縮而分外強烈，兩位姐姐像媽媽一樣寵愛著弟弟。弟弟十八歲那年，人高馬大，讓姐姐看他胳膊上的肱二頭肌、三頭肌，說：「誰再敢欺負你，告訴我，我來保護你！」

三十年間，老余家祖孫三代都自殺身亡。為給老余家留條根，媽媽不惜改嫁，姐姐們都紙包紙裹地疼愛著弟弟，誰曾想，終究沒留住。

爾娟迅速返回瀋陽。一夜間，媽媽頭髮全白，披頭散髮，兩眼呆滯，她的魂已被弟弟帶走，不停地說著：「你讓我怎麼活？你讓我怎麼活？」

爾娟陷入深深的自責中，她認為如果她一直陪伴在弟弟身邊，弟弟不會死。現在她唯恐媽媽再有三長兩短，和

妹妹、妹夫商量，妹夫豁達地說：「沒問題，讓媽媽到我家來住。」爾娟把這個想法告訴繼父，繼父說出了憋在心裡好多年的要求——離婚，爾娟立刻同意。

一切辦理妥當後，外表冷靜的爾娟返回上海。一路淚水不乾。為下一代著想，她決定推遲婚期。

一九八一年的暑假，爾娟在上海舉辦了婚禮。那時，婚禮已時興在飯店舉行。培敏見到了爾娟媽媽，滿臉的皺紋刻著一生的滄桑。爾娟的媽媽緊緊地握著培敏的手不放，淚水在眼眶裡晃，培敏知道，她想到兒子，那個她願意為他付出一切的兒子。可是大喜的日子，怎能提悲傷的事？培敏用話岔開，詢問爾南孩子的情況。

婚禮的第二天，培敏被邀請去明達家，那是武康路上的一間別墅。爾娟暫時落腳在公婆家。公婆都很有樣子，談吐慢條斯理，平和自然，給人慈祥的感覺。明達只有一個姐姐，已結婚，這裡只供兒子兒媳居住。

和明達的父母寒暄一陣後，爾娟領培敏進她的臥室，新房擺放著很多爾娟喜歡的粉色裝飾物。培敏一一欣賞，眼光落在床頭櫃上的一個磨口玻璃瓶子上，裡面裝著一些棉花，似帶暗紅色。湊近細看，那暗紅色是血。爾娟解釋說：「明達可煩人了，非要把處女膜的血留起來，說是要給全世界的人看！我罵他『神經病』，他說，起碼要讓他的舅媽看，還有他的姐姐、他的父母都必須看到。」

培敏良久沒有作聲，心往下沉。明達這句話的後面，顯然隱藏著爾娟婆家發生的故事。培敏知道明達的舅媽經常出差到瀋陽去，一定是有人把爾娟和她繼父的謠言傳到明達所在的工廠，舅媽和這家工廠有業務往來，自然會有人告知。關鍵是罪行展覽會上的解說詞如是說，誰能不信？

想想連高琦知道後都信以為真，可見爾娟蒙受多大的冤屈。

明達看來早就聽到了這些謠言，起碼他的父母得知後會找他談，女人的貞操可是天大的事，男人豈會不計較?!但明達選擇相信爾娟。他一定面對過父母和姐姐的反對。

培敏想到這裡，感慨萬分，說：「明達對你的愛和信任，絕不一般，好好珍惜吧。」想想又來氣了，咬了咬牙說：「無中生有的謠言竟搬弄到上海來了。」

爾娟看了她許久說：「這就是為什麼瀋陽那邊，只請你一個人來，明達讓我遠離那是非窩。」是啊，什麼人能受得了這樣無恥的誣衊、誹謗。「亂倫」的謠言一旦要在上海傳開，爾娟抬不起頭，明達抬不起頭，就連明達的父母在親戚、鄰居中都會自覺顏面無光。明達當然要杜絕瀋陽那邊的人，「好事不出門，壞事傳千里」誰去辨別信息的真假？

爾娟又談到美國的姑姑，姑姑通過各種管道尋找在大陸的哥哥，終於和爾娟聯繫上了。姑姑是佛羅里達州立大學音樂學院的老師。得知爸爸、哥哥、侄兒都自殺身亡的消息，一定要爾娟、爾南到她身邊去。

培敏問：「你們去麼？」

爾娟點點頭，又搖搖頭：「爾南說她不去了，留在瀋陽照顧媽媽，她讓我去。」

「你去麼？」

「明達準備畢業後去美國留學，這樣就有擔保人了，不過得申請佛羅里達州的學校了」

「你自己呢？還想留學麼？」

爾娟搖了搖頭，「我得要孩子了，已經晚了。」

「我特別想留學！」培敏一板一眼地說。

爾娟聽罷，眼睛向上一翻，說：「你咋啥都想呢？」

　　「我媽一講她幾個哥哥留學的故事，我就羨慕得不行，心想我咋沒這個機會呢？」

　　「做夢也想不到，我們居然也能走出國門。」

　　「你是能了，我還不能呢，我回去得趕緊找舅舅。真是天翻地覆了，誰承想能把人壓死的海外關係今天竟成香餑餑了。爾娟，你現在是什麼好事都來了，真招人眼紅，我現在老嫉妒你了。」

　　「你才不會呢。」

　　「會，真嫉妒，你現在時來運轉，步步趕在點上，而我還背著點呢。本來不甘心輸給你，也想報個北大、復旦念念，可一看招生簡章：『一九六六、一九六七屆高中畢業生仍可報考』，我就想這國家政策就是給你爾娟度身定做的，定政策的人一定這樣考慮的：余爾娟上了實驗班，屬六七屆；陳培敏沒進去實驗班，屬六八屆，讓余爾娟考，陳培敏就算了，必須讓她倆拉開距離，所以大筆一揮，只允許六六屆、六七屆考。」

　　爾娟抿著嘴，眼睛滿是笑意，每當培敏半真半假胡謅時，爾娟總是這副「就愛聽你胡說」的表情。日後，培敏思念爾娟，眼前經常出現這一幕，鼻子發酸。

　　「爾娟，你現在是鴻運當頭，趕緊懷孕，肯定是兒子。」

　　「真的啊！」爾娟嘴又咧成可愛的「括號」。

　　「就知道你喜歡男孩！趕緊！現在走在大運上，喜歡啥來啥。」培敏像個算命先生。

　　臨別，爾娟和培敏都有預感，以後可能很難見面。兩人都流下熱淚，登車廂前，久久相擁。直到汽笛響起，才不捨地分開。

車輪滾動，培敏從車窗探出身子，視線中的爾娟在淚水中變得朦朧，一個不停揮手的身影，漸漸地消失在遠方，也永遠地消失在培敏的視野之外。

後記

　　電大畢業後，培敏從金相試驗室調到信息站，擔任站長，兼任國家一級科技刊物《日用科技》的主編。這天，她向試驗廠走去，為著趙長春的事。

　　「四人幫」倒臺後，文革時作為局級幹部後備的第三梯隊人員全部取消資格，並被審查，一些人甚至進了監獄，趙長春因文革期間沒有打砸搶等派性活動，得以保持原職。

　　但自從研究院實行自負盈虧後，實驗廠因為設備破舊，無法承攬到對外加工的生意，上個月連工資都沒領到，不要說獎金了。

　　而培敏經營的資訊站是全院獎金最高的單位。

　　培敏和趙長春，四年多沒見面了。趙長春見培敏走進來，很是驚奇：「你怎麼來了？」

　　培敏沒有寒暄，單刀直入：「趙長春，如果把你調到我們編輯部去，你願意不願意？」

　　他不加思索地答道：「當然願意！」

　　「只是普通的編輯，沒有任何領導職務，可以嗎？」

　　「還什麼職位不職位？我愛人的工廠已三個月沒開出工資。」

　　「好，那我現在就去找領導談，你走後，小莊可以擔任廠長吧？」小莊是實驗廠的副廠長。

　　「他，經營方面比我強。」趙長春心悅誠服地說。

　　到了院長辦公室的門口，培敏意識到自己把人事調動

的事想得太簡單了。在研究院混這麼多年，看了太多爭權奪利的戲，她告誡自己，千萬別挑戰院長的人事權。當她敲院長辦公室的門時，略一思索，打出腹稿。

首先，她向院長擺出她的新的創收計劃——準備再創建一個鋁製品行業網及創辦該網的內部刊物。院長聽後，立刻笑逐顏開，連聲說道：「很好！非常好！」

培敏見院長咬鉤了，立刻提出編輯部力量不夠，過去只發行一種國家級的公開刊物，後又增加了兩個行業的內部刊物。現在如再增加一個，現有人員無論如何都做不過來。培敏說到這，知道自己不應再說下去了。

院長立刻表示支持，說，這個想法既利於行業發展又利於院裡創收，至於編輯不足可以從其它部門調入。他問培敏心中有無合適人選？培敏略微遲疑一陣，說到：「趙長春文筆很好，又有組織能力，因為行業網不光是發行網，還要組織行業活動。」

聽說要調的是趙長春，院長收斂了笑容，他搖了搖頭：「他有級別的問題，不好降級使用。」忽然，他想到什麼，問培敏：「你們溝通過麼？」

培敏唯恐觸到院長的底線，急忙表示：「沒經過院長同意，哪能先溝通？」

院長滿意地笑了並作了進一步的解釋：「趙長春就不要考慮了，工廠沒個好人主持不行。」

培敏立刻打斷院長的話：「小莊可以主持。」

「小莊搞經營還可以，當一把手不適合。」院長把話說到這份上了，培敏不好再說下去。

「我讓人事部門提幾個人選，供你選擇。」院長說。

從院長辦公室出來後，培敏徑直向工廠走去，為了那

句沒有溝通的謊話，她必須告知趙長春，以防露餡。

她原原本本把剛才的對話學給趙長春聽，並建議他自己去院長那提出申請。趙長春聽說院長不同意，顯然猶疑了。培敏提醒他，「院長不同意主要出自兩種考慮，但不知哪種是決定因素？如果真是降級使用的問題，你只要表明自己願意，應該沒問題。如果在乎的是工廠的存亡，需要你堅守陣地，那就難了。其實這個工廠——」培敏隔著玻璃窗，望了眼廠房裡年久失修的設備，繼續說：「其實只是早一天，晚一天的事，很難維持下去。」

培敏之所以想調趙長春到編輯部是基於她已聯繫上了在美國的老舅，正在辦理去美國留學。考慮到一旦她離開院裡，不會有人考慮趙長春的死活。

尋思良久，趙長春顯然要作犧牲：「領導考慮得也對，小莊腦子很活，經營、對外攬活都比我強，但他私心重一些，有人替他把關，可以避免犯錯誤。」

「那你家生活呢？你上個月沒開出工資，你愛人又三個月沒有薪水。咋活啊？」

「倒還有點存款。」趙長春苦笑著說。

「佩服你凡事公字當頭，但我再提醒你一次，現在編輯部是虛位以待，等人員充實後，可就再沒機會了。編輯部可是人人都想去的地方。」

趙長春顯然被她設身處地的關心感動了，但他無法戰勝多年形成的服從上級領導的組織觀念。培敏看到他痛苦又無奈的表情，知道自己無能為力。

一九九一年的秋天，培敏拿到了美國的簽證及紐約聖約翰大學的研究生錄取通知書。

開始培敏為夢想成真而興奮、激動。美國朋友的一封

信給她兜頭一盆冷水，她讓培敏作好思想準備：「剛到美國，生活會苦到你想像不出的地步。」

未知本來就具有令人恐懼的力量，朋友的信加劇了這種恐懼。培敏作了好幾晚噩夢，為給自己打氣，她不停地哼哼《人在旅途》電視劇裡的插曲：「向著夢裡的地方去，錯了我也不悔過。」

離別的日子越來越近，友德的話一天比一天少，看他痛苦的樣子，培敏說：「要不，我不去了？」

「還是去吧，我瞭解你，你不怕急流險灘，就怕日子平庸。我不想成為讓你『失去生存價值』的罪魁。」這一刻，培敏好感動，對自己說：明白嗎？這才是真愛！

是的，讓生命躲進陰影裡乘涼，那會要培敏的命！

在離開研究院的前一天，培敏接到一個電話，趙長春打來的。他喝醉了沒去上班。他說，喝醉，就敢掏心窩說，請培敏不要生氣。停頓一會，似乎勇氣上來，不過語氣有些悲涼：

「二十年來，在心底，我一直深深地愛著你。」

長長的沉默。對方嘆了一口氣，掛了電話。

他終於說出了他心底的聲音，而培敏則選擇埋得更深。她雖然感動但並不激動，心裡嘀咕：「愛」字不該在不該說出的時候說出。

第二天，培敏看著女兒背著書包去上學，她已念上省裡最好的實驗中學。站在門口望著女兒的背影，心中萬分不捨。等女兒放學回來，她的媽媽已遠走高飛，她會是怎樣的心態？想到這裡，悲傷不已，滿心愧疚。

最難離別的是媽媽，媽媽怨恨地說：「你都四十一歲了，怎麼就不能安安分分地過日子？這家多好，說扔下就

扯下，你也不怕友德變心？你媽都快七十歲了，說離開就離開？」

「媽，我不想讓你的歷史悲劇重演，你當年就是因為姥爺突然到天津，你怕沒人照顧，把去台灣的飛機票退了，一輩子成了政治賤民，伸不直腰。我瞭解自己，不肯攀龍附鳳，不願在領導面前低三下四，更不喜歡左的那套，我這性格不行！媽，你千萬別攔著我，今兒不走，說不定哪天我也像你一樣挨批鬥。」培敏媽聽到這裡，臉色和緩了些。

「再說，你有啥擔心的，友德對你比對他親媽還好，何況你還有三個兒子在這。我去美國又不是不回來，不定哪天我把你也帶去美國看看。」培敏媽終於露出了一絲笑容。

走出媽媽的房間，培敏腦子裡一直翻騰著媽媽的那句話：「你也不怕友德變心？」這幾天，這類話，她聽多了：「你走了，友德肯定不是你的了。」培敏回答得輕鬆又瀟灑：「是我的跑不掉，不是我的我不要。」她不相信友德會移情別戀，這不光基於他的愛情，也基於他不喜「改變」的性格，他是希望每一天都過成昨天的主。但媽媽也這麼說，她不能不思量。轉念一想，如果婚姻需要寸步不離地盯著、防著，這婚姻還值得要麼？用生命換婚姻？她搖了搖頭。她決計晚上和友德談談。

躺在床上，培敏指著自己躺著的地方，說：「這個位置明天就是空的了，難為你了。」友德動情地把培敏攬到懷裡，說：「兩地分開生活的人多了去了，放心吧！」

「新婚時，我跟你說：『我不要求你愛我一輩子，四十歲前，隨時可以不愛，但四十歲後不可以！』現在我到四十歲了，條件放寬，任何時候你都可以不愛我。但只要

求一點：不愛我，要告訴我。我們都活得磊落些。」培敏說道。

友德把培敏摟得更緊，說：「放心地走吧，不愛你，那是不可能的。我不傻，找到你了，我還再找誰啊？有一點倒是你要注意，別聽男人的甜言蜜語，都是假的。」

「擔心啦？」

「沒有！」友德口不對心地答著。

「放心吧！多苦多難我都不會去靠男人，靠自己能闖出一片天，我就留下，闖不出，我就回來，家裡日子也不錯。我瞧不起那些利用男人的女人。」

一夜纏綿……

在先生陪同下，培敏從瀋陽到了北京機場，望著一直包容自己、支援自己的丈夫，她感到剜心的痛楚。分手的時刻，友德控制不住還是流淚了，他緊緊地抱住培敏，過了好久，驀地轉身，逕直走開。望著友德的背影，看到他抬起胳膊擦淚的動作，培敏的眼淚立刻決堤，儘管不斷有人回頭觀望，她仍無法抑制淚水的氾濫。

飛機上，培敏仍沉浸在分離的痛苦中。但這幾天和同事及朋友告別，非常疲憊，模模糊糊地入睡了。不一會醒來，思緒翻騰，想起和楊革的告別。

楊革因為是還鄉知青，親戚是公社領導，第一批推薦工農兵學員時，她就被舉薦，進了大學念書，現在是工廠的行政幹部。得知培敏要去美國，楊革大驚小怪：「培敏姐，你咋能投奔萬惡的美帝呢？」培敏不覺失笑：「咋還萬惡？中美都友好了。」想著想著，又歪頭睡去。

飛機已在下降，培敏將蛋形艙窗往上推，勉力向下望去，龐大的紐約已在機翼下，數不清的洋房夾著樹木、道

路，向無限遠處伸展著。完全陌生的土地。培敏知道她即將面對完全不可知的命運。

飛機的機輪觸到紐約肯尼迪機場的地面，剎那的震動。到了！

培敏想到爾娟，再一次感到命運的奇巧。音訊斷絕近十年後，她居然也到了爾娟居住的國家，和爾娟的命運還會交織在一起嗎？

飛機駛近航站大樓，與廊橋對接完畢，艙裡頓時燈光明亮，一片喧嘩，培敏取下行李箱，站在過道，等候下機。

思緒又回到爾娟身上，她在國內只生活了三十三年，卻承受了別人幾輩子承受的傷痛：七歲，懵懂的爾娟伏在上吊自殺的右派爸爸身上痛哭，遭到呵斥，她的天空從此沒再明亮過；十四歲，花季的爾娟當演員，夢想幾近實現，政審卻讓她走進絕望，從此沉默寡言；十六歲，被安排去坐「專政桌」，「紅五類」子弟喝令她吃下掉在地上的米飯。也是這一年，爾娟媽為讓子女變為「紅五類」子弟，自己嫁給「紅五類」；十七歲，被展覽會的講解詞誹謗為與「繼父有染」，面對奇恥大辱，精神幾乎失常；二十一歲，準婆婆以死相逼，男朋友與她分手；二十九歲，弟弟因冤獄自殺身亡……這期間，爾娟沒敢說錯一句話，沒敢做錯一件事，只是努力想讓自己能活得像「紅五類」一樣。可厄運一個接一個，花季的每一張日曆都寫滿悲劇。這就是為什麼，她出國後務必把一切有可能汙染未來生活的源頭切斷。培敏知道，爾娟最最在乎的是她與繼父「不正當關係」的謠言，是啊，誰受得了這樣的汙衊，誰願意再進入那個時空，哪怕是思緒的一閃！

隨著人流，培敏來到機場海關的外國人通道，海關官

員查核後，把放行的章印在護照上，培敏內心的興奮難以言喻，她終於離開了那塊「人盡可以成為他人地獄」、無止無休進行階級鬥爭的地方。

培敏在傳送帶旁等待行李時，心中對爾娟說，我會去找你！她深信這是宿命。就在今年年初的春節期間，朋友請她及另外六位中學同學一起聚餐。席間，從美國佛州回來探親的同學李斐說，她在一家購物中心巧遇爾娟。

在同學們的追問下，她說了經過：剛剛進入購物中心，見一中年女子，無論穿著還是姿態都特有範，不免多看兩眼，發現竟是同班同學爾娟，他們一家三口（兒子、丈夫）推著滿載貨物的購物車正往外走。可惜剛剛相認，來不及多談，爾娟說馬上要去一學生家教小提琴，匆匆告辭，連電話號碼都沒交換。這句話提醒了培敏，她立刻記下李斐的電話。

培敏推著行李車走出航站樓，望著碧藍的異國天空，想到留學生涯即將開始，不免激動。

她又想到爾娟，十年了，漫長的歲月，傷痛應該紓解了，她相信爾娟不會再在意那些汙泥濁水，她會站在新的高度去蔑視往昔的悲劇及悲劇的製造者。

三千多天的思念，無限綿長，培敏決定放暑假時去找爾娟。不過，即使找不到，不再相見，曾共同走過的歲月，曾共同擁有過的青春，已足夠她珍藏。

一個特殊的時代，一個充滿「出身歧視」的紅黑時代，但願它絕版，永不再被複製。

二〇二三年三月三十一日全篇完

鳴謝

　　如果沒有劇作家俞露女士及其夫君沈彥偉先生，就不可能有這本書。因為閒聊到文革，他們建議我把它寫成小說。其實我早有此願，但「想」和「做」對我而言有著無窮遠的距離。感謝俞露伉儷的每天督戰，使我想發出的聲音終於變成今天這本書。

　　在此書未定稿之前，我的一批摯友已先行讀閱，幾乎他（她）們中的每個人都對此書提出了寶貴意見，其中第一個向我反饋建議的是大作家閻連科先生。那天，我接到了他的越洋電話，收獲了滿滿的指導。這種偏得因他的真誠、因他於大忙中抽空而顯得更加珍貴。我是他的粉絲，他的作品每本都能引起我的共鳴。

　　最讓人難忘的是當代散文大家王鼎鈞老師。年已近百，卻讓夫人王棣華女士向我索要書稿，我滿心感動地交出初稿，鼎公閱後，竟在自家為我舉辦了小型討論會。每個人都坦誠提出具有指導性的意見。也是在鼎公的建議下，我將原來八萬字的書稿增至到近十五萬字。鼎公夫人更為本書在台灣出版給予了傾力幫助，令我感動莫名。

　　一併感謝的還有這裡文學圈的朋友散文家劉荒田，編輯劉倩、作家柳營、王渝、美英等。不再一一贅述。

之光
二〇二三年八月於紐約

注釋

① 右派分子是指 1957 年中共發起的「反右派運動」中被錯劃的約 55 萬知識分子和愛國民主人士。1980 年絕大部分右派分子獲改正。

② 1963 年至 1964 年在《人民日報》和《紅旗》雜誌上發表了九篇評論蘇共中央的公開信，是中蘇論戰的一部分，指責蘇共搞修正主義。

③ 古代「五服」制度規定血緣關係親疏不同，服喪的服制不同。這裡指親屬關係不超過九代。

④ 黑五類指代政治身份被中國共產黨認定為地主、富農、反革命分子、壞分子、右派等五類分子，合稱地富反壞右，是中共統治前三十年的政治賤民。

⑤ 紅五類是對政治身份為工人、農民、商人、學生、革命軍人等五類人的統稱，文革中在政治上和資源分配上有優先權。

⑥ 封資修是文革時代用語，是封建主義、資本主義和修正主義的合稱。

⑦ 1963 年至 1965 年中共在農村開展「四清運動」。最初是「清工分、清賬目、清財物、清倉庫」，後來擴大爲「清政治、清經濟、清組織、清思想」。
⑧ 破四舊指破除舊思想、舊文化、舊風俗、舊習慣。
⑨ 此爲東北方言，卽不受重視之意。
⑩ 位於江西省。一九二七年毛澤東等在這裡創建第一個革命根據地，被稱爲「革命搖籃」。
⑪ 余永澤爲小說《青春之歌》中的角色。
⑫ 王光美是曾經的國家主席劉少奇的夫人。
⑬ 《青春之歌》裡的黨內叛徒。
⑭ 五七幹校指文革時期爲貫徹毛澤東《五七指示》精神興辦的農場，集中黨政機關幹部、科研文教部門的知識分子，對他們進行勞動改造、思想教育。幹校是幹部學校的簡稱。

紅黑時代 / 之光作 . -- 一版 . -- 臺北市：時報文化出版企業股份有限公司 , 2024.07
面 ；　　　公分 . -- (Story ; 86)
ISBN 978-626-396-444-0(平裝)

857.7
113008335

ISBN 978-626-396-444-0
Printed in Taiwan

Story 86

紅黑時代

作者　之光 ｜ 主編　謝翠鈺 ｜ 企劃　鄭家謙 ｜ 封面設計　朱疋 ｜ 美術編輯　SHRTING WU ｜ 董
事長　趙政岷 ｜ 出版者　時報文化出版企業股份有限公司　108019 台北市和平西路三段 240 號 7 樓
發行專線—(02)2306-6842　讀者服務專線—0800-231-705 · (02)2304-7103　讀者服務傳真—(02)2304-6858
郵撥—19344724 時報文化出版公司　信箱—10899 台北華江橋郵局第九九信箱　時報悅讀網—http://
www.readingtimes.com.tw ｜ 法律顧問　理律法律事務所　陳長文律師、李念祖律師 ｜ 印刷　勁達印刷有
限公司 ｜ 一版一刷　2024 年 7 月 19 日 ｜ 定價　新台幣 420 元 ｜ 缺頁或破損的書，請寄回更換

時報文化出版公司成立於 1975 年，並於 1999 年股票上櫃公開發行，
於 2008 年脫離中時集團非屬旺中，以「尊重智慧與創意的文化事業」為信念。